回忆中的人物传

散文中的口述史

- 回忆恩师
- 自述治学
- 洗尽铅华
- 见情见智

听罢溪声数落梅

汤炳正 著

人民文学出版社

图书在版编目(CIP)数据

听罢溪声数落梅/汤炳正著.—北京：人民文学出版社,2020
ISBN 978-7-02-016200-0

Ⅰ.①听… Ⅱ.①汤… Ⅲ.①中国文学—当代文学—作品综合集 Ⅳ.①I217.2

中国版本图书馆CIP数据核字(2020)第063369号

责任编辑　付如初
装帧设计　刘　静
责任校对　李义洲
责任印制　王重艺

出版发行　人民文学出版社
社　　址　北京市朝内大街166号
邮政编码　100705
网　　址　http://www.rw-cn.com

印　　刷　三河市鑫金马印装有限公司
经　　销　全国新华书店等

字　　数　240千字
开　　本　850毫米×1168毫米　1/32
印　　张　13.25　插页3
版　　次　2020年10月北京第1版
印　　次　2020年10月第1次印刷

书　　号　978-7-02-016200-0
定　　价　45.00元

如有印装质量问题,请与本社图书销售中心调换。电话:010-65233595

《听罢溪声数落梅》序

□ 力 之

近日,序波君与夫人孟骞女史编其先大父景麟先生散文集《听罢溪声数落梅》成,命余以序之。余喜先生之学甚,慨慕景仰其为人也无已;序波君,君子哉,与之交往久,越感斯友之难得。故既坚辞之不获,便只好以学习心得充之。此自知虽尽力而仍无以至彼境地如余者之所为也。

景麟先生乃当代著名学者,晚年尤以"楚辞学"鸣,故世人多或只知其乃二十世纪该领域真正之大家,而不甚了解先生"小学"方面之嘎嘎独造,成就并不在其"楚辞学"下。1936年6月17日的天津《大公报》之"国葬章太炎"的报道有云:"章夫人介绍章高足汤炳正君(鲁籍)报告章近年讲学经过。章夫人并谓:章生前对汤极赏识,以为乃承继绝学惟一有望之人云。"据"章夫人并谓"云云,我们可以想见时年二十余的"汤炳正君",不仅已有十分出色的学术表现(如太炎先生序其《经典释文反切考》有云:"此书可与纫斋的《经典释文叙录疏证》相辅而行。"〔《忆太炎

1

先生》]),且在乃师——晚年的太炎先生眼里,极具"小学"之天赋而堪当"大任"。否则,何以能如此打动阅人无数、已有如黄季刚等众多出类拔萃弟子之太炎先生!而就先生今存相关研究成果言(读《伍非百先生传并附记》的"在川北所写杂稿等,除《〈说文〉歧读考源》外,历经劫难,一无所有"等等,感慨良多),如关于语言起源、关于语言与文字关系等的,均盖并世无出其右,而迄今仍罕有其匹者。

除学术上之杰异而外,先生在旧体诗词、散文创作与书法诸方面,均不愧高手。如其创作于二十世纪三十年代之长诗《彩云曲》《故宫行》,甫一问世便被誉"有元白遗风";其书法从北碑入,"雅而逸"、格殊高,而"极具大家之风范";至于先生散文之高致、"别具光彩"而足以卓尔名家者,则有此《听罢溪声数落梅》一书为明证。

是书共分三辑,第一辑二十余文为本书的主体部分。

就内容看,本辑又大略可分为童年趣事与往事杂忆、忆师友与记友谊以及述治学。在记童年趣事与往事杂忆中,成于78岁时的《无名书屋话沧桑》,为作者平生首篇散文回忆录。先生在《〈剑南忆旧〉自序》中说,"是改革开放后的一九八八年的春节前夕,在清理旧书时"的偶然触发——"当时我抚摩着这两本旧得发黄的书(即《说文解字》与《楚辞章句》),浮想联翩,回忆起不少往事,也连及到种种现实。于是执笔写下我的第一篇散文回忆录《无名书屋话沧桑》。写完之后,好像内心深处有说不出的舒畅。当时我执笔的动机,除了自我抒怀,并无其他任何念头。"古人论诗文之高者,时或以"境界"称之。如王静安《人间词话》之"词以境界为最上。有境界,则自成高格"说,即一显例。先生之为散文也,"如舟师执柁,中流自在"而"有个自家在内",别具高格。细品之,文中所写自然风光和"我"对大自然之一往情深,不难窥见先生生命境界之高尚与审美意趣之盎然。《散文世界》该期(1989年11月)的"编前小语"说:"有味的是老学者汤炳正先生所撰《无名书屋话沧桑》一文,其甘苦难分的沧桑感,正是岁月沉积的结果;通过作者的睿智与豁达的滤炼,更别具光彩。"这是极有见地之说。当然,不仅是文,本辑各文无不如此——篇篇"有味";篇篇为作者"睿智与豁达"之外化而"别具光彩"。如《海岳烟尘记》之结尾:"当年一直陪伴我奔波数千里的帆布'被套'和猪皮手提箱,我至今还保存着。小提箱现由娃娃在用,'被套'则仍在做我的床垫。我每次看到这两件东西,仿佛它们仍带有当年的尘土气息和冰雪余寒,以及徐州车站上敌人刀戳脚踢的伤疤。而祖国的苦难岁月和我个人的流离生活,亦宛然如在目前。它常常鼓舞我前进,激励我奋发自强!"此等文字,乃"嚼"而"味"越出者也。其与明归有光《项脊轩志》之结尾,可谓"同工异曲"。又,《"孤岛"三五事》之"为什么有的人虽学到了物理、数学,而在科学上却终生没有什么发明创造。这就不能不归咎于某些人缺乏想象，墨守成规，故一筹莫展"说，看似闲笔，然往往有甚启人智者在。往日读韩石山先生2011年3月27日《致汤序波书》，数为之击节（韩先生此类信，论文谈艺，每多灼见），如"汤先生年轻时写过《彩云曲》，平时常吟诗作文，可说是学问中人，也是才学之士。有这样的雅兴，做起学问才会'气韵生动'，也才会'了悟于心'。这后一种本领，乃做学问的大境界，也是成事业的大关键。可叹的是，好多人压根儿就没有，好多有的不等施展出来，就下了黄泉"等。总之，尽管先生的生命是与其学术事业紧紧地连在一起的，然先生之人生却是艺术的人生，而其立身常在高处。另外，据本辑相关文章，我们或可解先生学问何以如此精深之谜：先生从小养成"峻急锐进而又喜欢探索新奇事物的奥秘"之性格（《海滨拾趣》），而这一性格恰能使当初读村塾时被灌了一肚子的"'四书''五经'及历代诗文等"（《关于"书"的故事》)没有生命的东西"活"了起来。这与"化腐朽为神奇"相仿佛。

本辑之《忆太炎先生》《章太炎先生之日常生活》《从鲁迅先生的"像"说起》《伍非百先生传并附记》《记姜亮夫教授》与《学术与友谊——记我与竹治贞夫教授》六文,无论是就立意看,还是就谋篇说,均十分出色。顾名思义,这主要是忆师友及记友谊的。其中的《忆太炎先生》,以深情之妙笔,状作为"有革命业绩的"大学问家与极善育英才的良师之太炎先生,宛在目前,实为不可多得之佳作。其与收入《语言之起源》中的《〈成均图〉与太炎先生对音学理论的建树》,均同类文中之拔萃者。其于"章学"更是如此,而可谓姊妹篇——别而读之,可得其各自之"胜景";合而观之,则类《文概》之"合两篇为关键者",而奏相得益彰之效。自然,若想深入了解太炎先生之治学精神者,当知《〈成均图〉与太炎先生对音学理论的建树》一文,更是重中之重。总之,这两篇名文当与太炎先生之英名并长存于两间。而若想了解太炎先生之日常生活者,《章太炎先生之日常生活》一文断不可放过。至于《伍非百先生传并附记》《记姜亮夫教授》与《学术与友谊——记我与竹治贞夫教授》三文,乃擅于词章之学术大家"记(传)"学术大家,其不同凡响自在不言中。用《文概》的话说,"其文不可以学而能,非文之难,有其胸次为难也";"昌黎谓柳州文:'雄深雅健,似司马子长。'观此评,非独可知柳州,并可知昌黎所得于子长处"。即此数文有难以学者——以先生胸次之超迈旷远,然良可师,甚堪细细琢磨,而清刘熙载此数语或可为我们能更好地师之之助。

本组最后六文,细读《屈原》,可窥大学者"深入浅出"之秘。其余四文则主要是述治学的,而无论是《我与〈楚辞〉》《治学曝言》还是《自述治学之甘苦》等,均有学术大家之"金针度人"者在。先生治学既十分注意从微观着手,故认为"语言文字就成了不得不首先选择的'突破口'","因为'文学是语言艺术',而中国的文学遗产,则是根据中国语言文字独有的特征而创造出来的。如果不掌握中国语言文字独有的历史特征,就无法深入探索和评价中国文学遗产的诸多艺术现象,也无法做出深层次的剖析和得出创造性的结论"(《治学曝言》);又殊为注重理论观照——"而且在史实面前,我也始终未忘却以理论为归宿"(《我与〈楚辞〉》)。另外,关于"新",先生之见亦至灼:"学术上的求'新',并不是目的;求'新'的目的,在于求'真'。所谓'真',首先是指符合或接近历史的本来面貌。……学术史上那些只'新'不'真'的学说,是经不起历史考验的。"(《治学曝言》)……

第二辑所收的主要是序跋,第三辑则是一组书信。这二者同样是均"有滋味者也"。其中,前者的《〈东庐诗钞〉序》,既是序中之佳品,又是深至之美文,且对我们了解青年时代的景麟先生之抱负与才情不无帮助。"其悲壮也,如朔马之嘶风；其峭健也，如秋隼之攫月；其凄艳也，如啼鹃；其超逸也，如孤鹤。峰峦起伏，波涛汹涌，倏忽变幻，不可端倪。"非目光如炬、深于识诗，而善"提要""钩玄"与夫取比者，实难以臻此。"盖其蕴于中者，郁且久。故其发于外也，宏而肆。斯固抱负非凡，而不遇时者之所为也。余因是而有感焉！夫天之生人，既赋以异材，即当使其纵展弘猷，挽狂澜而拯胥溺。今乃梏其能、困其遇，使不用于斯世，徒托空文以自见，不幸孰甚焉！君居恒以亭林、梨洲自期，今闻余言，其将旧感重生，郁然以悲耶？抑亦乐得知音，而怿然以喜耶？"此甚具韩文之风，而所以能道之亲切有味也如此，乃缘先生深知作者和熟稔吾国文化与历史而对人生意义之锐于思。于此，既见年二十余的景麟先生识度之非凡，亦可测东雷先生气局之异常而非当今以"衣裳"取人者所能望其项背。"北杰南贤世所尊，子今突起持前纛""道丧要子张吾军，菊残莫辞雪霜傲"，金氏《赠汤君景麟》如此盛称"汤君景麟",与乃师太炎先生"生前对汤极赏识"类。难怪,这位苏州名士在请"同光体"主帅陈衍(1856—1937)与曾任民国教育总长的张一麐(1868—1943)诸人为其诗集作序之同时,不忘"持以"请其这位青年挚友"谡正,且属为序"。他如《〈渊研楼屈学存稿〉自序》及《〈自在〉序》说事井然,而多有"情灵摇荡"者焉。好比上好的普洱之耐"沏",而细细品尝,或致使"味之者无极"。另外,如《〈成均图〉与太炎先生对音学理论的建树·结语》之说,则非有透彻之"悟"与渊乎若其无底者实难以臻此!至于这组书信,既通通有"味"——散文之美者,多又殊具学术价值。其中,《致汤序波》与《致汤序波、孟骞》数通对青年学子提升写作水平,当有力焉;而如《致张中一》,则既励中青年学者之志,亦未尝不是治浮躁学风与夫将问题置于"线条"上考察者之良药。

尤为感人的是,从这二、三辑与《〈剑南忆旧〉自序》中,可知先生与序波君之祖孙是如此的相得:"适孙儿序波由黔来蜀,读之大喜,几次劝我投给刊物发表。……我作为长辈,不知怎的,竟也接受了晚辈的提示,并由此引出了我生平的另外一种生活情趣。……世人都说,长辈应为晚辈引路,我看未必尽然,晚辈也未必不是长辈的先行。此后,孙儿序波的那张瘦削的面孔,经常在我眼前浮动;然而他却永远是那样谦逊而沉着,没有丝毫自以为是的味儿"(《〈剑南忆旧〉自序》);"不料,一九九五年秋,孙儿小波由黔来蓉,以四天的时间,为我清理书柜。在所残存的千多封来信中,竟发现来信的封面和笺背,竟偶有我复信时留下的底稿。虽很乱,但也辨认得清楚。我这时正整理文集,孙儿劝我别立书信一类,以作纪念"(《〈渊研楼屈学存稿〉自序》);"从你寄来的几篇文章看,你的水平大有提高。我的著作,不仅深邃,也很枯燥,而你不仅能读得懂,且深有体会,这是出我意料以外的。我以有你这样的孙儿,感到万分高兴！"(《致汤序波、孟骞》一)"小波：……你不仅能看懂我的学术著作，而且能较全面地总结我的学术成就。这真使我喜出望外。"(《致汤序波、孟骞》五)于此，"江天一色无纤尘"，大学者之豁达、难以抑制的因有如此之孙儿而生的喜悦之情等等，是那样的自然而然地流动于这字里行间，充溢着生命之质感，使人感慨万千、使人联想翩翩、使人回味无穷；而我们有幸享受到先生的那么多散文之美，序波君之功莫大焉。从某种意义上，先生乃序波君永远之恩师，而序波君为先生至为得意之门生。不言而喻，无先生之长期熏陶，难有序波君今日之拔萃秀出；而先生仙逝后，则因有序波君的孜孜努力，我们才能看到先生更多之书、文与对先生的生平事迹有更进一步之了解——此间，序波君先后整理出版了先生的《楚辞讲座》《汤炳正书信集》与自撰的《汤炳正传》等等，这些书均受到学术界的普遍好评。如韩石山先生在其《爱写信》(《四川日报》2014年1月10日"天府周末")一文中说:"汤序波先生是我国著名楚辞学家汤炳正先生的孙子,这些年整理乃祖的遗著,出版了好几种……又花了多年心血完成《汤炳正传》,颇获好评。我看了,确实是本优秀的传记作品。便写了一信,表示祝贺。"另外,序波君尚有发表于《中国文化》2010年第1期与2014年第1期的《汤炳正先生的学术历程:景麟公百年纪念》与《汤炳正致李行之书札二通考释》、发表于《淮阴师范学院学报》2014年第4期上六万言之《汤炳正先生年谱初编》、发表于《光明日报》2017年9月25日一整版之《汤炳正:朴学的经世致用》等文,而这些均研究先生与先生学术之高水准者。先生曾言,太炎先生因有出色之嫡孙章念驰而"当含笑于九泉"(《忆太炎先生》);同样地,先生若知自己的爱孙序波君今日之成就,定当亦如是。是为序。

2020年6月22日

目 录

代序　　1

第一辑

失落的童心　　3

海滨拾趣　　10

关于"书"的故事　　20

我写《彩云曲》的前后　　30

忆太炎先生　　43

章太炎先生之日常生活　　66

"孤岛"三五事　　72

从鲁迅先生的"像"说起　　83

海岳烟尘记　　86

重过双石铺　　95

伍非百先生传 并附记　　100

追记"花溪小憩"　　108

狮子山的最初一瞥　　117

"劳改犯"的自白　　123

万里桥畔养疴记　　130

屈里寻踪　　143

无名书屋话沧桑　　163

龙泉驿看花所想到的　　170

记姜亮夫教授　　176

学术与友谊　　181

屈　原　　193

我与《楚辞》　　212

治学曝言　　219

自述治学之甘苦　　228

自述治学之经过　　236

第二辑

《东庐诗钞》序　　253

《古韵学管见》前言　　256

"太炎先生遗照"跋　　258

《文字之初不本音说》跋　　259

《论章太炎》序　　260

"屈原问题学术讨论会"书怀并序　　262

《语言之起源》自序　264

《渊研楼酬唱集》序　266

《湘西民歌集》序　271

《自在》序　278

《千家诗新编》序　281

《渊研楼屈学存稿》自序　283

题《刘伯骏先生绘画册》　286

旧校本《顾亭林诗文集》跋　289

"匕首"和"针"　292

《〈成均图〉与太炎先生对音学理论的建树》结语　297

第三辑

致李恭（三通）　303

致汤国梨（四通）　307

致姚奠中（四通）　313

致王焕镳（一通）　319

致汤浩正（二通）　320

致姜亮夫（二通）　326

致金德建（一通）　328

致饶宗颐（一通）　330

致郭在贻（二通）　332

致郑文（一通）　335

致汤棣正（三通）　337

致章念驰（二通）　342

致赵逵夫（二通）　345

致黄中模（二通）　349

致朱季海（一通）　354

致汤序波（五通）　355

致毕庶春（一通）　364

致崔富章（二通）　366

致杨乃乔（一通）　368

致竹治贞夫（三通）　371

致敏泽（一通）　376

致汤序波、孟骞（五通）　378

致陈怡良（二通）　390

致力之（二通）　393

致张中一（一通）　396

编后记　398

代　序

　　暮春的飞花，晚秋的落叶，如任凭造物者的惯例去安排，则只不过为大地增添了几许泥土而已。但如果由于气流的变化，则一阵微风，飞花往往会连成色彩缤纷的飘带；一股狂飙，落叶往往会旋成拔地而起的尖尖塔。这一切，都是气的造化，力的旋律。

　　记得是改革开放后的一九八八年的春节前夕，在清理旧书时，我发现了"文化大革命"之后唯一幸存的两部线装书：一部是《说文解字》，一部是《楚辞章句》。封面都留有旧时的短短题记，前者是购于日机袭击西安之际，后者是购于执教贵州大学之时。由于一九八八年学术界早已解冻，人们的思想也有了活动的空间。当时我抚摩着这两本旧得发黄的书，浮想联翩，回忆起不少往事，也连及种种现实，于是执笔写下我的第一篇散文回忆录《无名书屋话沧桑》。写完之后，好像内心深处有说不出的舒畅。

　　当时我执笔的动机，除了自我抒怀，并无其他任何念头。适孙儿序波由黔来蜀，读之大喜，几次劝我投给刊物发表。序波的心情我是懂得的，他爱读散文成癖，也发表过一些小品。这时他发现年复一年板着面孔写学术论文的爷爷，竟也写起了散文，不仅有引为同道的亲切之感，也有奉劝我换换空气、松松脑筋的关怀之情；当然我一生的坎坷经历，作为孙儿，也很想要我留下一点痕迹，作为后辈的纪念。总之，孙儿的想法有孙儿的道理，这是很自然的。但我作为长辈，不知怎的，竟也接受了晚辈的提示，并由此引出了我生平的另外一种生活情趣。这也算是学术界的一段韵事吧。世人都说，长辈应为晚辈引路，我看未必尽然，晚辈也未必不是长辈的先行。此后，孙儿序波的那张瘦削的面孔，经常在我眼前浮动；然而他却永远是那样谦逊而沉着，没有丝毫自以为是的味儿。

所谓第一篇散文，我终于在序波已回贵阳之后，把它投给了天津的《散文》。序波不知此情，竟同时也从贵阳把副本投给了北京的《散文世界》，结果两刊都发表了。一稿两投，理不应当，但事出有因，造成错失，我内心一直歉然！好在他们两家也都未见责怪，而且《散文世界》的"编前小语"中竟说："有味的是老学者汤炳正先生所撰《无名书屋话沧桑》一文，其甘苦难分的沧桑感，正是岁月沉积的结果；通过作者的睿智与豁达的滤炼，更别具光彩。"这无疑又是对我这个初学散文的小学生的有力鼓舞。

正由于有上述那一股又一股的消冰解冻的大气流作催化剂，才使我脑海中行将消失的旧事，逐渐连接成一些断章残篇，并辑成这本小集子。

集子的内容很杂，有的曾散见于海内的一些刊物上。但说它是学术回忆录吧，生活琐事又太多；说它是生活回忆录吧，学术气味又太浓。归类非常困难，似乎没有它的立足之地了，这不免使我有点失悔！尤其是在提起"学术"二字就令人头痛、令人感到寒酸的今天，下笔时如果舍得把内心的陈旧积习净化一下，把个人的曲折经历抛却几分，从而把带有诗意的浪漫主义想象做些渲染，不也会使文章略增光彩吗？但我却做不到。这也许是自己那不可救药的个性在作怪吧？然而我那布满荆棘的人生道路，饱经风霜的清癯面孔，也许被勾画出了一个大致的轮廓，这也是颇堪引以自慰的！

就是这样一本写生簿式的小册子，在还没有出版之前，竟得到不少人的支持与帮助。版式筹划，由李大明同志负责；参加抄写与校对的，又有我的老伴潘芷云，学生李诚、熊良智，孙儿汤序波等。所有这些，我将永矢弗忘！

汤炳正

一九九六年三月廿一日

写于渊研楼，时年八十有六

第 一 辑

失落的童心

（一）

我母亲是个沉默寡言的人。据说，她跟我父亲结婚之后，两三个月当中，只是做家务，不讲一句话。父亲见到我舅舅，曾问道："你妹妹是否哑子，为何不会讲话？"邻居们传为笑柄。但我从懂事起，觉得母亲是很会讲话的，她讲故事，不紧不慢，娓娓动听。农闲的冬天，在温热的炕头上，她跟我对面坐着，把脚盖在一条被子下；她的手不离针线，我就眼巴巴地听她讲些离奇的故事。夏天的晚间，我卧在庭院石板上乘凉，她就坐在旁边，一面为我挥扇驱蚊，一面指点着天上的牵牛织女星，美丽动听的故事就开始了。

母亲除了讲故事，也往往讲些我孩童时代有趣而又可笑的情景。这些情景，如果不是经她讲述，我自己是一无所知的。因为我听得津津有味，跟听故事差不多，母亲也就经常把这些事情作为讲故事时的插曲。

我们乡下，在小儿周岁的生日那天，除了蒸寿桃、吃寿面而外，还把纸笔、算盘等物件摆在小儿面前，看他抓些什么，以卜小儿一生的事业前途。母亲说，我当时推开算盘，只抓纸笔。这些当然是缺乏科学根据的民间习俗，不过我的一生，确实是死抱着书本不放，而短于筹划生计。这也许是命中注定的吧。事实上推开"算盘"只抓"纸笔"的路子是走不通的，而我却偏偏坚持到现在。

我们那里，每年农历七月十五举行"盂兰盆"会。据说是超度航海亡魂的。届时男女老幼盛装倾巷而出。我两岁半那年，穿上新衣和虎头鞋，那鞋头上两只虎眼圆圆地瞪着，栩栩如生。我跟哥哥高兴地走出大门，我又回过头对母亲说："妈，我穿上三只眼睛的鞋，跌倒也不哭，笑当哭！"我当时虽把"两只眼睛"讲成"三只"，连数的概念还弄不清楚；而对前进中的颠蹶却能以笑当哭，这种人生哲学，也颇耐人寻味。说实话，我现在早已缺乏这样的涵养。我一生中在自己所选择的人生道路上，对顺境中的愉快自然是做得到的，而对逆境中的挫折要做到豁达乐观，还是很吃力的。

辛亥革命那年，我不满三岁，在我的记忆中是一张白纸。听母亲说："我们石岛，那时本是'乡兵'（实即清兵）驻地。一夜之间，说是革命军来了，只要带辫子的都要砍头。大家吓得忙把辫子剪去。不久又说'乡兵'回来了，凡剪了辫子的，抓到就杀。又吓得大家东躲西藏。你父曾为此逃到偏僻的山村去住了一年，才敢回来。"母亲边说边摸着我的头说："你的哥哥当时都留了一条小辫，把辫散开，也不敢出门；你那时头发还没有长起，只有一撮毛，还扎不成辫子，所以并没有受到他们那些苦。""你为此常常很自豪，好像自己比哥哥格外高明似的。"听了妈妈这段话，我一直纳闷：人为什么要你杀过来，我砍过去？一条小辫子为何会惹出这么多事？后来长大了些才听到有学问的人说："这就是革命。"

一个人的孩童时代是不能再现的，而且孩童时代又还没有记忆的本能。因而，母亲上述的几段话，对我来讲，是足够珍贵的了。

（二）

人的生活情趣，总是随着年龄而改变的。大人的生活情趣，儿童不会理解；同样，儿时的生活情趣，长大回忆起来，也觉得隔膜得很。记得我小时最爱跟蚂蚁打交道。只要看到蚂蚁的活动，蹲在那里一看就是好半天。看它怎样寻食物，看它怎样搬家，看它怎样群斗，等等。有时看到一两个蚂蚁抬起比它大几十倍的东西，摇摇晃晃的很吃力，我就帮它一把；但蚂蚁似乎并不领情，有时反而惊慌失措，弃物逃走。蚂蚁群斗，确实是个壮观的场面，是你死我活的斗争。它们究竟为了什么而惹起争端，我不晓得；正义属于哪一边，我也不清楚。但如果我发现哪个蚂蚁被咬得招架不住，性命交关，我总要帮它一臂之力；或简直把逞霸者用指头捏死。也许蚂蚁并不知在它之上还有个左右命运的"人"存在；也许会把上述的遭遇看成是"天意"吧。记不清是什么时候，我对蚂蚁失掉了兴趣，甚至由漠不关心到讨厌它哄抢人类盘碗中的食物。

　　白田鼠确实很可爱，我跟三哥小时，曾为它付出不少劳力。它是鼠类的别种，小巧伶俐，洁白如雪，生在沙地的草丛中。每当秋冬草枯之际，你会发现它的小脚踏出一条条路径，顺着这路就会找到它的巢穴。你要挖掘捕捉，首先必须用雪白的干沙灌入穴中，顺着干沙的痕迹才能挖到它的老巢。否则挖到半途就会迷了路线，一无所得。它的窝里存放着各种草籽，大概算是它们过冬的食粮。原来它的两颊能包含大量草籽，是它得力的运输工具。我们得到小白鼠，就用一尺见方的木盒喂养起，它发现足够的食粮，很快就会驯服的。如果用细铁丝编成圆圈，中加轴条，安放在木盒的半空，小白鼠就会进入圆圈内飞快地蹬踏，旋转如车轮，煞是好看。我总认为它懂人意，会如此乖巧地逗我们耍，越发爱它。但有一次，听大人说：它并不是在逗你们耍，它是要像在沙地上那样，用高速度的脚步逃脱你们对它的禁闭。如果它知道是"原地踏步"，决不会再蹬的。我从此，不但对小白鼠失掉兴趣，也失掉了感情，乃至后来把它淡忘得一干二净。

(三)

好奇心，也许是儿童的共性。但因好奇而做出形形色色的幼稚事，或也因人而异。我儿时的好奇心，最突出的还是对"魔术"的迷恋。每当正、二月间，凡村南村北，前村后村，只要有耍魔术者鸣锣开场，我总要去看；而且对那些神出鬼没的玩意儿，并不是光看热闹，总要暗里琢磨其所以然，探索其奥秘所在。如果近处某场魔术我未得见，我会引为极大的遗憾，郁郁不快者数日。我的这个癖性，一直到十岁左右还没有变。记得一次，我曾用自己的"压岁钱"，偷偷地到石岛书店买了一本《中外戏法大全》。这是我生平用自己的钱买书的开始。对此书所载的什么"仙人摘豆""珍珠变蛋""白纸显字"等等，学了之后，就耍给哥哥弟弟看。只要对方看得感兴趣，我就洋洋得意。在家人中，只有我大嫂最喜欢我耍魔术，并且始终保持着浓厚的兴趣，总是信以为真；因而我也最喜欢耍给她看。我离家后，听说大嫂遭遇极坏。大哥去世，她拖了几个娃儿流亡到东北谋生，几经颠沛、坎坷、折磨，晚年又回到了老家。她的女儿曼华，现在四川工作。前几年她回老家探母、大嫂在谈话忆旧之中，还提起我童年对她耍魔术的情景，讲得活灵活现。但事如隔世，这一切已成了永远不能再现的梦影。

（四）

过阴历年，是我童年时代最喜欢的事。这个新年刚过不久，就盼望下一个新年；尤其是在新年迫近之际，往往是每天掐指推算。诸如一年一度的做豆腐、杀猪、祭祖、祭灶、打囤子、包饺子乃至元宵节吃汤圆等风俗，确实是很迷人的。所谓"打囤子"是年三十晚饭之前，家家的长辈都率领儿孙，带上香、纸、火炮、吊谷（即五色小纸幡）等，到晒谷场上依次跪拜叩头，祈祷丰收。那时我总是希望自家的火炮比别家放得久些，声音响些，并引以为自豪，煞是有趣。吃好饭，穿新衣，当然是新年的快乐事。尤其得到了"压岁钱"，拆开一个个红包，就可以自我做主地去买些火炮、糖葫芦，得意极了。好像新年的全部意义就在于此。记得有一年新年刚过，我父亲把我们弟兄五个喊到面前，列队而立。父亲露出了威严的脸色，我预感到他要宣布什么禁令。父亲终于向我们提出：从今年起，你们的"压岁钱"全部交我代管，成人后，交还你们。于是由大哥带头，按次交出了"意外之财"；临到三哥，他不肯交，父亲就猛地给了他一个耳光,大家都震呆了,全屋鸦雀无声。我是老四,当然只有当了"顺民";五弟不随大流,也不行。在这场闹剧之后,父亲宣布:糖果吃多了,要害胃病;放火炮,要引起火灾;养成浪费的习惯更是坏事……我当时觉得,没收了"压岁钱"就等于取消了新年,是没有道理的。后来,我年纪大了,想法也有些变化。原来以为"没道理",后来觉得还是有些道理。尽管那个响亮的耳光,我至今仍是不以为然的。

我的体验是,盼望新年的迫切心情与年岁的增长成反比例,年岁越大,心情越淡;新年到来的速度,则跟年岁的增长成正比例,年岁越大,新年来得越快。但这种心境的变化,在我来讲,也很复杂。记得一九八七年我写有一首《腊月自嘲》的诗云:

老来常恨年华速,岁岁偏希春早来。
正是情怀两难遣,梅香送暖到幽斋。

看来憧憬着美丽春光的早日到来,我还是至老不衰的。

一九九〇年十二月四日

海滨拾趣

一、观日出

我的老家是山东荣成的石岛镇。这里地处山东最东端成山角的南侧，三面环海，背后靠山，地势极险要。春秋天日晴朗，水天一色，澄碧如玉，风帆入画，景色宜人；若遇阴霾风暴，则又浊浪排空，有如山崩地裂，动魄惊心。有时，朝夕之间，阴晴变幻，气象万千。由于地势特殊，民间留下许多历史传说与神话故事。据《史记·封禅书》载：秦始皇曾祭日于成山。而民间传说又谓：始皇当年为了观日出，曾以鞭驱石成桥，伸延入海，至今残石犹存；故后世又留下"天尽头"的大字碑碣等等。又闻父辈言：甲午之战，日军正面进攻威海遇阻，曾绕道成山角登陆，袭我军之背。当时炮声雷鸣，村民的窗纸震颤欲裂。我的童年，就是在上述的自然环境与历史环境中生活着、成长着。

我的家距海滨不到一里，每天清晨"开门见海"。尤其是夏天,太阳出得特别早。天还没有大亮,红彤彤的太阳就在耀眼的霞光掩映之下,从海天之际慢慢地升起。这虽然是奇观,但也见惯不惊。故我小时读到唐人王湾"海日生残夜,江春入旧年"的名句,对"海日生残夜"的美妙境界,体会得特别深。不料,近年我见有人在《光明日报》上两次发表研究文章,竟为世传的误"日"为"月"的刊本所惑,力主"海月生残夜"之说。盖"月"与"夜"的联系是常事,而"日"(太阳)与"夜"则是绝缘的。殊不知"海日生残夜"的妙处正在于此。黄庭坚评此句谓"置早意于晚残中",可为一语中的。如改"日"作"月",则"点金成铁",索然无味矣。可见,文学创作固然要有生活体验,而文学欣赏与研究,又何尝不要体验生活呢?当然,有些问题,从古代典籍里并非不能得到启示。即如我的故乡在汉代曾置"不夜城",属东莱郡。"不夜"之名,不正可与"海日生残夜"互相印证吗?不过,这都是我今天所想到的。我小时就只觉得黎明之际的海日特别好看,王湾的诗句如此美妙,哪还知道会有今天这般的"麻烦"。

二、赶 海

俗话说"靠山吃山,靠海吃海",一点不错。我们家乡对吃鱼是很内行的,故谚语有云:"嘉鱼头,鲅鱼尾,鲐罗肚，鲇鱼嘴。"这是指某种鱼的某部分味道最鲜美。但我小时，并无如此深切的体会。那时我除了赶龙王庙会之外，最感兴趣的是"赶海"。即每当海潮退落之际，几里远的广阔海域，顿时变成了陆地。大家便提起小竹篮子去捡海产品。那礁石上碧绿的海莴苣，黄生生的牛毛菜，深褐色的鹿角尖，任你采撷些什么都可烹调成桌上的美餐。一些姑娘最喜欢在礁石上敲取牡蛎肉；我们男孩子就在长有海草的平滩上挖蚌蛤或捉螃蟹。捉螃蟹要有经验，否则被它的双螯钳破了手，就会鲜血直淌。但你只要从蟹甲的后部用两指突然捏紧，它的两螯再长，也无用武之地。挖蚌蛤比较简单，先将锄头挖入沙滩三寸多深，尽管往前拖着走；只要听到锄头"咔唧"一声，一定就是碰上了蚌蛤。那是一种"花蛤"，外壳花纹极美，而且光彩夺目，就像涂上了一层彩釉，可以作儿童玩具。我的"赶海"生活中，每得到一个"花蛤"，比之回家后吃上几个"花蛤"的兴味还浓。据说，有一次国家为了加深石岛的海港，派一艘吸泥轮来挖沙泥，曾在沙的深层发现不少化石螃蟹，玲珑可爱。我每次"赶海"都想碰上它，而结果是失望。有意追求的东西，往往未必得到；而得到的东西，又往往是出乎意料之外。人总不免要受"机缘"的捉弄。例如我最喜欢的是"赶风扫海"，即在每次大风暴、大浪潮之后，海潮退得特别远，连平时没有出过水面的礁石等全都呈现出来，故"赶海"的收获往往格外丰富。运气好，就会捡到诸如大型海参和大个螺蛳之类的名贵品种，以及什么意外的东西。所谓"意外"，指的是如有商船触礁，就会捡到漂流到海边的诸色货物等等。如我的一位老师就曾得到一部包扎严密的《百子全书》，但我却没有碰到这种机会。

三、大　鱼

我小时，亲友都夸我温文尔雅，个性"内向"，但却不知我个性的另一面是：峻急锐进而又喜欢探索新奇事物的奥秘。因此，我对整天稳坐的钓鱼生活，既无耐心，也无兴趣。但对老辈谈到有关大鱼的故事，则听得津津有味。

据我母亲讲，在老早以前，她家附近的海边上，曾由浪潮推上了一条巨大的死鱼，长十多丈，口腔直径一丈多，没有眼球，只剩下两个空眼眶。村民说，此鱼是犯了罪孽，为龙王处死，并挖了眼睛。它的眼眶极大，能容两人对坐下棋，两人观棋。鱼皮坚硬如石，刀斧不能入。村民用丈长大木撑开口腔，才进入腹内，进行割剖。在它胃里曾发现有铁船钉和银手镯等物。当时村民们都益信"犯罪"之说不诬。最后，鱼的脊骨每节都被人利用，大的当作水缸的底座，小者做圆凳用；又将腮部的嘴巴骨做成一个长桌，送龙王庙做祭台用；至于鱼鳞，家家都用它代替了窗上的玻璃（当时乡下的窗格不过两三寸宽）。我母亲所说"老早以前"，大概也不会是很早。因我小时到外婆家，还从邻家的窗上看到这种鱼鳞，只是没有剩下几片。还看到几个鱼脊骨小圆凳，坐得红润光滑，煞是可爱。"耳闻不如目见"，母亲的话，一定是真实的。

我的邻居老廖头，一生的职业是远海钓大鱼。所谓"大鱼"即指鲨鱼而言。他曾说："猪大几百斤，鱼大没秤称。""我所能钓到的，最大不过千斤以内。如果碰上真正的'大鱼'，不仅不敢钓，还要烧香磕头哩。"他说："有一次，在远海里，我们突然发现一个过去没有见过的小海岛；不久，翻起一股冲天的巨浪，这小岛又隐没了。原来是个大鱼的脊背露出了水面。"他又说："这种大鱼的出现，有时是成群，而不是一个；像是群岛，而不是孤岛。"我小时每读到《庄子》："北冥有鱼，其名为鲲。鲲之大，不知其几千里也。"总认为他是在"吹牛"。自从听了老廖头的谈话，知道庄子虽善寓言，但不能说是毫无现实根据。

在我们家乡，大多数人家都以打鱼为业。这是指的一般出海网鱼而言。由于那时没有天气预报，渔民们往往有遇风暴而葬身大海的悲剧。但这其中，也发生过喜剧性的故事。即有时风暴卷走了渔船，远漂异国。经过几年，渔民因祸得福，竟在异国发财还乡，全家团圆。据我母亲说：曾有个渔民被风暴卷走之后，家里埋了"衣冠冢"。出事三

14

周年那天，妻子在坟墓前祭扫痛哭，突有大群喜鹊在头上盘旋飞鸣。她猛抬头，竟发现丈夫提着一条鱼，由远处走来。细节虽像传奇，但类似事件确实是有的。当然，这也毕竟是人类在自然灾难中的少数幸运者。

四、海市·吊龙

我幼年的海滨生活，现在回忆起来，以看"海市蜃楼"为最有趣。事情都是发生在春夏之交、初晴之际，地点都是出现在离我们家四五十里的镆铘岛与黑石岛之间。一般是风平浪静，海面如镜，突然在天水相接的远方出现奇观。这时儿童们多欢跃惊呼，互相传告。据我所见，所谓"海市蜃楼"多数是些塔子或楼阁。顷刻之间，这楼塔或由矮变高，层叠而上；或由少变多，错落有致。记得最好看的一次，是出现了一座巍峨的庙堂，庙前摆了一张几乎跟庙堂一样大的桌子，桌旁撑着一顶特大的雨伞，都像漫画似的，大小比例，极不相称。桌上除常见的酒壶、酒杯外，竟有只肥大的活鹅在桌上走来走去。这个奇怪的搭配，真可说是"异想天开"。不禁使我想起宋代大诗人苏东坡五十岁那年到我们胶东的登州做官，因严冬之际要仓促离任，以未见"海市蜃楼"为憾，乃祷之海神庙，竟一反常态在严冬出现了"海市"。他为此写下一首七言古诗《海市》，流传至今。此诗确系绝妙好辞,但"海市"乃空气温差折光所造成,严冬绝不会出现"海市"。今天看来,我很怀疑这是诗人的文字游戏,并借"敢以耳目烦神工"来抬高身价。也许这跟韩愈的《祭鳄鱼文》出于同一个目的,都是"故弄玄虚";跟《送穷文》也是一样的性质。

不知怎的,我小时一提起"吊龙"总有些神秘感。当然,"吊龙"也确是海上奇观。虽老人谈得特别多,而我却是只看到过一次。那是一个夏秋之间的炎热天气,太阳当空,一晴无际,突然在远处大海与天空之间出现一根巨大的云柱,扭动翻滚;一霎间阴云密布,大雨滂沱。据老人说,这是巨龙在取水行雨;有时还能发现龙鳞闪耀,龙尾摆动。当时我的塾师要求甚严,常常要我把《周易》从头到尾一口气背完,我颇不以为然。而他讲乾卦"飞龙在天",我则深信不疑;以为"吊龙"就是证据。后来我才知道,"吊龙"不过是海洋大旋风卷水腾空所引起的气象变化,与龙无关。不过对远古有飞龙,我仍持肯定态度。因为飞龙不过是今已绝迹的远古动物;"恐龙"化石不过是其族类之一,故有飞龙,也并不足为奇。

据史书记载,春秋战国之际,燕赵东齐多神仙术士。这跟海上的奇观幻象是分不开的。因为它很容易让人们在思想意识上构成一种奇特的联想、虚幻的境界。无怪我小时,每当听到上述那些现象,都认为是神仙在"显灵"。

五、游崖·海浴·蚌壳花

从我们村南的"发浪石"开始，迤东转北，直到正东方的"东炮台"，沿海五六里之间，全是高耸的陡崖，巉巉的奇石。高者数丈，低者数尺。嵯峨起伏，倾斜纵横，移步换形，各逞异态。什么"钓鱼台""仙人阁""娘娘轿"等形象化的名称，随处都有。我小时总喜欢兄弟结伴往游，寻幽访胜，妙趣横生。有时我个人带着书本去到崖石高处，面对大海，坐读终日，别饶情趣。不过现在回忆起来，要想讲清楚崖境之胜，总难理出个头绪。如果用我今天的审美观点来追想：那海边的崖石，其崔嵬处，比之石林更雄峻；其崎岖处，比之溶洞更幽僻。石皴横斜，胜似邃古岩画；高下层叠，有如人间楼阁。有时与汹涌的波涛相撞击，而益显其壮；与变幻的云天相掩映，而益见其奇。当然，如果我现在重莅其境，亦未必如此美妙，但出于回忆而又难于再见的事物，总是比摆在眼前的事物要美好得多。心理学家对此也许能做出回答吧。

记得每当崖游结束而抵达"东炮台"时，我总是喜欢骑在古老而笨重的大铁炮上玩耍一阵，那大炮已被孩子们骑得油黑发光。老人说，那是明代沿海一带抗击倭寇的遗物。近来家乡来人说，石岛已是开放城市，正在开发兴建中。

17

我深望那座方方的炮台、乌黑发光的大铁炮,还是保留下来为好。

"海浴",自然是海滨孩子们的家常事,我也毫不例外。尤其是学校放了暑假,我们几乎是整天浮沉在海浪之中。仿佛家里禁止得越严,去"海浴"的趣味就越浓。个个都变成名副其实的"弄潮儿",甚至有意选择大浪滔天的日子,觉得这更好耍。时而被抛到四五米高的浪尖上,时而又落入几丈多深的浪涡里。飘飘然,颇有些腾云驾雾之感。所以直到今天我对所谓"冲浪比赛",并不感到稀奇。有一天,太阳热得像火,父亲禁止我们"海浴",我带点赌气的意味,竟去游泳了一个整天,脸皮晒得像一块黝黑的铁。回到家门,我家的狗竟迎面狂吠,不认识我。不久,我满脸都生了热疮,中秋节还不见好。现在我额头上那个隐隐可见的疮疤,就是这次留下的"纪念"。

游崖与海浴的余事,就是在归途捡些玲珑斑驳的卵石和美丽的蚌壳之类,带回家来。我曾经把卵石用水泥粘结成山景,并利用水的压力,使山洞的龙头喷出一线水珠,见者莫不称奇。一年冬天,我同二哥拣取颜色绯红而又圆似花瓣的小蚌壳,用溶蜡粘成朵朵小花,束散麻作花须,缀诸曲折多姿的树枝上,插进客厅的花瓶,简直可以乱真。今天想起,这应当说是我国贝壳艺术品的始祖,因为那时才是二十年代的光景。记得是正值冬季,故二哥曾为此写了一首诗,其中有句云:"时人不识个中趣,疑是桃花雪里开。"当时我对二哥会写诗而自己还不懂写诗,又羡慕,又嫉妒。

六、海之梦

我跟海滨生活逐渐疏远,三十年代初就开始了;我离开家乡,则是四十年代初期。因为那时,为读书、为谋生而南北奔波,回乡的次数越来越少。不过真正跟海滨绝缘,还是在抗战时期,家乡沦陷、流亡内地之后。

我离开家乡已是半个世纪了,海滨之梦的残片,犹时时映现于脑海。娃儿汤世洪为了慰我乡思,曾画了一幅家乡海滨图送我。其中镇铘岛、东炮台、客轮、渔帆等,历历在目。去冬,我八十自寿诗有云:"喜随画笔看铘岛,笑带诗情过剑门。"上句即指此事而言。

记得鲁迅曾说:"一个人做到只剩下了回忆的时候,生涯大概总算是无聊了吧。"但我的体会并非如此。当然,幼年的生活不能重演,就像破碎了的梦无法重圆。可是每个人都有回忆往事的本能。重温幼年旧梦,不仅会使人得到慰藉,仿佛也会使人变得年轻。而且,回忆一下失而不可复得的东西,又往往可以填补你的失落感,而觉得分外的充实和有趣。这就是我写这篇散文时的感受。

一九九〇年四月廿二日

关于"书"的故事

　　凡是家里出过几个读书人的,俗称"书香人家";如果讲得古雅一点,也可以说是"书香门第"。书而言"香",既有事实根据,也有感情色彩。如纸有香味,墨有香味,印成书,当然展卷之际会有一股清香扑面而来。如果为了防蠹蛀,而在书页中夹上几片苏叶或芸草,则书的香气就更为浓郁。但书而言"香",恐怕更主要是主观感情在作怪。因为自有文字乃至书籍以来,人类才从野蛮走向文明;到后来读了书的人又可以猎取功名,光耀门庭。谈书而言"香",自然非同寻常。我觉得把书跟"臭"联系起来,是不见经传的;至于把读书人跟"臭"挂起钩来,那只能由"人"负责,与"书"是无关的。

　　我父亲总算与"书"有缘,是满清的秀才。据说是在光绪末年停止科举前的最后一场考取的,所以家人特别感到庆幸,曾为此大宴宾客。这也难怪,因为当时乡下的读书人家，为了子弟科举得中，即使贫家，而且子弟并不高明，事前也总是喂养两头肥猪，准备庆贺之用。凡落第而归者，都是待夜黑时才进村庄；而且一入家门，数月不敢外出，乃至因此而害病不起者，也大有人在。那时我还没有出生，当然这是听大人讲的。不过后来我懂事时，对这类事也有些纳闷。如父亲中秀才时，"学政"大人还送了几块金字煌煌的匾额。我小时，这匾仍挂在客厅。中间有一块写着"棣华竞秀"四个大字，据《诗经》，"棣华"是比喻兄弟，故匾的题款除了我父亲的名字，还有伯父的名字并排着，还称他为"监生"。据我所知，伯父性笨，没有读过几句书，识字不多，为什么竟成了"监生"，并说是"竞秀"呢？后来才知道，那时凡是家中一个人科举得中，则父母兄弟都可得到功名，不过要向官家交纳些钱才行。待我读了几句书以后，终于明白了历史上所谓"卖官鬻爵"，就是指的这类事情；故得爵得官的人，不一定是与"书"有缘的人。

我长大之后，趁父亲不在家，往往去翻检父亲读过的书。这些书放得很乱，有的放在案头，有的放在门楣的搁板上，有的放在几个大木箱里。其中，经史子集之类古籍自然不少。但也夹杂些徐光启的《农政全书》、梁启超的《饮冰室文集》、魏源的《海国图志》以及什么《矿物杂志》之类。看来父亲当时也可能是个"维新"派。有一次，我第一次打开了大木箱，里边尽是些"闱墨"，装成袖珍册子，长不过六七厘米，字小如聚蚁。所谓"闱墨"，即是采自历次考场得中的优秀试卷，印出来供学子们摹拟揣摩。有些书名还是很雅致的，如《铁网珊瑚》，即是一例。据说凡从海底采珊瑚者，必先以铁网撒水中，几年之后，珊瑚的枝桠即长入网孔，举网即可得到鲜红夺目的珍宝。这书名，既把文章的身价抬得很高，又有对佳作网罗无遗之意，是一顶绝妙的广告。至于书为什么印得如此之小，这也许是为举子们"私藏夹带"更方便吧。总的讲，我觉得父亲的藏书太杂。数量虽不算多，几乎包罗古今中外。父亲一次对我说：当时正是康梁维新之际，除了考试"经义"八股之外，又有"策论"题。对此，不能不做多方面的准备。据父亲说，有一次考场的"策论"题是《论项羽与拿破仑》，有个考生的文章第一句是："项羽有拔山之力，岂不能拿一破轮哉。"人们传为笑柄。

据我个人小时读书的体会来看，人跟书要发生感情，是不容易的。

记得我七岁进入小学读书时，父亲有意识把我的座位安在最前排，跟严厉的"解老爷"对面而坐（解系我祖母的弟弟，故我只称"解老爷"，不称解老师）。但我对"国文""算术"一类的课，并不感兴趣。倒是坐在最后排的刁举成同学所画的人物画（多是戏台上的关羽、张飞之类），我们都觉有趣。往往暗中从最后排一直传递到最前排；在"解老爷"面前，我不敢公开看，就带到厕所，慢慢欣赏。

其次又觉得唱歌很有意思。唱的是"四千余年故国古，是我完全土……"我并不懂歌的含义，但唱起来，觉得悠扬好听，就爱上了。甚至我大哥、二哥在高年级唱的什么《西湖十景》中的"风暖，草如茵，岳王故墓，苏小孤坟，英雄侠骨儿女柔情。湖山古今，沧桑阅尽兴亡恨……"我也唱得溜熟。至于词句的涵义，全然不知。时至今天，我才能根据记得的字音填成上述的文字。但是，我对"国文"课里的"人、手、足、刀、尺……"，却是在老师的严逼下，才不得不被动地读呀，划呀，好不吃力。也许人类的文化意识，绘画、唱歌，跟先天的本性更为接近些，而文字书籍则是在功利意识的驱使下才出现的。

正由于父亲跟古书结下了不解之缘，跟旧的科举制又有一些渊源，所以在"五四"以后，他在村里办了一所村塾，我们弟兄又在村塾就读。我那时几岁，记不清。只记得在读《诗经》中的"窈窕淑女，君子好逑"时，我并不懂得什么是男女之情，只知道它既是书，就要读、要背、要讲。村塾没有星期天，小学生闷得慌，如果老师要派个学生出外做事，都抢着去。这竟成了学生不可多得的"美差"。例如，那位栾老师要吃远在五里之外的山泉水，学生就争先恐后去抬；老师喜欢在花盆里栽上绿茸茸的青苔，学生就七手八脚爬上山崖去剥取……但这并不是因为读了《论语》"有事弟子服其劳"的古训，而是可以借此离开书本散散心，活动一下坐得麻木了的腿脚。如果附近的庙宇赛神演戏，学生就请村里有声望的老者到老师面前求情，放学生去看一天半天戏。求情的结果，大都是使学生失望。

村塾学生生活的三部曲，就是听书、吵书、背书。听书，是老师讲，学生听，听不懂，也要装懂；吵书，就是每天晚饭之前，全堂学生都要高声朗诵，听起来有些像塘里的青蛙在吵闹；背书，是定在每天早晨，先把书放在老师桌上，背向老师，面壁而立，把规定的内容背下来。背书的声调是有区别的，背诵古文有古文的调子，背诵诗歌有诗歌的调子，都悠扬悦耳。至于背诵经书，则只是一般说话的调子。这个传统怎么来的，不得而知。最可怕的是，如果背书背不上来，老师往往会冷不防从背后用烟袋锅儿敲打你的脑壳；这是否反而损伤儿童的记忆力，那是不管的。每读一部书，都要能从头到尾一口气背下来才算完成任务。在背时，老师还要三番五次从书中任抽一句，使你接背下去。这虽然不算"倒背"，但却打乱了原书的次序。现在想起，这确实有点"庸人自扰"。因为要背书，我每晚就在炕上摆个小桌，读到深夜。为防止瞌睡袭来，我总是把被子卷得高高的，坐在上面，稍困倦，即会滚跌下来。我一生没有卧床看书的习惯，也许就是这时养成的。当时我每晚练"八段锦"时，也要边练功，边背书。一部《易经》，其中最难记忆的表示阴阳爻的"九二""六三"之类的数字组合也能背得一字不错。至于佶屈聱牙的《尚书》，那就更难背了。无怪我三哥浩正曾发牢骚说："《尚书》不过是古人练习写字的烂本子，字与字之间毫无关系，为什么要求我们背呢？"的确，小时对书内的含义不理解，这给记诵带来多少倍的困难。而村塾的学生们就是这样地把"四书""五经"及历代诗文等，灌了一肚子；至于"食古不化"，乃至"伤脾败胃"，则非所计也。不过，我今天还能朗朗上口的，多半是那时读的几本书，后来读的，总是记不真切。

尽管读书是人们引以为荣的事，但几千年来，"书"是不断遭到劫难的。这劫难来自各方，也有各种形式，而最凶的是"焚书"。秦始皇焚书，惹得千古骂名；而历代兵燹中所焚之书，则简直难于计算。"火"好像是"书"的死对头，故古代藏书家对此防备极严。明范钦建立了"天一阁"藏书楼，大名远扬。为什么阁称"天一"，据说是用古人"天一生水"之义，以水克火。至于这个"天一阁"之所以至今未毁，是否因此，就不得而知了。至于清钱谦益的"绛云楼"，囊括诸家旧藏，搜罗天下秘籍，可谓多矣。但"绛云"一炬，竟成了中国文化史上的巨劫。火确实是无情。我上述这段话，是因我回忆读村塾时，曾闯下了一件祸事而引发出来的。

记得每年村塾放了"麦假"，即割麦季节的农忙假，村东龙王庙必演戏，我们很感兴趣。但那时，我对什么《二进宫》《三娘教子》之类，是不爱看的。红脸白胡子的徐延昭抱着大铜锤，一唱就是半天，我不爱看；三娘训了儿子一顿，还要用板子打，我也不爱看。这是否跟塾师经常用板子打手心联系了起来，我已记不清。我们最爱看的是《铁公鸡》，因为它是真刀真枪的武戏，中间还有火烧张家祥的惊险场面。在演此戏之前，演员们要烧香祷神，据说这样才能避免刀枪误伤之灾，这更增加了我们对此戏的神秘感。有一年看此戏后，我跟三哥、五弟三人就在村塾里仿演起来。在火烧张家祥之后，竟把带火的纸丢在纸篓里，又去他处玩耍，不久便听见人们在大喊"救火"。原来村塾里几个放书的大书架及学生的案头书，早已燃烧起来。待火势扑灭，就只剩下几本残书而已。村塾的藏书虽不算多，乃全村书香人家凑集起来的。也可以说，这是我村的一次"文化小劫"。

火对书确实是残酷，但水对书则似乎还有些情分。记得在我能够独立阅读之时，兴趣是广泛的；正课的必读书，已不能满足我的需要。尤其在火烧塾书之后，更是如此。故回到家里，往往翻箱倒箧，把抽屉底下的残本《三国演义》《山海经图》，乃至什么《绿牡丹》《太上感应篇》等，全看成珍宝。出乎意外，有一次，我的塾师竟得到一部《百子全书》，书是干干的，有些页却粘到一起，轻轻地揭开，才能阅读。我询问书的来由，说是有人在海滩上捡来的。是一条由上海开往津沽的轮船，满载书籍等物，遇风暴，触礁沉没于近海。此书包扎严实，被海浪冲到岸上，虽已浸透而未受损。此事对我这个见闻闭塞的乡下学童，竟是一个巨大的启发。这部《百子全书》是上海扫叶山房出版，我从此就成了这家出版社的邮购主顾；后来，我跟商务印书馆、中华书局、有正书局等，都取得了联系。前后购买的大书，有《十三经注疏》《金石萃编》《二十四史》《百子全书》《汉魏六朝百三名家集》《古文辞类纂》《三希堂法帖》等。每次买书，我对父亲总是"先斩后奏"；即借了钱，买了书，书寄到，我才抱书到父亲面前，要求还债。此时，父亲虽有怒意、有难色，但其中也透露出一丝欣慰之情，我是觉察得出的。这就使我的买书癖一发而不可收。有这样多的课外读物，当然也就使我大开眼界。

在我们前后的几个塾师中，张玉堂老先生对我的教益最大。他是满清的拔贡，也是我父亲的老师，学问道德，远近闻名。他给我印象最深的是，经常用"开卷有益"这句古话来教导我。据他的解释，无论什么书，只要你肯读，就会收到效益。因此，我看什么书，他不指定，也不禁止。像原来的老师不准我读《三国演义》之类的事，从未发生过。他讲书，要使学生坐着听，不像过去那样站立在老师桌边听；而且讲的内容，也深入浅出，生动有味。原来的老师评改诗文，总是把我的习作涂得黑黑的，几乎剩不下几个字，而张老师却只改不多的几句，余则加上圈圈点点，做出应有的肯定。因为过去的老师多以己意改换学生的本意，而张老师则是就学生的本意而使之臻于完善或加以深化。这时我的诗文进步较快，当与此有关。有一件事，我永不忘,即老师曾以《麦浪》为题课诸生,我有"牧童牛背稳,沧海一扁舟"之句,大受老师奖许,并在我父亲面前夸奖。此事对我后来的有志于学,影响很大。

读书、背书、焚书、买书,我二十岁以前的生活,算是一段艰辛而崎岖的历程。而正是这段历程,决定了我的一生。俗话说"三岁管老",也许是有道理的。

最使我难忘的,还是近村姜忠奎君来村塾拜谒张玉堂老师这件事。姜忠奎,字叔明,于我是远亲。他早年就读于北京大学,是元史大家柯劭忞的学生,出版有《荀子性善证》《说文转注考》等论著,曾参加过《清史稿》的撰写工作。其中《张勋传》等即出于他的手笔(解放前开明版廿五史,即廿四史加柯劭忞的《新元史》;现在上海古籍出版社出版的廿五史,是去掉《新元史》,加入《清史稿》)。我读村塾最后一年的春天,姜忠奎君由北京返里,曾来拜谒玉堂师,并带来他的《荀子性善证》及《张勋传》底稿等,求张师指教。此后,我跟姜竟成了"忘年交"。我作为没有见过世面的青年,从他那里知道了不少事,如海内的学术动态及著书立说之道,等等。确实,人生除"读书""背书"之外,还可以"著书",这观念是姜君带给我的。不过,当时在我反复读了他的《荀子性善证》之后,一方面很佩服,一方面也有些想法。觉得他引用了大量的诸如《经典释文叙录》之类史传,说明荀子传授儒家经典有功,这是可以的;但认为他既传授了儒家经典,就一定是主张性善的(因儒家如孟子就主性善），则未必妥。因为战国时期儒家学派是有发展变化的，"儒分为八"，不能执一而论；即使姜君把《荀子》中人之性"其善者伪也"的"伪"字训成"为"字，也无法否定上句"性恶明矣"这一坚定的结论。所以，我跟姜君交往，首先是启发我对"著书"的向往，但也给我带来了"著书"不易的顾虑。带着这幼稚而复杂的心情，我曾试写了一篇《老彭考》，是因为《论语》里"窃比于我老彭"这句话，前人讲得太杂，故萌此念。作为习作，虽受姜君的赞许，我却有自知之明，早已弃之纸篓，不复省记。

一九九〇年十月

我写《彩云曲》的前后

　　以饱吮传统旧文化乳汁的我，竟然就读于北京民国大学的新闻系（当时全国大学设新闻系者极少），原因虽然复杂，但人们所常有的所谓"逆反心理"，也许是主要因素。可是要说这时我已决定彻底抛弃了旧我，又谈何容易。在考大学之前，我曾忙于补习中学课程；而进了大学的门，这些又都弃如敝屣。我听新闻系的课倒很专心，但传统文化仍给我以极大诱惑。因此，我这一段求学生活，可以说是矛盾百出，也可以说是斑斓多彩。

　　初到北京，我住在宣武门外的"山东会馆"，房屋虽老旧，但不付房租。无怪旧时代举子进京考试，多住会馆。宣武门一带，各省会馆极多。有龚自珍住过的"番禺会馆"，黄遵宪住过的"嘉应会馆"，康有为住过的"南海会馆"，谭嗣同住过的"浏阳会馆"，等等。可以说这里曾是旧时代文人荟萃之地。我考入民国大学，才迁居学校附近的公寓。

民国大学是利用清醇亲王府为校址,规模颇像一座小紫禁城。我最感兴趣的是,它的后花园有个丁香阁,一株巨大的丁香树犹极繁茂,并没有随着世事沧桑而荣枯。每当春夏之交,它那淡紫的花朵铺天盖地,清香之气,洋溢里许。据说,就在这个丁香阁下,当年曾发生过一起残杀王妃的惨案。但我却不管这些,课余之暇,总是一个人坐在丁香树下阅读。因为学校的图书馆就离丁香阁不远。

学校大门的南侧,邻近太平湖畔。想当年,王爷府第门前的盛况,一带垂柳,十亩荷花,联朱结紫,车马盈门,自不待言。但现在的太平湖,却只剩下要干不干的一湾死水,岸边连枯杨残柳也没有几株,自然不会是游人涉足之地。但每天清晨,喜唱京戏的人却云集湖畔,"吊嗓"之声此起彼落,煞是热闹。我也喜京戏,但从来也没有加入他们的行列。

北京向来就是藏龙卧虎之地,也是新旧思想互相激荡的大漩涡。尤其是,"九一八"事变刚刚过去不久,知识界的抗日高潮蓬勃发展,新思想也以排山倒海之势流行于学生之间。当时我背着沉重的旧文化包袱进入这个波涛汹涌的时潮当中,确实有眼花缭乱之感。不过,回忆起来,我当时的想法是:十年寒窗所积累下的传统文化知识,我舍不得丢,也决不当丢;而我所缺乏的新观念、新思想,也必须补课,决不能犹豫。我当时读的虽是"民国大学"新闻系,但总认为:北京图书馆就等于我的大学;我的大学,就等于北京图书馆。为了读书方便，我曾一度搬到沙滩，赁公寓而居。因此，从旧典籍讲，我在北京，可谓大开眼界，博览泛涉，如鱼得水。我竟成了北京图书馆阅览室的长期座上客。至于有关新思想的书籍，我也饥不择食，见了就读。有一次，竟被坏人"盯梢"，以莫须有的罪名把我拘押了两天，才得释放；只有忍气吞声，不敢申诉。在当时的北京，这种情况并不稀奇。我有位同学，因为书架上放了一本红色精装的马文元先生编的《代数》，竟被捕入狱。据说是因为著者姓"马"，书面红色而引起了坏人误会。相形之下，我还算幸运。

古人称出外求学是"游学"，这个"游"字，很可描绘我当时在北京的情况。那时北京是高等学府集中之地，又是名流学者荟萃之区，故学生中盛行跨系听课、跨校听课之风。这给我以学习上的自由驰骋以极大方便。我自认为，这是学习上的"游击战术"。对学术界的前辈，我不管他是新派还是旧派，也不管他是京派还是海派，只要他是"名流"，我总想一瞻风采，一聆高论。我的目的并不是找师承，只是广见识。当时，国民大学新闻系的老师多新闻界的巨子、新派的代表人物，例如张友渔先生讲"社论撰写"，萨空了先生讲"中国艺术史"，都是我最喜欢听的课。张先生讲课，侃侃而谈，旁若无人；针砭当局，直斥"衮衮诸公"，令人神爽。萨先生讲课，态度严谨，恂恂如宿儒，给人以博洽之感。记得是一九三二年冬，鲁迅先生北上，曾在"中国大学"讲演。当时新旧派斗争激烈,我突破重重困难,前去听讲。开始是在大礼堂,因听众爆满,临时改在庭院。鲁迅站在高椅上讲话,题目是《文学与武力》。给我的印象跟读先生的杂文一样,深刻有力,又妙语解颐。现在才知道,黄侃先生的高足范文澜先生就是这时跟鲁迅相识的。此外,旧学者如清末宿儒王树枏先生、擅长古籍考证的余嘉锡先生、专讲《庄子·天下篇》的马叙伦先生、以三礼名物名家的吴承仕先生,我都瞻仰过他们的风采。新派名流胡适在北京大学讲中国学术史时,我也竟同张政烺君去听了两个钟头。其实,后来才知道,章太炎先生高足吴承仕先生其时已接受了马列主义。但我那时,对新旧之分仍是形式主义的,还不能从实质上看问题。

记得我当时正在为《扬子法言》作校释,对出版过《淮南子集解》的刘文典教授,很想见上一面,结果失之交臂。刘当时在北大任课,是我同乡好友许维遹的导师。许即在他的指导下撰成了《吕氏春秋集释》。对此,还有段学术界的轶文佳话,可作本文的插曲。据说,许维遹刚考入北大,拜谒老师时,刘文典先生问其籍贯,许以山东荣成对。刘闻此,对许大感兴趣,另眼相看。因为刘系安徽合肥人,跟清末李鸿章同籍。李鸿章为人,国人皆知。当时即有"宰相合肥天下瘦"之谚。李之侄某在合肥横行乡里,草菅人命,无敢问罪者。后来,山东荣成的孙葆田为合肥县令,将其绳之以法,处极刑。执刑之日,万民欢腾,高呼"孙青天"。这件事,当然在刘文典先生心目中留下了深刻的印象。故当时许维遹一提起荣成籍,刘即以此事相告。当然,古往今来师生相得者,主要由学术传授所决定,但此外的某些偶然机缘,也确饶有趣味。

北大教授刘半农,在学术界是有声誉的。我虽对他了解不深,也素未谋面,但我当年写《彩云曲》的动机,却与他有关。

我的《彩云曲》,是写清末名妓赛金花的故事。曾发表在一九三五年一月十六日的《大公报》上,也曾产生过一点社会影响。记得当时刘半农曾跟他的助手商鸿逵合写了一本《赛金花本事》,是通过赛金花口述的生活经历,反映庚子八国联军的历史事件的。它的出版,首先引起了我的兴趣。其实,这本书的产生,跟当时的"赛金花热"是分不开的。这也可以说是一个小小的时代思潮吧。"九一八"事变之后,日寇节节逼近,平津岌岌可危。目击时艰,人们对八国联军进入北京的惨痛历史,自然会引起许多联想。例如,当时光绪与西太后逃之夭夭,李鸿章等大臣匿迹保命。北京城只剩下无辜的老百姓,任人宰割。"九一八"后北京命运,不是眼看要历史重演吗?因而,当年在八国联军时曾做了几件同情人民之事的赛金花,虽已多年蜗居北京,渺无声息,现在却突然被人们注意。报刊上《赛金花访问记》之类的文字,连篇累牍,目不暇接。据好事者的统计,当时南北报刊,不到二十天,就会出现一篇有关的文章。至于戏剧界,则有陕西易俗社的《赛金花》、北京新艳秋的《状元夫人》与熊佛西的《赛金花》等等,而影响最大的,则是夏衍的话剧《赛金花》。演出时,曾产生过"轰动效应"。至于此剧之受鲁迅的指责,也遭政府的禁演,是是非非,且待下文分解。

  凡是一种思潮,总是有其社会根源的。上述的这股思潮,虽然并不算大,但它即把北方的刘半农和南方的夏衍都卷了进去,则打湿了我的鞋袜,自属意料中事。记得那是一九三四年的一个深秋,跟我们读新闻系的学生有些来往的北京《晨报》记者王某,忽然邀我跟他一起去访赛金花。我们乘坐人力车,直奔居仁里。那是天桥旁边的贫民窟,乃三教九流、五方杂处之地。从垃圾成堆的巷道里,好不容易才找到她的居处,即居仁里十六号。门旁贴着"江西魏寓"的牌记。所谓"魏",是指她晚年所嫁的丈夫魏斯炅(音桂)而言。叩门后,由女仆导入,只见庭院窄狭,满架葡萄遮蔽了天光。但果实累累,宛如一串串紫绿色玛瑙,又为小院增辉。我们被招待在北房的西间,赛含着微笑,迎接过来。看来已是七十左右的相貌,白皙而苍老的面庞上,刻画着饱经风霜的皱纹。她喊女仆摘下一盘葡萄飨客。缺了口的花瓶、满是黑垢的茶壶、已有几道裂纹的玻砖镜……横七竖八地放在一张小桌上,弄得葡萄盘几无立足之地。我们谈话的内容,无非是八国联军入北京的情况,以及她跟八国统帅瓦德西的关系,乃至如何说服瓦德西保全了北京的文化古迹和琉璃厂，保护了市民的生命财产，议和时她又怎样巧说克林伍德夫人，等等。在谈话之间，我发现她有时斤斤计较，如对其父是挑水夫还是轿夫，就费了不少口舌；有时又模糊其词，如说到她在德国是否已结识瓦德西时，就吞吞吐吐，语焉不详；有时又百无禁忌，倾囊而出，如关于她开设妓院的情况，颇津津乐道，并带有得意的神态。不过，使我们为难的是，凡涉及上述内容，往往跟报刊所载不尽相同，甚至大有出入。我们是造访，并不是"对口供"，又怎能去追根揭底，弄个清楚呢？我又发现壁上挂有徐悲鸿赠她的画，及樊樊山赠她的条幅。我心里未免纳闷，徐氏的马固然为她的陋室生色，而樊樊山的《后彩云曲》，曾对赛挪揄备至，赛为何毫无芥蒂，竟对樊书如此珍视？确是不可理解。我总觉得，赛一生的个性特点，是在受侮辱、受损害的生活中缺乏强烈的"荣辱感"。她跟我们谈的话以及室内的装饰，也许正是她的这一性格的反映。我在告别之后，路上一直在思索这个问题。

　　我回来之后，并没有写什么访问记，也没有写什么随笔或短评之类，竟写下长篇七古《彩云曲》一首，长达一百二十六句，发表于当时的《大公报》上。这从当时的时代思潮和我个人的生活经历来看，也许不是偶然的。

　　借风月情，写兴亡恨，几乎成了中国历代诗人的传统手法。记得魏源曾有句云："梦中疏草苍生泪，诗里莺花稗史情"，可谓知言。我自认字读书以来，远的如白居易的《琵琶行》，近的如吴梅村的《圆圆曲》等，莫不朗朗上口，心领神会。况且，对赛金花，清末已有袁祖光的《赛娘曲》，后来又有樊樊山的前后《彩云曲》，碧瑕塘主有《续彩云曲》，巴人也写了一篇《彩云曲》。但是，我写《彩云曲》，与其说是祖国传统诗歌对我濡染特深，未能免俗，不如说是外侮日亟，形势逼人，借此一抒忧国积愫。从主观意图来看，夏衍的《赛金花》是痛揭汉奸的丑态，而我的《彩云曲》则是隐讽当局无能，即清王朝对庚子之际大敌当前一筹莫展，竟靠一妓女为国"折冲"，逃之夭夭的光绪、慈禧辈的颜面何在？这当然是对"九一八"以后国事的讽喻。

当时，我在《大公报》上所发表的两首小令，就颇能代表"九一八"之后我对国事的态度：

浪　淘　沙
——纪念"九一八"

故国夕阳残，独倚栏干，天涯芳草不堪看；落叶红溅亡国泪，洒遍峰峦。　风鹤未阑珊，几度秋寒，不闻征鼓出边关；又是一年空怅望，半壁河山。

鹊 桥 仙
—— 登长城感作

龙缘峭壁，齿峣层岫，依旧前朝故垒；乱山落日一登临，多少恨，奔来眼底。　喜峰古北，咽喉天险，怎奈胡骑如织；此生投笔愧无缘，辜负了，边关万里。

读了这两首小令，则我在《彩云曲》的结尾，竟跨越时空，写出了"长白山头烽火红，鸭绿江上阵云黑"之句，其讽喻之意，自在言外。

以上所讲的这些话，都是事过半个多世纪的今天——一九九〇年新秋，我的学生李诚同志从近年翻印的《大公报》上把《彩云曲》等诗抄录给我时，所引起的一段朦胧的回忆。

不过反复重读这篇《彩云曲》，我不但有"悔其少作"之感，其中有些更深层的意识，总觉得不吐不快。

首先是我当时的苦闷情绪。《彩云曲》诗的小序中就有这样一些话："仆，一事无成，虚度廿载光阴；三生有幸，得识前朝风月。"以及"白头商女，即肯重诉身世；青衫司马，何妨再谱琵琶"，等等。回忆我当年在北京的生活情调与访赛的感受，既有忧国忧民、冠冕堂皇的一面，也有深曲细微的思想角落，那就是我写《彩云曲》时，那种天涯沦落、借酒浇愁的情绪。不要忘记，当时正是纷扰不宁的旧社会，我以二十岁出头的青年，远离故土，初涉世途，求学的积极性远远掩盖不了茫茫尘海何去何从的歧路感和前途渺茫的苦闷感。虽自比"青衫司马"，未免不伦不类，但必须补充说明这一点，我在北京求学时代的生活情调，才算得其全貌。而我在诗篇中以不少同情的笔触对赛金花进行刻画，也才能得到合理的解释。

文艺作品中对历史人物的评价，向来摆脱不了作者所处的时代影响和个人的情绪支配。对赛金花的形象塑造，半个多世纪以前的我是如此，这以后的作者也将是如此。据说，最近瑞士华裔女作家赵淑侠，反对曾朴在《孽海花》中把赛金花写成放荡不羁的妓女，正在准备创作一部以八国联军侵入中国为题材的小说，重新塑造赛金花的形象。赵以为：真正的赛金花，应该是当时社会条件下受损害的人物。"我不是在为赛金花开脱，我只希望在我的书中能做到把时代还给时代，历史还给历史，人情还给人情。"赵为此，一九八六年回国遍访了赛金花出生的苏州小巷、住过的北京状元府，以及在上海等地活动的街道和痕迹（赵事见一九九〇年《海外星云》第廿二期）。赵作为故国情深的海外华裔作家，她一生的作品，多写华人留学生的"漂泊感"，及其彷徨、辛酸、痛苦与快乐。因此，她同情赛金花的"沦落"，跟同情海外留学生的"漂泊感"是一致的。我当时写《彩云曲》时的某些情绪，也许跟赵有相通之处吧。当然，据我的回忆，访赛时，赛在谈吐之间，由于目前的失意，往往流露出当年的得意。我的《彩云曲》，在这方面也许多少受到那次谈话的影响。不过我们用今天的观点来要求当年的赛金花，也许不够恰当，而用以要求今天的作者，则是理所当然的。

访赛的第二年，我大学毕业离开北京，又到苏州就学于章太炎先生之门。这时才结束了北京时代的苦闷，一心以弘扬传统文化为己任。但是，一个人的经历既有阶段性，也有连续性，来龙去脉，不能截然割断；再加上几点偶然事件，往往会使人生波澜起伏，枝节横生。因而，我到苏州之后，又有几件意外之事涉及赛金花，这里不妨一提。

有一次，我们几个同学到观前街买东西，路过一条小巷，见巷口有"萧家巷"的牌子，使我猛然想起傅彩云的幼年时代，不就是生活在这又古老、又窄隘的门巷之中？她的幼小的脚印，应当踏遍了这个早已长了青苔的巷头巷尾。看到那些单门小户，又不禁使人意识到，她那没落穷困的家庭生活，不正是她堕落风尘的主要原因？我不自主地放慢了脚步凝思往事。同学们哪能理解我的思绪，在他们的催促之下，我才加快了脚步，离开这条小巷。

又有一个新秋佳日，我与同学们共游虎丘山，路过"仓桥浜"，这是傅彩云与洪状元初遇之处。虽然还有几只小船寂寂地泊在岸边，但赛金花口述的"彩船""花船"的"盛况"，已渺然无踪。只有一只渡客的小船，一位十五六岁的姑娘在打桨，衣着也极寒素，靠收渡钱维持生活。这虽然也令人想到十几岁的傅彩云当年陪洪状元在"花船"吃酒的旧事。但社会究竟变了，如果傅彩云当年晚生几十年，她也许不过是个打桨渡客、靠劳动吃饭的乡下姑娘，不会是名留青史的"赛金花"其人了。

很巧，《孽海花》的作者曾朴，我到苏州那年，他已经去世；而写《孽海花》的创始人金松岑仍健在，而且恰恰住在苏州。一次，我跟同门金君东雷去拜访他。他住在一幢古旧的小楼上，正在正襟危坐，阅读书史，戴着一副高度的近视眼镜；因天气寒冷，双足踏着个大铜脚炉。言谈间，涉及赛金花及《孽海花》。他认为："《孽海花》虽然反映了晚清数十年间官场与知识界的历史，但它是文艺，是小说，并非传记，允许作者虚构情节；但曾朴对赛金花的描写，未免偏见太深，刻画过分。"他又说："曾朴的初稿，有些我是看了，并建议他修改一下，他不听；后来果然引出一些纠纷。"我们接着说到对赛金花的评价问题，并提出时下盛传的，诸如赛金花说服瓦德西，使北京城少遭涂炭；对此，苏曼殊的《焚剑记》也曾予以充分肯定。问他的意见如何？他说："赛金花的一生，虽然也做了一点好事，但跟明末秦淮四名妓李香君、柳如是、董小宛、顾横波的爱国精神，是不能相提并论的。"

金松岑的这几段话，总算有点分寸。故采之，以备参考。——写到这里，恰好看到今天报载《传记文学》一九九〇年六期目录，中有伏琛的《闲话赛金花》和俞小红的《金屋春梦》。前者是谈赛金花的事迹，后者是评述《孽海花》的作者曾朴的。他们有何新见，不得而知。

一九九一年十一月廿九日完稿

忆太炎先生

遗憾得很，一九三六年太炎先生逝世之际，国内外学术界的挽诗、挽联很多；而我当时正在苏州从先生受业，哲人云亡，竟没有写下诗、联以寄哀，同门师友[①]多怪之。其实，我并无他意，只觉得先生的学术造诣与革命的一生，绝不是几句挽诗或一副挽联所能概括；而先生对我的谆谆教导与扶掖奖许之厚谊，更绝非语言所能表达。故与其言而无当，倒不如缄口"心丧"，更为得体。

记得当时《大公报》的张季鸾先生来苏州参加追悼会，曾约我写过一篇记叙先生日常生活的散文，在该报发表。但语焉不详，义涉粗浅，内容早已忘却。鲁迅先生的《关

[①] 一九八八年落成的章太炎纪念馆里，悬挂着二十位章门弟子的照片及其简要介绍：黄侃、钱玄同、朱希祖、汪东、许寿裳、沈兼士、鲁迅、周作人、刘文典、吴承仕、顾颉刚、傅斯年、姜亮夫、诸祖耿、王仲荦、徐复、曹聚仁、潘重规、汤炳正、姚奠中。

于太炎先生二三事》和《因太炎先生而想起的二三事》也都写于这时。时隔半个多世纪之后的今天，我又以耄耋之年写此回忆文章，也许遗忘之事未免过多，但阅历之言，或反中肯。当然，跟鲁迅先生一样，这其间，既有关于太炎先生之事，也有因太炎先生而想起的事。不过鲁迅先生是把太炎先生看作是"有学问的革命家"，而我则是把太炎先生看作是"有革命业绩的学问家"，所不同者，如此而已。

(一)

我之得知太炎先生，是十四五岁在家乡读书之时。那时我喜书法，一次从上海商务印书馆邮购影印古拓《华山碑》一册，后有太炎先生跋语。记得跋语的大意是说：世人多以此碑出自蔡中郎手笔。但蔡耳濡目染，未及古学，而此碑"中宗"作"仲宗"，则书此碑者"其学必在中郎上也"。读跋语，深佩先生言简意赅，论断精辟。后来游学北京，见执教于各大学之著名教授，多出先生门下，始知先生在学术界的崇高地位。出于钦慕之情，曾到宣武门内油坊胡同拜谒过先生高足吴承仕先生，探问太炎先生近况。"九一八"事变之次年，太炎先生由上海到北京，敦促张学良等出兵抗日。后来我才知道，太炎先生当时下榻于西单"花园饭店"，就在我所寄住的"公寓"隔壁。而当时却失之交臂，未得面谒，遗憾莫名。这时我曾奋读《章氏丛书》，对先生所知益深广。但有不少内容，我那时是看不懂的。

我受业于章先生之门，是一九三五年大学毕业之后。那时先生正创办"章氏国学讲习会"于苏州。

先生是一九三四年秋，从上海移居苏州；一九三五年秋，创办"章氏国学讲习会"。对此，后来传言多失真。事实是：这以前，南京欲邀先生任"国史馆"馆长，先生以疾婉辞。因而，一九三五年三月间，南京派先生好友丁维汾偕同先生高足黄季刚君到苏州问病，并致疗养费万元。先生力辞不受。门人或劝先生移此款以办学会，先生亦允诺，以为如此则"庶几人己两适"。这就是创办"章氏国学讲习会"的缘起。

我当时是在《大公报》上看到招生广告的。不过报考的条件之一，是必有两位学术界名人介绍。我当时既是大学的毕业生，又是社会的失业者，僻处乡里，何来两位名人作介。但仍硬着头皮，不远数千里，束装前往。考题是《自述治学之经过》，交卷后，谬蒙先生赏识，录取研究班前列。当时，全国各地来此就读者百余人，限于条件，学会只供住宿，不办伙食。一次我们在小食店就餐，发现炒菠菜中有蚯蚓，乃纷纷自组伙食团。如四川同学李源澄等，在外面成立了专吃辣味的伙食团；我跟一些北方人，也成立了专吃面食的伙食团。我们轮流掌厨。记得有人用面皮卷菠菜蒸成"菜蟒"，深受大家欢迎。不过对北方没有吃过的笋子，也很喜欢。苏州的春笋大如象牙，价廉又鲜嫩可口。

苏州不愧为江南名城，不仅有山水林园之胜，亦系文化界名流荟萃之区。灵岩山、天平山、虎丘山、拙政园、沧浪亭，固系名胜古迹，就连我们每天饭后散步的公园，亦系白乐天留踪之地。当时文化名人寓居于此者，除章先生外，还有以宗宋诗而名世的陈石遗，曾写过《孽海花》的金松岑，以画虎闻名的张善孖等。苏州书店很多，记得我们常到的书店，则是"国学小书堆"。招牌出自太炎先生手笔，"堆"字写成古体"𠂤"字，不懂文字学者，往往因此而却步。太炎先生一九三四年以前，就曾几次来苏州讲学，后又移居于此。今天著名学者潘景郑、朱季海诸君，都是先生这时得之苏州的门下之彦。故当时"章氏国学讲习会"之创建于苏州，并非偶然。当然，在这之前，苏州各派学人曾办有"国学会"，太炎先生亦预其事；继因宗旨不合，宣布退出。故自办学会而冠以"章氏"，亦与此有关。

一九三五年九月十六日，太炎先生开始讲课，讲过"小学略说""经学略说""史学略说""诸子略说""文学略说"；专书讲过《尚书》《说文》等。我们听讲的学生，每听完一次讲，就三五成群，互对笔记，习以为常。因先生浙语方音极浓，我开始听讲，很感吃力，后来才习惯。

先生有时招集诸生在他的客厅中座谈；个别学生有求问者，亦可随时单独拜谒，谈论学术。我是单独拜谒最频繁的一个。世传先生与他人论学，锋芒逼人，毫不宽假；

但与吾辈后学相对，则是另外一副面貌。我们完全可以纵意畅谈，无拘束感。

记得我第一次晋谒先生，是由师母引路，学舍距先生读书楼只一墙相隔，中有小门通行。入小门，为一不大的幽静庭院，花木扶疏；小楼二层，建构曲折多姿。小楼的过道壁上高挂一张巨大的鳄鱼皮；客厅陈设简朴，只悬有何绍基对联一副；而给我印象最深的是，在室壁的高处挂有邹容像一幅，前设横板如长几状，几上有香炉。据说每月初一、十五，先生必沐手供香一次，故当时香灰已满出炉外。先生对共患难的战友，其感情之真挚有如此者。

先生治学，门户极严，但交游殊广泛。他对学生学术以外的活动，亦颇宽松，不甚约束。我当时课余之暇，也曾访问过陈石遗、金松岑诸名流。记得四川同学李源澄曾约我访问画虎名家张善孖。见他家竟驯养一只大虎，供揣摩临摹之用。虎在主客间游玩自如。客见多惊愕，而主家老小与之相处无间。据说张君外出，多将虎载于后车相随，如侍从之扈驾。其次，最使我难忘的是同门潘承弼君（景郑）带领我们参观他家滂喜斋藏书楼。景郑君系清代大藏书家潘祖荫的裔孙，潘氏藏书，此时尚守护较严。著名宋元佳刻，多在其中。景郑君在版本校勘学上的成就，即得力于此。"大盂鼎"以铭文字数多而见称于世，这时仍藏于潘氏楼上。鼎上掩护以纸张，揭视之，铜绿斑驳，古色袭人，观摩不忍离去。当时北京故宫藏有"毛公鼎"，我曾见过,也是以铭文多而著名的周鼎。故人们多戏称:"南盂北毛,鼎鼎大名。"

(二)

先生扶掖后学,寄望殷切。但在学术问题上对后学的要求,有时表现得极其严峻,而有时又给人以宽松民主之感。如对苏州原"国学会"的刊物《国学商兑》所发表的某些文章,曾斥之为"凭虚不根之论""误入歧途""涂污楮墨甚矣"。此言虽似过厉,然其对后学要求之严,寄望之殷,意溢言表。所谓"宽松民主之感",从下列事实可以看出。记得我在入学试题《自述治学之经过》中,对汪荣宝《法言义疏》之一段补正文字,写时曾有踌躇。因为汪荣宝是当代著名学者,乃太炎先生高足汪东之兄;所著书成,又经胡玉缙、黄季刚等名流为之作序;汪卒后,先生又曾为其作《墓志铭》。我以一介末学,对前修何敢妄加品第。几经考虑,终于冒昧直言。不料太炎先生阅后,竟不以我为浅陋,全文刊之《制言》,倍加奖誉。其中,先生有一条不同的意见,亦未执笔涂改,只是发表时附系于原条之后。后来我写《古等呼说》时,因强调古有洪音无细音,文中曾认为黄季刚君古韵二十八部中"冬""青"等部有细无洪,"值得考虑"。但在持此稿请教先生时,确实又有些胆怯,自恐失礼。不料，先生不仅当面肯定此文，并执笔加以密圈密点；而关于我对黄君之异议，并未见责。又如先生讲授《说文》，我对先生以数学概念释"四"字，甚感新颖；但我又据同音假借之理写了一篇《释四》，先生阅后，并不以为迕。可惜此文在《制言》上发表时，先生已去世矣。

由此可见，先生当时虽名震中外，在学术界领袖群伦，但他并无"定于一尊"之想。其时黄季刚君去世，先生为撰《墓志》，谓黄君"尤精治古韵，始从余问，后自为家法"。这主要是指在古韵分部问题上，先生的二十三部，主张阴入不分；黄君的二十八部，则承戴震一派，以入声别列，分承阴阳。是先生并不反对学生独立发展，自成一家。先生晚年尝说："大国手门下，只能出二国手；而二国手门下，却能出大国手。"我初闻先生此言，不甚理解。一次，在晋谒时，向先生请教。先生说："大国手的门生，往往恪遵师意，不敢独立思考，学术怎会发展；二国手的门生，在老师的基础上，不断前进，故往往青出于蓝，后来居上。所以一代大师顾炎武的门下，高者也不过潘次耕之辈；而江永的门下，竟能出现一代大师戴震。"先生的这些精辟见解，不仅是我辈为人师者的座右铭，而且是中国教育思想史上放射异彩的光辉论断。

与先生接触，往往于无意中会听到一些精湛的议论。如有一次谈到"博学"问题，先生说："博学要有自己的心得，有自己的创见；否则就是读尽了天下书，也只是书簏，装了些别人的东西，而不是自己独有的东西。"关于向前人学习的问题，先生尝说："学问是无止境的，后人应比前人更进一步；学习外国的东西，也要独立思考，有新发现；追随抄袭，是没有出路的。"又尝说："任何学问，都要展开争辩。只有争辩，才有利于学术的发展。因为，在争辩当中，对双方都会有启发，有促进。"凡晋谒先生时，只要有所问，他都会滔滔不绝地讲。有时往往由此及彼，离题很远；而正是这时，你会发现先生的思想在闪烁着耀眼的光芒。先生嗜香烟，在谈话中，总是一支接一支地吸。有一次，他发现烟已吸完，大声唤："老李，取烟来！"好像香烟竟成了先生开动思想的燃料。

先生从不给学生命题写论文，常由学生自己立题，如无把握，再请教先生。只要方向对，先生总是抱鼓励态度。我当时正拟撰写《经典释文反切考》，记得我的提纲有两个观点：第一，陆书每条第一个反切，乃当时通行读音；以下音切，乃泛采不同时代不同经师的音读。故以第一个音切为据，才能探索出成书时的音读体系。第二，史籍虽归陆氏于唐代，但陆氏此书实成于陈代。故准确言之，它的第一音切，乃代表六朝末期音读，不是代表有唐一代的音读。先生对此二点，颇为首肯。书成后，先生为之序，有云："此书可与䌸斋的《经典释文叙录疏证》相辅而行。"我以谫陋，何克当此！但先生扶掖之情，实给后学以极大鞭策。惜此稿毁于战火，先生遗教，未得流传，为之慨然！

我的《齐东古语》是私拟先生的《新方言》而作，因榜样俱在，故事前并未请教先生。一次，先生外出应酬，把那期《制言》清样最后审阅之责委我。其中有一页空白，印刷厂要短稿补入，我不及征求先生同意，将《齐东古语》选用了几条。先生后来读到，誉以"尚精"，促其"问世"。《论语》有云："不愤不启，不悱不发。"这或者也是先生施教的原则之一，因为先生尝说："治学如无主动性，就决不会有创造性。"

先生常教我多写心得札记，认为这是"初学最好的学习方法"。"日积月累，大问题可以发展成长篇论文，小问题多了也可成为札记专集。"近来我们读到先生全集中的《膏兰室札记》，实即先生在杭州"诂经精舍"跟曲园先生授业时的读书札记，足见写札记乃先生的功力所在，故亦以之谆谆教导后学。至于从事著述的早晚问题，先生的看法是辩证的。他尝对我说："有了心得，为何不能早写？如无心得，则只有勤读书，待有了创见再说。"写到这里，不禁想起一段往事。即黄季刚君五十寿辰时，先生寄联为寿云："韦编三绝今知命，黄绢初裁好著书。"盖黄君曾言"不到五十不著书"，此乃劝黄君五十之年当及时著书之意。未几，黄君竟去世。学术界遂盛传先生寿联，实"绝书""绝命"之谶语。一天，先生正在白稿纸上写挽黄君联语，我适站在先生身旁。记得上联第一句是"辛勤绩学解传薪"，但现在各书记载，"绩学"作"独学"，恐传写之误。先生当时边写边说："新莽信谶，吾辈不当如此之妄。"又说："轻著书，固然不对；不著书，也未必是。"写罢，神色怆然。联语中以颜渊比黄君，对黄君早逝，未能以书传世，其情怀之悲恸，可以想见。

（三）

先生治学严谨，这是大家所熟知的。但有时失之过激，往往为人们所不理解。这中间包括继承汉学家法，坚守经古文学营垒，以及对金文的运用抱慎审态度和对甲骨文的出土抱怀疑态度，等等。所有这些，与其说是"保守"，毋宁说是由于"严谨"而失之偏激。而且先生这种偏激之情，又往往跟他的政治思想倾向联系在一起。在先生跟我的言谈当中，时时流露出这种情绪。例如，对康有为的经今文学家观点的敌视，往往跟憎恶康的维新保皇相纠缠。推广之，乃至康尊北碑，先生则倡法帖；康喜用羊毫，先生则偏爱狼毫。先生对晚清书法家少当意者，而书斋却悬有何绍基对联，其思想倾向可以想见。至于先生对于金文，在著述中也时有引用，但态度极其慎审。这是因为其时古董商谋利，赝品充斥，稍不慎，则严肃的学术问题，竟为商贾之徒所戏弄。连故宫所藏彝器，历代视为国宝者，今天经科学验定的结果，即多赝品，更何况市井流传无根之物。故先生每见治金文而泛滥无制者，即攻之。一次，先生对我说："吴大澂在甲午战争中的狼狈相，简直好笑！吴用金文证明《尚书》的'宁王'即'文王'，简直是无稽之谈。"其次，甲骨出土较晚，先生对此颇抱怀疑态度。因为当时搜藏甲骨最力者为×××，故先生在谈论中曾说："民族气节可以不讲，国土可以出卖。出自这类人物之手的东西，教我怎信得过？"先生这种态度，往往遗学术界以话柄，但从中不难看出前辈治学之严谨，略其形迹，取其精神，对我们来讲，不也颇受教益吗？

先生对学术问题的严谨态度，不仅表现在对待别人，更表现在对待自己。"章氏国学讲习会"期间，凡先生讲课，学生皆有笔录，课后即互相对校；先生讲课，旁征博引，学生下来必查读原书，态度皆极认真。当时，应全国学术界的要求，每一门课讲毕，即将听讲记录集印成册。先生以精力不给，付印前皆未亲自审校。因此，在听讲记录出版时，他坚决反对署上自己的名字。对此，后学只得遵命照办。虽内心未免感到遗憾，而先生对学术问题的严谨态度，却使我深受教育。当时，曾发动同学为先生清钞早年未刊杂稿。先生这类稿子不少，这对将来研究先生学术思想发展，是极其珍贵的资料。但是，某次我在晋谒问学时，谈及此事，先生说："凡是未经我手订并收入《丛书》者，无整理刊印之必要。你们的一片好心，往往会给后学带来一些多余的纠葛。"其对自己的学术著作要求之严，不难想见。这种高度的学术责任感，给我留下了极其深刻的印象。

除治学严谨而外，这里需要特别强调的是先生治学的勤奋。

先生有超凡的天赋，但一生奔走革命，颠沛流离，被通缉，入监狱，几无宁静之日；而学术上的成就却又如此之大、之深、之精，这不能不归之他治学的勤奋。《论语》所说"发愤忘食，乐以忘忧，不知老之将至"，先生勤奋治学的精神，庶几近之。这里略举师母所谈的五件小事：

先生在日本主办《民报》时，又为中国留日学生讲学，并著书立说，日不暇接。当时由《民报》社到住宿地，有一段路程。而先生心有所专，对这段天天必走的路，竟多次把邻舍误为宿舍，入门后经主人问话，才恍然大悟。

先生好"深湛之思"，生活小事在他脑海中是不占位置的。平时吃饭，如果桌上有几样菜，先生则只食放在眼前的菜，其余则视而不见。家人知其习，暗中不断调换菜的位置，他也竟不知觉。

一次先生宴请亲朋，正在宾客满堂即将开宴之际，而先生忽失所在。经到处寻找，也不见人。后来有人到厕所，竟发现先生在厕内独立凝思，把宴客一事忘得一干二净。

先生夜间很晚才就寝。但往往在睡眠当中，突然翻身猛起，披衣就书架上查看书籍。如有所得，即伏案挥笔；有时写到天亮，还不察觉。

先生为苏报案，被关上海西牢。先生深研佛学，主要在这时，因为其他书籍这里是不准看的。当时守卒为先生送换佛书不及时，往往遭先生斥骂。但先生并非以佛学遣忧，而是为了精研佛法哲理，也加强了先生的忘我献身精神。

从上述这些小事来看，先生的天赋超群，这是肯定的；但如果没有勤奋自励的精神，也许不会在学术上取得如此巨大的成就。而且先生的勤奋，不仅表现在把卷读书之际，乃是随时随地都在进行着积极的学术思维。这是因为一个人的灵机妙悟之来，往往不在伏案执笔之时，而在日常生活之中，甚至有时出现在半睡半醒的梦寐之际。在先生勤奋事例的启发下，我生平治学，除了勤写资料卡片之外，对观点卡片抓得更紧。因为对某一学术问题，在无意中受到触发而闪现出的新观点，乃是一种"思想的火花"，往往稍纵即逝。

先生的勤奋钻研并没有因为年老而稍懈。如果只就经学而言，先生早年对经学的贡献，主要在《左传》；而晚年对经学的贡献，则主要在《尚书》。晚年除写有《太史公古文尚书说》《古文尚书拾遗》等论著外，在给我们讲授《尚书》时，没有教学笔记，展卷发挥，新义迭出，零金碎玉，俯拾即是。有时妙语解颐，有时奇论惊人，往往因一字之突破，顿改古史面貌。先生晚年的钻研精神，也实在感人。当时，我除记录先生对《尚书》的课堂讲授，又将课外问难所得，笔之书眉。一九八八年整理先生遗著时，先生嫡孙章念驰同志曾寄来复印本木版《尚书》，书眉抄满了先生的新解。念驰疑即出自我的手笔，来函询问。虽事隔五十多年，却引起我的许多回忆。

（四）

使我永远不会忘记的是：一九三五年冬"一二·九"学生爱国运动之后的一天，我们同学都以兴奋的心情谈论着太炎先生对时局的表态。因为这一天的上海《申报》记载先生电北京宋哲元，反对当局反共容日、镇压学生爱国运动。（电文有云："学生请愿，事出公诚，纵有加入共党者，但问今日之主张何如，何论其平素……"）而且，就在这天，上海赴京请愿的学生路过苏州，雨雪纷纷，饥寒交迫，先生为此发表公开讲话，支持学生的爱国行动；派师母为代表，到车站慰劳，并嘱县长送至食品。我为此事，第二天晋谒先生，适逢先生送客出，遂即邀我入室，似乎余怒未息。未及我发问，先生说："在强敌压境、民族危亡之际，无论什么政党，只要主战，我就拥护；主降，我就反对。我们中华民族的历史经验够丰富的了。"的确，先生自从"九一八"事变以来，即为民族存亡而奔走呼吁。在民族危机日益严重的关键时刻，先生已完全接受了中国共产党团结抗战的政策，从而把自己生平的民族思想、爱国主义发展到光辉的顶点。我真没有想到，就是这位坐在我面前、天天带着病痛为我们不倦地讲授国学的老人，竟是这样一位读书与救国统一于一身的一代大师。

先生的民族思想与爱国主义，早年乃导源于《春秋》的"尊夏攘夷"；中年则发展而为革命反清；晚年则又弘扬而为对日寇进行全民抗战。随着时代的发展，先生的爱国热忱也在不断地深化。早年的太炎先生，曾从清儒朴学的继承者，走向了旧民主主义革命，这固然是一次可贵的突进；而晚年的太炎先生，又从旧民主主义革命的立场，走向新民主主义革命的抗日救国，更是一次艰难的但也是必然的一步。

世之论先生者，多认为"五四"以后，太炎先生已由旧民主主义革命的先锋变成了时代的落伍者。不错，当旧民主主义革命已发展到新民主主义革命阶段时，先生确实没有跟上时代，走了一段弯路。其实，每个时代都有每个时代的俊杰。旧民主主义的革命俊杰，发展成新民主主义的革命战士者，自然应当肯定；但人类历史上的任何伟大人物，都是有时代性的。况且，太炎先生走了一段弯路之后，在他的晚年，终于汇入了抗日民族统一战线的伟大时代潮流之中，走向新民主主义革命。我做出上述的评价，是否出于"尊师"的偏见，有待读者评定。

太炎先生的门人弟子，跟先生的经历一样，大都能随着时代的发展而成为学术界的名流。以"五四闯将"闻名的鲁迅，后来成长为无产阶级战士；以治"三礼名物"擅长的吴承仕，三十年代初，已接受了马列主义思想；黄季刚是先生最得意的高足，再传而至范文澜，四十年代即在延安出版了中国第一部以唯物史观撰写的《中国通史》，震撼了学术界。其开辟之功，不难想象。总的看来，章氏门下的弟子很难在学术上能得先生之全体，经学、小学、史学、文学、哲学，最多只得其一端而已。不过，上承先生治学的优良传统，都能在不同的学术领域里，做出自己应有的贡献，故世有"章黄学派"之称。现在有人称我是嫡系的"章黄学派"，也有人责我偏离了"章黄学派"。其实，这二者之间并不矛盾。前者，虽愧不敢当，但我确实沾溉了太炎先生的学术遗泽；后者，也是事实，但这说明了随着时代的发展，我又在探索着自己前进的道路。这现象也许是学术发展的规律吧。前几天，我的学生李诚同志从图书馆借下一本复印本的一九三六年六月十七日的天津《大公报》，内有一条关于"国葬章太炎"的新闻，其中有云：会上"章夫人介绍章高足汤炳正君（鲁籍）报告章近年讲学经过。章夫人并谓：章生前对汤极赏识，以为乃承继绝学唯一有望之人云。……"我读了这段话后，不禁汗流浃背。对先师的"绝学"，我究竟继承了多少呢？有负先师的厚望，更有负于先师的"赏识"！愧疚之情，久久不能自抑！

（五）

先生是一九三六年六月十四日上午八时，以鼻癌与胆囊炎不治而逝世的,享年六十九岁。其实,先生早年曾患黄疸病,是这次胆囊炎的先导;鼻癌则早在前年已见其端。"章氏国学讲习会"成立后,先生是带病讲课,故讲课时不断以手帕揩鼻。迨至逝世前数日,病已亟,不能进食,犹坚持讲课。师母影观老人劝止之,先生曰:"饭可不食,书仍要讲。"逝世的头天晚上,听说先生病笃,我到先生寝室探望。他坐在逍遥椅上,气喘急促,想跟我讲话,已讲不出来。十四日清晨,先生去世时,除先生家人之外,我与同门李恭(行之)也在旁。先生目已瞑,而唇微开,像有什么话还未说完。先生生平,为革命奔走呼吁,为讲学舌弊唇焦,已完成了一个大贤大哲对人类社会的历史使命,还有什么话要说的呢?这时,家人忙乱悲痛,我代为整理床头杂乱衣物,李恭则跪在床前,口念"阿弥陀佛",并以手托先生下颌,使唇吻渐合。这样,一代巨人就跟他所热爱的伟大祖国、他所为之呕心沥血的优秀传统文化,以及他所精心培育的莘莘学子永别了!

在追悼大会上,我被推为学生代表发言。主要是谈继承先生遗志,要把"章氏国学讲习会"继续办下去,以发扬章氏学派的优良传统。事后,此事得到实现,其被聘任教者,有诸祖耿讲《毛诗》,姚奠中讲《中国文学史》,沈延国讲《诸子通论》,潘重规讲《经学史》,龙榆生讲《诗词》,马宗霍讲《庄子》,黄耀先讲《史通》,而我则滥竽《声韵学》《文字学》两门课程。越明年,抗日战争爆发,学会迁上海租界,并改名"太炎文学院"。而我因寇乱阻滞山东故乡,虽接到了学院的聘书,未能前往。不久,太平洋战事起,租界被占,"太炎文学院"亦被迫停办。但是,我相信先生的学术事业和他自己所建树的独具特色的优良学风,绝不会从此中断。他在中国学术史上的功绩是不朽的。

师母影观老人(汤国梨)于先生逝世后,既为续办学会而操劳,又为遵遗嘱葬先生于民族志士张苍水墓旁而奔走。师母曾有诗云:"天与斯人埋骨地,故乡犹有好湖山。"即指此事而言。先生逝世时,南京方面决定举行"国葬",因抗日战争起未果,只得暂厝于书楼后院,直到一九五五年,先生伴葬张墓的宿愿终于得偿。对整理先生的遗著,更是师母寝食不忘的大事。"文化大革命"之后,师母给我来信曾说:"我家藏书,所遗无几;外子遗著,拟刊《丛书》三编,仅编一目录耳。梨不学无术,焉能负担,是有待于门下诸子矣。"后来,又有信云:"外子遗著事……原稿在离乱中不免有所损失;部分为孙××女儿孙××买通佣人老李偷取到香港。因她随其夫早已迁居香港,传闻为她以高价出售了。"对此事,我一直挂在心上。一九八一年我在武汉逢到香港中文大学饶宗颐教授,他对我说:"香港盛传,有一批太炎先生遗稿出售,据说其中还有《检论续编》。索价很高。"我以为《检论》而有"续编",前此未有所闻,或系书贾借此抬高价格;至于这批手稿,是否就是孙某盗至香港的部分，更未可知。现《章太炎全集》已陆续出版，我虽老惫也参加了部分整理工作，以尽后学之责；而对流入香港的这部分遗稿的追踪访求，应为学术界分内之事，否则既谈不上"全集"，更有愧先生于九泉。

师母是当代著名诗人，夏承焘先生《章夫人词集题辞》有云："夫人词婉约深厚，泓泓移人，短章小令，胥有不尽之意，无不达之情。几更丧乱，不以忧患纷其用志，取境且屡变而益上。其视太炎之治朴学，择术虽殊，精诣盖无二也。"师母的诗词，其为世所推崇者如此。"文化大革命"末期，我首先去信探问师母近况，并寄小令，中有句云："三十年来旧梦，八千里外姑苏。"盖对先生在苏州讲学的盛况，时萦于怀。师母来信，亦对同门诸子多失联系而颇为怅怅。故附诗云：

月似佳人宜怅望，雨如良友喜经过。
今宵无雨兼无月，如此相思可奈何。

一九七三年，师母九十一岁寿诞，我寄去竹织锦屏为寿。她复书有云："梨痿顿床褥几三越月，日以锦屏置于座右，相与对晤。"足见老人晚年寂寞，怀旧之情深矣。此外并报以七绝四首，采其中两首如下：

漫说崎岖蜀道难，鱼书时得报平安。

锦屏好句殷勤寄,无那琼瑶欲报难。

谁与萧斋共岁寒,海萍云鸟思无端。
哲人老去闲身在,得共湘灵结古欢。

师母去世于一九八〇年七月,享年九十八岁。我当时曾寄挽诗四首云:

山颓梁坏哲人亡,四十年来叹逝光。
岂料今朝重回首,愁云又锁郑公乡。

(汉末郑康成为一代儒宗,隐居讲学于北海高密,时人尊称所居为"郑公乡"。章先生晚年寄寓苏州,设帐于锦帆路。余与同门常以"郑公乡"誉之。)

两地家书寄所思,燕都缧绁鬓添丝。
堂前小立见风骨,犹说先生革命时。

(师母当年每遇诸生于堂前竹畔,辄喜小立叙谈。内容多为先生被袁世凯幽禁北京时斗争的轶事。)

千秋朴学赖薪传,风雨姑苏忆昔年。
愧我后生频问字,殷勤引向小楼前。

（余每诣先生读书楼问业，师母见之，必殷勤为之先导，待与先生相见，始去。关怀后学，盛情可感。）

龙蟠凤翥抚华笺，一代诗风留两间。
惆怅江干千顷竹，更无词客作鱼竿。

（师母以诗词名于世，尤工小令。一次曾写新词一阕示余。记忆中有"阶前新竹子，好作钓鱼竿"之句。抚今追昔，不胜感慨系之。）

这些旧作是追悼师母，亦系记录先生讲学的往事，故录之以备忘。

（六）

一个伟大的学者，他毕生为之奋斗的学术成就，不一定能由他的儿辈继承下来，这在古今中外的学术史上，是不少见的，究竟是什么原因，留待历史学家去研究吧。太炎先生共有二子。长子导，毕业于上海大夏大学，攻读土木工程，后任工程师；次子奇，我们相见时，正读中学，面黄瘦，体弱，而倜傥有才情。尝戏嬉于同学之间，并能挥笔写对联，字迹疏朗无俗气。我当时曾暗想，继承先生绝学者，岂此人乎？但几经离乱，得师母来函，谓小儿奇，早年已去美国学电子。但直至师母逝世，消息全断[1]。

而出乎意料之外，先生的嫡孙章念驰，"文化大革命"后为先生修陵墓，为先生召开逝世五十周年学术会议，为建筑"太炎先生纪念馆"，为先生遗著之出版，等等，奔波劳累，做了许多事，而且做得很好。他曾对我说："我最大的理想，是成立一所太炎研究院。"此事如能实现，先生亦当含笑于九泉矣。

一九八六年六月，我到杭州参加"章太炎先生逝世五十周年学术讨论会"时，曾拜谒了南屏山下的先生陵墓，行三鞠躬礼。墓碑"章太炎之墓"五字，系先生被袁世凯幽禁北京时所手书。当时先生自分必死，故留下这幅手迹。书体在篆隶之间，即结构为篆体，而以隶书笔法出之。跟近几年出土的西汉帛书酷相似。非先生之沉酣于秦汉碑碣，心领神会，绝难至此；而先生跟奸邪斗争之浩然正气，亦流露于毫素之间而千古不朽矣。

事情很凑巧，正是我这篇回忆录将要收笔之际，忽然接到山西大学姚奠中教授的来信。姚系苏州"章氏国学讲习会"的同门，近随山西调查团从沪杭一带归来。他在杭

---

[1] 章奇生于1924年8月31日，早年以聪慧著称，1947年赴美求学，先后就读于美国麻省理工学院、明尼苏达大学，获分析化学博士学位，后入美国3M公司工作达29年，1988年退休。2015年10月6日逝于美国。

曾拜谒先生墓，并参观了纪念馆。馆的建构极壮观，但正堂及两厢，皆缺楹联。该馆长张振常君约姚与我各撰写楹联一副寄去。我沉吟再三，写了如下联语：

遗志托南屏，谋国岂逊张阁学
高名仰北海，传经难忘郑公乡

上联用张苍水事，写先生遗嘱葬南屏山张氏墓侧；下联用郑康成事，写先生设帐苏州培养后学。回忆先生逝世时，我并未撰挽联，虽事出有因，终属遗憾；不料半个多世纪之后，我以八旬之年，竟有幸为先生的纪念馆撰写楹联。人事之变化倚伏，往往有难于逆料者，殆此类欤！

说到先生的杭州纪念馆，自然会想起先生的苏州故居。"文化大革命"后师母来信说：先生锦帆路的故居小楼，早被某机关占住，并把师母一家赶到当年"章氏国学讲习会"的教室中寄居。最近又听说，清代大儒俞樾先生寓居苏州时的"曲园"，现已修复。我想，太炎先生的故居"章楼"，政府似也应该及时收复修补，以供后人瞻仰。俞樾先生是太炎先生在杭州"诂经精舍"读书的老师。这样，则"曲园""章楼"交相辉映，两代学人，遗教永存。他们不仅为杭州的湖山生色，更会为苏州的园林增光。

一九九〇年八月三日完稿

章太炎先生之日常生活[1]

先师章太炎先生，以患胆囊炎及气喘症，于本月十四日上午七时许，病殁苏寓。噩耗传播，朝野震悼，非徒学术界之损失，抑亦中国国家之一大不幸也。先师之发扬民族思想，努力革命工作，及学问之渊博，人格之高尚，斯已有目共睹有耳共闻，无庸作者之赘述。兹止就先师之日常生活，及个人从学先师之感想，略加叙说，使读者对先师有进一步之认识。盖先师之伟大，正可借其动静语默之常，而略窥一斑也。

先师讲学，不尚空谈，以研讨小学籀读经史为基础，而以改善人格、发扬民族为归宿。故演讲时对上述各事，发挥尤为尽致。第一学期所讲者为"小学略说""经学略说""诸子略说""史学略说""文学略说"。第二学期所讲

---

[1] 原载上海《大公报》一九三六年六月十九日。

者为《尚书》,《尚书》在一月前讲毕。时先师精神已觉不佳,又勉强为同学等讲授《说文》部首,并谓将于下学期讲《春秋》。盖《春秋》一书,为先师民族思想所寄托,窥其意,拟将于授《春秋》时,借以吐其怀抱也。又尝语人曰:"今世所患,但恐人类夷于禽兽!遑论其它,所亟于遍教群生者,不过《孝经》《大学》《儒行》三书而已。"故本学期考试题目,有:"'志在《春秋》,行在《孝经》'说"(语见《孝经纬》)。此殆先师之所以自命欤!

先师演讲,每星期三次,每次二小时。届时辄先挟书赴休息室相候,虽风雨,弗阻也。下课时间未到,虽稍倦,不肯早退也。照例每讲一小时,休息十分钟。但休息铃已响而先生犹口讲指画,置若罔闻,故每讲辄二小时,中间绝不休息。在一月前,同学惧其体力不支,铃声甫动,辄纷纷离座。先师无法,只暂停片时,惟时间未到,则又高声讲起,同学等又只得返座听受矣。本月四日(星期四),病略重,终日未进粒米,师母章夫人,谓之曰:"今日应休息,不必讲演。"先师笑曰:"饭可不食,书岂可不讲。此时不讲,更待何时耶?"遂登台讲演如故。九日(星期二)先师又力疾挟书赴讲堂,经其挚友李印泉先生竭力拦阻,始罢。自开讲以来,此乃第一次请假,距其逝世,才一周之久耳。

除正式讲演外,每星期与同学相聚茶话一次。质疑问难,必详为解答,健于谈,每谈辄四五小时之久,口滔滔若悬河,不知疲倦。犹忆去冬同学进谒,围坐于书斋之南院,及夕阳西下,暮寒袭人,同学皆战栗有寒色,先师则谈笑自若,不以为意。或曰:"先生寒乎?请入室小休。"先师第摇其首,谈如故。又一日作者谒先师于书斋,谈及音韵学等问题,已届中午饭时间,犹不休止,作者与辞者再,先师强挽使坐曰:"时间还早,不必急。"及下午二时许,始获辞出,其扶掖指导之勤类如此。

先师自息影吴门,对政界名人,非有特别关系者,不喜接见。前有日人某教授,来华瞻拜,进谒七次,未获一面,其峭严如此。惟对同学等之问难,则虽忙碌中,亦必抽暇相谈。一日某同学晚九时进谒,阍者以眠辞,翌日先师知之,遂手书寄某生,宛词道歉,并将阍者痛加申斥。先师于古今名人,少所许可,每一提及,辄有"不过如此而已"等语,以示菲薄之意。惟后生辈苟有所长,必尽力赞勖,逢人便津津称道之。同学胡宪墀君因病去世,先师挽云:"好学果忘疲,有志竟成期项橐。生材殊不易,华年未秀悼终童。"其所以奖励与爱护后生之意,溢于言表矣。

先师所以自奉者甚俭,会客室中,布置较好,其寝室,则布帐一顶,棕床一具而已。案上陈设,均极朴素,仍有寒士风度也。先师有鼻菌症,菌液流出甚多,谈时频以小巾拭之,巾以布制成,质甚粗,拭时似感不适,作者尝劝其改用绅巾,笑曰:"太贵,何必用?"先师博及群书,而不讲版本,所读之书,铅印石印者居多,字甚小,不以为苦。讲《尚书》时,系用点石斋石印有光纸小字注疏本破甚,几成零叶,每披过一篇,必加以整理,始能就序,同学等往往窃笑之。

先师求学之笃,逾于恒人。前在东京时,一日赴澡堂沐浴,历久未返,使人视之,则仰卧澡盆中,瞠目有所思索,唤之始悟。又某日先师宴客,届时来宾满堂,而先师失所在,遍觅不得,有人如厕,见其正在面壁构思,竟忘宴客一事矣。先师用饭猛且速,不顾冷热,侍者照料偶疏,往往烫疼失措,呵曰:"饭求其熟,何必太热。"或答以"饭不热,焉能熟",则又哑然自笑。读书时,或有投刺求见者,必使其在外少候,则又构思籀如故,历时太久,阍者再报,则曰:"何人?犹未去乎?"盖其所投之刺,未暇详视也,见者往往因此相候以三四小时之久。诸如此事,时人皆资为笑柄。然旷观世界之大思想家、大文学家,无不有此特性,固无足怪也。

先师晚年不问政治,而其民族思想,则刻刻不忘。"九一八"之役,曾北上见张学良,责以抗敌大义。"一二八"之役,又促师母章夫人办理伤兵医院,活人甚众。当时军人之流落无归者,往往诣门求贷,先师必慨允之,先后共费去几千元之巨。去冬华北事变,北平学生因游行被捕者甚多,先师电宋哲元云:"学生请愿,事出公诚,纵有加入共党者,但问今日之主张如何?何论其平素?执事清名未替,人犹有望,对此务祈坦怀。"是时上海学生赴京请愿,列车被扣于苏州,天寒风紧,露宿车上,先师挥使吴县县长，送饭馈饷之，其同情青年、爱护青年，有如此者。最近西南进兵，蒋委员长快邮求先师调解。时先师已病，见信犹慨然允诺，而病亦适于此时加笃，函电未发，遽归道山，中国自此又减损一分元气矣，悲夫！

先师之病，来源甚久，往岁由沪来苏讲学时，未携棉衣，中途风雪大作，感寒，遂得气喘之疾，先师个性甚强，一切疾病，不祈灵于药石，而率以精神克服之。故当时讲演如故，不少休也，今春以来，食量渐减，面貌清癯，或劝其调治，则怒曰："无病，何须医？"先师寝室，不许有人陪侍，偶有以此为请者则怒，惟友人好留宿，则必抵足而眠。上月朱希祖先生来，始发见先生有失眠症，晚十时卧，晨二时许即起披衣端坐。后经百计劝导，始肯服药一剂，然以病根已深，未易奏效也。自本月九日停讲，病势日重，十二日晚作者往探，时先师欹卧躺椅上，见余至，笑点其首，口喃喃作语，不解所谓，旋即闭目急喘。呜呼！余之得侍先师也，将及一年，朝夕过从，情逾家人，不意先师此次之一颔一笑，竟为毕生最后一次之诀别也。（十三、十四两日，虽获侍侧，而先师不省人事矣。）先师之所以期望余者，远且大，谈次每以相勖，方幸扶掖有人，或可答师意于万一。乃今遽舍我而去，泰颓梁萎，使余何依乎，言念及此，不禁涕泗滂沱也。

张君季鸾，遇余于章邸，嘱将章师之日常生活，介绍于国人，丧事丛脞，心情悲惨，苦无以应命，遂谨就所知者拉杂草此，希读者谅之。二十五年六月十六日晚，汤炳正附识。

"孤岛"三五事

大家都知道，抗日战争期间，上海的租界曾一度成了"孤岛"，不少文化人在此暂避敌人的锋镝。但是，在广大沦陷区里，类似的空白点也不少，虽与租界大有区别，我也固名之为"孤岛"。我的老家山东荣成县石岛镇，当时就是这种情况。

荣成地处山东半岛的最尖端。"七七事变"不久，这里北边沿海的威海、烟台，早已成为敌人海军据点；西边地带的牟平、海阳及文登县的西部，早已成为敌占区，而荣成则屹然未动。我的家就住在荣成石岛南的张家村。石岛虽名为岛，实不过海滨一小镇耳。但从当时的战争形势看，这里确实是个"孤岛"。北、西两面已为敌人所包围，而东、南数百里的海岸线，也是敌人军舰来往逡巡的必经之路。这一片小小的净土，事实上已处于敌人四面包围之中，而又未被敌人所占据。这是否由于它已失去军事上的重要意义？不得而知。抗日战争以来，荣成这"孤岛"局面，一直维持了五年之久。到了一九四一年冬太平洋战事起，我们这"孤岛"式的家乡，才跟上海"孤岛"一样，同时陷入敌手①。

这个"孤岛"，从形成到沉没的前前后后，有些事情记忆犹新。

（一）

"七七事变"，我正暑假回家，被困"孤岛"之中。我那时既没有办法冲出去，也没有勇气跟敌人拼斗。当时"太炎文学院"在上海"孤岛"成立，曾函我前去任教，几经周折，未能成行。在这苟安的局面下，我曾把自己的住处打扫了一间空屋，作为读书写字之所，打算"得过且过"地暂度几天隐居生活，以待战局好转。我曾请邻村姜忠奎君用小篆写了一个横幅，文字是我指定的，即"结庐在人境"五字，裱挂于小屋壁上，倒也雅致有趣。我当时的本意，是借陶渊明"结庐在人境，而无车马喧，问君何能尔，心远地自偏"的诗句以寄意。不料姜君在送字给我时，却说："清末诗人

---

① 此处作者记忆有误，石岛实系1940年2月18日失陷。见《荣成市志》（齐鲁书社1999年版）第18页。——选编者注

黄遵宪的书斋名'人境庐',你大概与他同调吧?"

姜君的话,那时并没有引起我的注意。因为我对黄遵宪的诗,向来不感兴趣,认为他的诗眼界开阔而意境不深。如他的《海行杂感》有云:"星星世界徧诸天,不计三千与大千。倘亦乘槎中有客,回头望我地球圆。"这就是一例。不过,今天回忆起我当年的这段生活,确有与黄氏暗合之处。黄的一生经历过鸦片战争、中法战争、甲午战争、八国联军等国难与国耻。他的书斋常悬《列强瓜分中国图》以自警。他曾撰有《日本国志》四十卷,目的是欲借鉴日本维新以挽救中国。他万没料到,不到半个世纪,鲸吞中国的也正是他的老师——日本。我当时在隐居生活中,除了撰写《中国古韵论证》及《史通校笺》以外,主要的力量是起草一部《五胡十六国纪年史》,目的是想吸取古代外族侵扰中华的历史教训,以砥砺抗敌信心。但这种莫可奈何之举,较之黄氏的《日本国志》就更无意义了。至于写诗,黄氏一生,身遭国难,愤世嫉俗,发为诗歌,堪称诗史。而我那时的诗兴则消失殆尽,绝口不涉吟咏。只有一次,为了补书屋墙壁的污损,竟用五尺长浅红虎皮笺写了一阕小词,什么牌子,早已忘却。现在只记得首二句是:"不向长门献赋,那怕蛾眉见妒",末二句是:"剑气珠光消也未?襟怀依然如故"。借此可见我当时的生活情调。

(二)

但是，我那时的隐居生活并不是那么平静安适。家乡虽非敌占区，但日寇的军舰、飞机不断骚扰，居民一夕数惊。敌舰在近海巡逻，本是常事。但是一天却一反常态，日军竟从母舰上乘几只快艇向海岸驶来，大有登陆之势。这时村民们几乎是万人空巷，奔往深山逃避。我们一家当然也不例外。不料跑到半途，五弟因家中箱内放有抗日宣传品，怕惹出杀人放火的惨祸，故又转头回家处理。就在这时，敌舰上数架飞机一齐起飞，对准满山遍野的妇孺老幼，猛扫狂炸。我当时正奔走在一个小坡地上，只听得一架敌机突然俯冲下来；猛抬头，只见一枚炸弹早已"唧唧"作声地从半空向我落来。这时，对如何才能躲开这场惨祸，我已没有任何思考余地，只有本能地加快脚步直冲向前。哪知没有跑到三几步，背后一声巨响，立被一股不可抗拒的气流冲倒在数步之外。是死？是活？是伤？我早已失掉了自己的判断力。只觉得有不少人从我身上践踏而过。我定神审视早已麻木了的周身，并无血迹，也无残伤；立即又在敌机弹雨的扫射下，通过苞谷地，跑到海边的石崖下掩蔽起来。直到傍晚，敌机虽已回舰，而那海浪声一起一落，我却误认为仍是敌机在盘旋侦察。事后我很有些自愧：据史书载，当东晋击败北族苻坚的入侵，敌人惊慌失措，只觉八公山一带"风声鹤唳，草木皆兵"，而今天的中国，连一个半壁河山的东晋都不如，慑于"风声鹤唳"的并非敌人，反而是我自己。

可见，我想做个"结庐在人境"的陶渊明，乃至"苟全性命于乱世"的诸葛亮，都不过是梦想而已。在遍地干戈的夹缝中想过太平日子，确实是天真的想法。就在这时，我被聘到高村的"文登中学"教了一年书。我没有枪，但我却有口和笔，这时进行抗战教育是义不容辞的；至于起草"七七"抗日纪念宣言，撰写追悼抗日阵亡将士的挽联，等等，更是语文教师的本行。记得一次前线葬埋抗日阵亡将士于柘阳山，我的挽联是："此时雄志吞桑岛，终古英魂壮柘阳。"我又曾写了一篇报道，向世界揭露敌人在沦陷区的罪行，描述游击队在敌后的抗日活动。通过商船上的熟人，把信件带到浙江的沈家门，再通过邮递投寄香港《大公报》。记得我的署名是"冰澄"，即"炳正"的谐音字。不过还值得一提的是，这时每月的"五斗米"薪俸，对我家的贫困生活不无小补。这样一来，我想翘起脚跟看一眼陶渊明的项背，也办不到了。至于《归去来辞》的生活情调，更早已在我的思想上幻灭。

(三)

《老子》说过："大兵之后，必有凶年。"这无疑是一条历史性的总结；其实，兵乱与瘟疫也常常是一对孪生兄弟，这也该是一条历史规律吧。我于一九四一年之冬，曾患了一场严重的伤寒病。开始时口干发烧，还自认为是一般感冒。在文登中学，想吃橘子，好不容易用高价去买回来，但吃进口，不酸也不甜；回家后，想吃豆腐乳，派人从石岛去买回来，但入口如嚼泥土，没有丝毫的盐味。接着就是高烧昏迷，不省人事。大约两周之久，人才有些清醒。殊不知，就在我昏迷的那几天，日寇早已在飞机大炮的掩护之下，占据了我那可爱的家乡。但当我略略清醒之后，家人怕我受惊，仍然瞒着我，不敢以实情相告；我只是感到家人的脸色有些仓皇不安而已。一天傍晚，我大哥从石岛回来看我的病，只见他手执一面纸制的日本小国旗，站在我床前，我立刻意识到家乡已入日寇的魔爪！这是多么惊心动魄的现实！我不禁放声大哭，并责骂大哥"没有民族气节"，不该拿着日本旗子回家。经解释，才知道，从石岛到我们家，虽相距只二三里，但中间必经日寇岗哨；不执日本小旗，就不准过岗。大哥关心家中老少，尤其看望病弟的心切，只得如此。此后，我又在半昏迷中几天没有讲过一句话。原来，在敌人登陆之际，家人怕我受大炮飞机的惊吓，慌忙无计，曾找了几块大木板，把窗子封闭得铁紧。其实，我那时不仅高烧，而且耳聋如塞铅，即使开着窗，我也是什么都听不到的。据说，那时地方武装已向西山撤退，敌人的炮弹是掠过村子的上空，集中轰击西山一带,故民房得免中弹。日寇入村挨户搜查时,见到枯瘦昏迷、辗转床笫的我,听说是害伤寒,一个个掩鼻而退,我才幸免盘诘。老子所谓祸福互相倚伏之理,殆即指此。养病期间,我瘦骨嶙峋,腿部两根细骨之外,只剩下个大膝盖,煞是难看。我面对此情,经常落泪。尤其因日寇的物资封锁,加之我家经济困难,病后的营养也跟不上。我全部养病时期,只吃到两只猪蹄、一副猪肝而已;而且这猪肝还是堂哥哥来看望我时赠送的,因而病体恢复极慢,半年之后,拄杖始能起行。即使如此,还经常有些不三不四的匪特,来侦察我是真病还是装病。

(四)

敌人在其据点石岛和我所住的张家村之间,从海边到山顶挖了一条三米深、数里长的壕沟;隔壕通行的每个路口,都筑上炮楼碉堡,架满机枪。白天从村子到石岛,必须给日寇哨兵鞠躬;夜间则严禁行人来往。石岛被敌占据之后,我是不出门的。并不是因为拄杖的病躯,艰于步履,而是因为决不能向敌哨鞠躬。头发蓄得长长的,也没有进过石岛的理发店,由屋里人随便剪几剪刀了事。

日寇占据了石岛之后,八路军游击队就在敌占区的外围展开活动。我当时曾有个想法,认为这好比一个人,哪里受了创伤，哪里就会有白血球集中活动，抵御细菌侵入。那时，老百姓把八路军看得很神秘。凡是老乡彼此相遇，只要提到八路军，只是把大指与食指向外叉开以示"八"意。这其间，神秘感之外，又带有几分佩服。我住的张家村，白天时有日寇活动，夜间则是八路军出没之地。像今天电影里李向阳式的人物与类似事件，时时流传于老百姓的耳语与手势之间。

一天晚上我看书到半夜，刚入睡不久，即于梦中惊醒。只听到机枪的扫射声、手榴弹的炸爆声，像大海的风暴，卷地而来。我下意识地知道这是八路军游击队在对石岛日寇的袭击。这时，我内心的快意感，潮浪似的随着枪炮声而上下起伏。我们张家村这时成了游击队的后方，但我并没有起床，只是从枪声的远近疏密中推测战斗的动态。拂晓，枪炮声息。我迫不及待开门打听情况，才知道：夜间八路军攻进了石岛，又退了出去。当时凡路口要隘的炮楼碉堡，都被八路军占领，并以敌人的机枪掩护进军。激战之际，对老百姓秋毫不犯；而跟日寇相勾结做了坏事的汉奸，则无一幸免。电灯公司的发电机，被用卡车搬走；日寇开办的"水产公司"，被放火焚烧，次日整天，犹浓烟滚滚，上接云霄。老百姓莫不暗中拍手称快，奔走相告。

从此以后，日寇缩处在石岛弹丸之地，对广大农村不敢涉足，有时夜伏昼出，出则必沿路鸣炮以壮胆。名为搜索八路，毋宁说是对八路军打个招呼，以免正面遭遇，自陷于困境。即使如此,仍常常被八路军打得抱头鼠窜,狼狈而归。故当时老百姓只要听到日寇鸣炮出动,辄曰:"小日本的送葬礼炮又响了!"

(五)

由隐居思想的幻灭到养病生活的苦闷,由病体的逐渐恢复到如何逃出虎口的踌躇与策划,这是一段多么曲折的路程。我养了半年病,病体愈见好转,我处境的危险性也就愈大。但天无绝人之路,就在一九四二年的暑假,我突然接到青岛"礼贤中学"友人陈敬轩的来信,约我去该校任教。自从日寇占据家乡之后,原来的"文登中学"已解散。不少同事都暂避青岛谋生。当时以教数学、物理而颇有点名气的陈敬轩君,即其中的一个。他的看法是:"礼贤中学"是德国教会所办,日寇不会横加干预,比之他校要安全得多。而我则认为:青岛地方大、见闻广,逃往大后方的路子会多一些,因而就毅然应了陈君之约。记得当时我任高中二年级的国文。课本第一课是《隋书·经籍志》的叙论,我竟讲了一个学期,还没有收尾。平时除闷处不足十平方米的小楼一角外,从不敢出街。消息之闭塞沉闷,跟乡下没有两样。这时思想之苦恼,处境的孤独,令人难于忍受。加之我唯一的友人陈敬轩,这时也渐渐与他处不来。例如有一次闲谈,我说:"如果能发明一种飞机,可以直升空中,就不用飞机场了,该多好!"不料陈当面说我不懂物理,"开黄腔"。以后又经常在别人面前以此事嘲弄于我。多年以后,我每想到与陈相左的这件事,就有一种看法:为什么有的人虽学到了物理、数学,而在科学上却终生没有什么发明创造,这就不能不归咎于某些人缺乏想象,墨守成规,故一筹莫展。就在那年的寒假,教了半年《隋书·经籍志》的我,毅然辞职回家。学校因为我的辞职,连最后一月所当得到的生活补贴——二十公斤玉米粉,也被扣下来,不准我带走。

不料回家之后,却听到一桩惊人的事件,而半年之中,家乡来信,却从未敢提到。那就是日寇对胶东半岛的"大扫荡"。

当时日寇的"大扫荡",是在胶东半岛上由西向东梳篦式地搜索前进。据有人当时在昆仑山(在牟平县东南)上眺望,夜间由北海岸到南海岸,数百里间,火光连成一线。但即使如此,日寇兼程"梳"到山东半岛的尖端——即我的家乡石岛,满认为八路军可一网打尽,而结果是一无所得。反而家乡老百姓,竟成了敌人砧板上的鱼肉。东海沙滩上,天天在杀人;家家鸡飞狗跳,一片恐怖。我的三哥是生意人,也糊里糊涂地被关进了监狱,差点被杀头。经过大哥的奔走,才脱了险。

我寒假回家,事件虽已过去,而我母亲诉说时,犹心有余悸,并口口声声说:"你的运气好,否则是活不了的。"说"运气"我并不相信,但"机遇"确是有的。如果没有陈敬轩君的邀聘,我确实是难逃虎口的。

一九九一年十月

从鲁迅先生的"像"说起[①]

去年在纪念鲁迅先生时,各报刊差不多都登载了不少的鲁迅先生的造像和画像。在这些造像和画像中,有不少的佳作,但同时也有些"不佳"之作。例如有的把鲁迅先生画成一个剑拔弩张的怒目金刚(多数是如此),有的把鲁迅先生画成了一个阔眉大眼、态度闲适的银行老板(如《长江文艺》一九五六年十月号封面),也有的把鲁迅先生塑造成了伟大的高尔基(《人民文学》一九五六年十月号插图)。总之,愤怒也好,闲适也好,伟大也好,但可惜都不是鲁迅先生,而是作者"心造的幻影"。

这些画家和雕塑家们,好像是不把鲁迅先生画成怒目金刚,就不足以表示鲁迅先生的斗争精神;不把鲁迅先生画成阔眉大眼,就不足以表示鲁迅先生的"文化革命的伟人"的气派;不把鲁迅先生画成高尔基,更不足以表示鲁

[①] 原载《光明日报》一九五七年四月六日。

迅先生是世界伟大文豪似的。

鲁迅先生只有一个，而造像和画像中却出现了多种多样的鲁迅先生的形象，这就不能不使人为艺术的真实担心了。

我生平只见过鲁迅先生一面（"九一八"后在北京），我的脑海中的鲁迅先生是温和、沉挚而冷静；目光慈祥但却透露出一股敏锐的光芒，好像任何东西在它的射击下都要"入石三寸"。他在谈话时，虽然涉及极可憎恨的事，也不会使你感到有种"风云变色"之势；他的愤怒是"内蕴"的而不是"外露"的。这就使我感到一个人物的形象性格，在表现形态上是多么复杂而曲折！"色厉而内荏"的人我们是看到的，而"色柔而内刚"的人，我们也常常碰到。例如为革命文学而壮烈牺牲的烈士柔石，在我们的想象中，应当是怎样一个刚直而不屈的壮烈形象，但在鲁迅先生笔下（见《为了忘却的记念》）的柔石，却是那样的"迂"，那样朴质可爱。这使我不能不佩服鲁迅先生在人物形象刻画上的高超的艺术手法。

我们不能否认：同是一个人，一个面孔，由于感情的变化而有所不同。我们可以想象到"负着因袭的重担，肩住黑暗的闸门"的鲁迅先生的沉重的面貌；我们也可以想象到当革命胜利的消息传来时一面抽着纸烟一面对着窗微笑（见冯雪峰《回忆鲁迅》）的鲁迅先生的愉快表情；我们更同样可以想象到"横眉冷对千夫指"的鲁迅先生是那样的冷峻，而"俯首甘为孺子牛"的鲁迅先生又是那样和蔼。但无论怎样，鲁迅先生总是鲁迅先生，他不会面目全非地变成另外一个人。

古人说得好："画龙画虎难画骨"。鲁迅先生的骨头是硬的，我很希望这蕴藏在骨子里的"鲁迅精神"，能真实地在艺术家们的笔下或手下体现出来！我们不需要形式主义地理解人物形象性格的艺术家，我们更不需要强迫客观现实服从主观个人愿望的艺术家。

海岳烟尘记

我在《屈赋新探》的"前言"里曾写下这样几句话:"抗战时期,我开始爱上了屈赋。这也许是由于中国的民族危机,促使我跟屈原的思想感情发生了共鸣。"不料这段话竟引起不少青年读者的好奇心,纷纷来信,要我谈谈当时的情况。其实,我这话只是在民族苦难中的总体感受,并非指某一具体事件。但这些来信,却也无形中唤起我一段小小的回忆,即我当时从沦陷区逃奔后方的流亡生活。而在流亡的过程中,屈原《哀郢》中"去故乡而就远兮,遵江夏以流亡""心婵媛而伤怀兮,眇不知其所蹠"等诗句,确实曾时时涌现于脑海,乃至沉吟于口头。因而我对这段流亡生活的描述,虽非问题的完整答案,也算是向青年读者勉强"交了卷"吧。

我的故乡山东荣成县,直到一九四一年冬太平洋战事起,才在日寇大炮与飞机的袭击下沦陷。我这时不得不多方筹划，试图逃出虎口。本来在这之前，北京师范大学的姜忠奎先生、上海太炎文学院的汤国梨先生、四川西山书院的伍非百先生、昆明西南联大的许维遹先生，都曾来信相约。然而，北京是敌占区，我决不去；太炎文学院这时已被迫解散；只有大后方的四川和云南才是去处。但后方的情况如何？旅途又如何走法？风声鹤唳，遍地干戈，不能不使我产生诸多疑难的问题。恰巧这时一位多年经商于西安的远亲王某，突然回家探亲。从他口里，才知道乔扮成商人并通过敌我默认的通商路线，即能到达后方。不久，我就毅然在王某的伴同下出发了。

记得我在出发登船之际，不仅是十足的商人模样，而且手腕上还缠着一串佛珠，涂上了一层宗教色彩，以蔽敌人的眼目。第一站当然是青岛。但由于另外一位相约同行者久未到达，不得不在青岛一家同族侄儿的商店里蛰居一月之久。在繁华的大城市里，过着斗室生活，不仅孤寂之极，更时刻担心被敌人发觉。

第二站的济南，是我久仰之地。小时就听长辈讲过，济南风景优美，"兼南北之长"。但我到达济南，出了火车站，就一头钻进了个小客栈，住了一天一夜。不仅什么"家家泉水，户户垂杨"之胜，没有领略到，就连著名的大明湖、历下亭等，也未敢轻于问津；至于同学友好，当然更不便拜访。但是，不知怎的，当我们从济南登车南下之际，我却涌起一股难以克制的心潮。我想起了宋代金人南侵时，济南的名士赵明诚、词人李清照抛弃了万卷藏书、文物手稿而狼狈南奔的情景。我虽然谈不上藏书家，而几架典籍、书稿资料等，也颇有些心爱的东西。记得临行时那种难于割舍的心情，确实是很痛苦的。李清照的名作五绝云："生当作人杰，死亦为鬼雄。至今思项羽，不肯过江东。"她作为一个爱国诗人，丢掉半壁河山而南逃，固然于心不甘，而抛弃文物典籍于不顾，又怎能不痛入骨髓。我这时忽然想起了他们，绝不会是偶然的吧。

我流浪西南，已近半个世纪。经常有人问："你是山东人，登过泰山吗？"很惭愧，我没有登过；只能说曾经见过一面。那就是这次流亡乘火车由济南到徐州路过泰安之时。我只见巍峨的泰山突然出现在远方，又渐渐消失在淡淡的烟霭之中。因为我不是旅游，而是逃难，心里自然不会有"孔子登泰山而小天下"的豪迈感，所想到的倒是古书所载：孔子登泰山时曾见他以前刻石留铭的帝王，已有七十二代之多；当然，这以后的帝王封禅泰山，更是史不绝书。现在孔子所见七十二代的刻石，自然早已泯灭；而孔子以后的刻石，最早的也只剩下秦始皇的泰山刻石残字。不难看出，几千年来，泰山确实是中华民族的见证人，是中华民族伟大崇高的象征。而我当时，已经走到它的面前，却又不得不向它挥手告别，心情确是沉重的。那一刹那间所看到的屹立于祖国大地的"巨人"形象，至今还深深烙印在我的心上。

徐州火车站，看来是敌人的军事重地，军警密布，防守森严。火车入站，就感受到一片肃杀之气。当时的"津浦路"，只能通到江苏的徐州，往南就不通了；当时的"陇海路"，只能从徐州通到河南的商丘，往西就不通了。而我们这时的行程，是先由徐州到商丘再说。不过在这段路上，我碰到了三个特殊人物。

进了徐州火车站，日寇检查之严是惊人的。在我前面，已有两人被扣，锁着手铐，站在那里。我当时只带有一个用帆布"被套"裹着的铺盖卷；一个用猪皮制成的小手提箱，长一尺左右，中有牙具等。事前知日寇对知识分子最残酷，我的小提箱里连支笔都不敢带；但当时可能怕路上生病，却带了一张配制"十滴水"的药单。不料，日兵见此，反复审视，目露凶相，用刺刀戳着我的行李，要把我扣留下来。而旁边站着一个翻译，高个子，瘦黄的脸上带有严肃的表情。他一再向日兵说明"十滴水"的用途等等。费了十几分钟的时间，日兵才挥手让我过关，险些送了命。这位翻译究竟是披了伪装的好人，还是良心未泯的坏人？我至今摸不透。

车向商丘出发，车上旅客并不多，皆商人打扮，但我突然发现一个身着学生装的青年，居然旁若无人地在坐着看书。我惊怪之余，小声问了同伴王某。他对我耳语："你看他在读的什么书？"我才注意到，这是一本《希特勒传记》。日寇对此，当然不会干涉，甚至还要另眼看待。同伴王某说:"这青年是用此作为保护色的。"但此人究竟是蒙混过关的进步青年,还是希特勒的忠实信徒? 我至今搞不清。

到达商丘车站,来站接客的旅馆寥寥无几。其中有个将近五十岁的彪形大汉,满面络腮胡子,气概豪爽,颇像唐代传奇中的"虬髯客"。由于他热情,只好跟他去住客栈。进了客栈,只见正堂桌上供了一尊关公塑像。长须,凤眼,红脸,显然是按照《三国演义》塑造出来的雄姿。神像前一个大香炉,满屋香烟缭绕,颇有些庙堂气氛。由于我们对一切都很陌生,连前途的走向都不清楚。而这位"虬髯客",竟对我们百般关照指点,颇像自己的长辈爱抚子弟那样,无微不至。他说:"陇海路至此再无法西行,只能乘坐板板车南下,渡过黄泛区达到界首再说。"第二天一大早,他已为我把板板车找好,讲妥了价钱,装上了行李;又送我们走出警戒线,才挥手告别。此人究竟是进步组织的接送人员,还是善于经营的市井之流? 我至今也无法判断。

不难看出,当时敌占区的情况是相当复杂的。鱼龙混杂,善恶难分,稍不注意,即会陷入敌人的魔爪!

从商丘南去安徽的界首,这几百里路的行程,并非阳关大道,都是临时走出来的小路。不久就进入了"黄泛区"。所谓"黄泛区",就是黄河改道泛滥之后,大水初退,泥泞结成了龟坼式的黄板地,也有稀软陷脚的地方。我们知道,中国的黄河，古往今来共大改道六次，小改道无数。每次改道都给人民带来巨大的灾难。而现在由黄河改道而形成的"黄泛区"，则并不是由于天灾，而是来自人祸。那就是一九三八年的六月间，国民党政府为了阻止日寇大举南下和西进，就在黄河的花园口掘堤放水，黄河因而改道南下。据记载：这时河南、安徽、江苏三省，有四十四县市、五万四千多平方公里的土地和一千二百五十万人民，遭受了黄河的袭击，淹死和困饿而死的共八十九万人。我现在走的"黄泛区"，就是这次洪水初退的地带。这时，日军以"黄泛区"之北为最前线，我军以"黄泛区"之南为最前线。中间相距二十公里为真空地带，敌我都不管，但它又系当时商人、旅客们的必由之路。以故，常有匪盗出没其间，进行抢劫。记得那时距我们不远的一帮旅客，即被抢劫一空。也可能看出我们几个人的寒酸气，所以匪盗不屑过问吧？

走到"黄泛区"的南岸时，我方抗日部队前线岗哨就站在路口。他们热情地伸出手来，跟我们一一紧握，说道："同志们，辛苦了！"这话虽很简单，却在我内心深处激起了汹涌的波涛。且不说"同志"二字是我生平第一次听到，更重要的是，我竟像在苦难中见到了失散多年的亲人。这时，我在沦陷区时那一肚子的悲愤、满腔的委屈，就像打开了闸门，我想痛哭，也想狂笑。但在这种场合，又只得以千钧之力，才控制住了这难于形容的复杂心态！

接着就进入了河南、安徽交界处的界首。界首本来是个冷落的乡村小集镇，而这时却成了万商云集、热闹非凡的都会。但它并没有高楼大厦，全是用苇席搭成的临时敞棚，并形成了几条颇具规模的大街。同伴老王对我说："这就是沦陷区和大后方商品交流的集中点，而且也是商旅们唯一的临时交通要道。"出于好奇，我们几个不免到"街上"浏览一番。商品应有尽有，从华丽的绸缎丝绒，到一般的粗布衬衫；从高级的罐头糕点，到一般的干果杂货；至于肥皂、牙膏等被后方视同珍品的东西，更是种类齐全。这时的界首，已成为某些商贾们纵横驰骋的经济战场。据说，有的商人就在这民族危急之际，却发了"国难财"，成为"暴发户"。

我们的行程确实是曲折的。前几天我们是从商丘南下，才到达了界首；现在又要从界首北上，奔向洛阳。而且这一远程跋涉，是经过多方周折才搭上了一辆装货的敞篷烂卡车。记得一路曾经过河南的漯河、宝丰等地。那已是寒冷的严冬，冰雪遍地。多数地方只见车轮在冰雪上乱转，却寸步不前。我们十多个乘客，在百分之八十的路程上，都变成了汗流浃背的"推车汉"。开始大家"怨声载道"，过几天也就习惯了；觉得行李总算放在车上的，比自己背着行李赶路好得多。

我小时读书，很喜欢书法，北碑也购置了不少。其中如《龙门二十品》等，就曾爱不释手；而且洛阳的龙门石窟，无论是碑刻,还是造像,都在我内心深处留下美好的印象。因而,这次车近龙门时,尽管我一路疲倦不堪,仍想以最大注意力,一偿多年的夙愿。的确,山回路转,岩边尽是洞窟,像蜂房一样的密集,而佛像又像蜜蜂那样,万头攒聚,数不清。但是,国难当头,这些"国宝",又谁会来理会他们呢?古称天子逃难为"蒙尘",今天这里的佛像,没有一个不是尘土满面,乃至缺头折臂的。他们跟中华民族一样,在承受着千载少见的劫难。我多么希望车子"抛锚",以便对我们祖先留下的这份丰厚的遗产多看几眼,观摩一番。谁知原来那爬不动的车子,这时却偏偏风驰电掣而过,好像有意跟你为难。

尤其令人遗憾的是,我们是在漆黑的昏夜里到达洛阳的。对这个历朝的故都,我曾在《洛阳伽蓝记》《洛阳名园记》等典籍里领略过它的盛况,瞻仰过它的风采。而现在却在黑暗得没有一盏油灯的情况下,爬下汽车,又爬上火车,而且又接着在这黑暗中离开了它。这确实使我很失望。但后来想起,也很自幸。如果是白天到达,则被敌机炸得疮痍满目、瓦砾成堆的惨状,将使我想象中的楼台殿阁顿时消失无踪;倒不如这样,反而会把古人笔下风物典丽的洛阳永远留在我的脑海。

这时,从洛阳起,陇海路才有西开的火车,但从洛阳到潼关一段,日寇经常隔着黄河用大炮轰击。所以这一带不仅市区夜里不敢有灯,夜间行车时,为了避免声响,车也慢得像条爬虫在默默地蠕动。即使如此,我们车过渑池不久,敌人的炮弹又不断地在车厢的上空呼啸而过。大家极度紧张,却绝无骚动,寂静得可怕。但这并不是一般的沉闷或窒息,这其中,蕴藏着雷霆万钧的民族义愤!

潼关是中国历史上兵家必争的要隘,是名震史册的雄关。记得唐韩愈有诗云:"荆山已去华山来,日照潼关四扇开。刺史莫辞迎候远,相公新破蔡洲回。"这次,我很想一窥"日照潼关四扇开"的雄姿,但不仅铁路不经关门,心境也跟韩诗迥然不同。我们的火车开过了潼关,虽已基本摆脱了这一流亡过程中的风险阶段,然而,民族危机依然如故。这跟韩愈当时随伴裴度平淮西、凯旋回朝的情景,并不一致。因而我这时尽管口头上反复吟哦这首韩诗,但"迎候"我的又将是什么呢?下一步的目的地又在哪呢?我的旅情早已随着隆隆的车声飞到遥远的未来。

当年一直陪伴我奔波数千里的帆布"被套"和猪皮手提箱,我至今还保存着。小提箱现由娃娃在用,"被套"则仍在做我的床垫。我每次看到这两件东西,仿佛它们仍带有当年的尘土气息和冰雪余寒,以及徐州车站上敌人刀戳脚踢的伤疤。而祖国的苦难岁月和我个人的流离生活,亦宛然如在目前。它常常鼓舞我前进,激励我奋发自强!

一九九〇年七月

重过双石铺

近年来,我也经过几次秦岭。由于火车行程,过秦岭皆在夜间,并没有感到有什么值得注意的。回忆四十年代还没有宝成铁路时,我曾在冬季乘坐大卡车翻越秦岭。峭崖绝壁,摄魂动魄;峰回路转,气象万千。车南行,迎面而来的是山阴白雪皑皑,琼峰玉岭;而回顾山阳,又是青松绿岫,春意盎然。杜少陵写岱岳,有"阴阳割昏晓"之语,而我经秦岭,却又有"阴阳判春冬"之感。自从成渝铁路通车之后,我想重新领略一番秦岭奇观,已不可得。尤其当年为避日机轰炸,我曾随学校避居秦岭深处的双石铺,约半年之久。这一切更使我历久不忘。

一九九二年十月九日,"中国屈原学会"第五届年会在山西临汾召开,我又要乘火车路过秦岭。

火车经过数十小时的巴山蜀水,第二天中午,我跟李大明、李诚、熊良智三人到餐车吃饭。因人多,饭菜老是不来。李大明只得先买了一瓶酒、一包花生米，边吃边谈，边看窗外瞬息万变的山峦景色。这时，车要到站了，我突然发现在前方远处有一座很熟悉的山峰。我立刻意识到，这不就是双石铺的"凤凰山"吗？我这时究竟是怎样的面部表情，自己并不知道。而坐在我对面的李大明同志却发现我的兴奋而闪光的眼神。他说："老师很久未远出，看看一路的风光，也是很有趣的。"我只是笑而颔之，并未说出我兴奋的原因。

凤凰山，在群峰嵯峨的秦岭之中，不算很高，而形态独特，很像埃及的金字塔。但金字塔却没有它那样峭拔，更没有它那样葱翠。记得当年某个星期天，我曾偕同事翟君乘兴攀登凤凰山的顶巅。上有庙宇一座，已荒废。中庭有个大铁香炉，炉边缀小佛像数十尊，其二尊已坠落杂草中，我跟翟君各拾其一，袖之而归。佛像高四寸许，铸工精巧，面带笑容。当时日寇已逼近潼关，人心惶惶，国事日非。我们虽僻处丛山，但心情是愤激的，又是苦闷的。我将佛像置之几案间，读书之暇，与佛像日夕相对。是文物欣赏，还是宗教皈依，说不清。这其间无法排遣的沉郁悲愤之情，可见一斑。这尊佛像，我后来一直带到贵阳，并赠送给著名的古历法家张汝舟先生，因为他是真心好佛者，总算物得其主。这一切，我在餐车吃饭时，面对凤凰山，便一幕一幕地展现在眼前。此时凤凰山似乎是一位久别重逢的故人。"他乡遇故知"本来是好事，但思绪千头，却生怕话旧未毕，又要相别而去。

火车这时前进很慢，也许是秦岭坡度太大的原因。但这也正好使我得以在与我有缘的丛山中多流连一番。

突然，一个百货杂陈的小场集在车旁擦肩而过。其中五颜六色的入时服装以及蔬菜、莲藕、甘蔗等都有，知改革之风已吹进了这群山深处。可我的目光，却很想找到那半个世纪以前，我曾经买过东西的小场市，而始终没有发现。记得那是个很小的山坡，每逢场期，人数最多也不超过百把个，但货物却很有特色。鲜血淋漓的熊掌，一个摊上就有好几双。虎骨、虎皮之类，随处都是。而卖麝香者的土办法，总是把麝香装在几寸长的白得发光的大虎牙中，以招徕顾客。外边的蝇拂子是以马鬃制成，而这里则是以雪白美观的牦牛尾制成的；抽出尾骨，而充之以竹木，即是天然的把柄。我曾买了一柄，一直用了多年，不知何时，竟失所在。市上也有卖猪肉的；但山里人是不吃猪头、猪蹄以及腑脏的。这些东西从不上市，而是作为废物来处理。市上也没有卖鱼的。但每逢春冻初解之际，山腰泉洞里，即有大量鲜肥的鱼从洞中涌出。而当地人以为鱼是有毒的，不敢吃，也不敢卖。我们学校由于上述原因，每天是鱼肉满盘，生活也颇不坏。当时因资斧不给，寄教于此校，实乃因祸得福。当时山中卖盐者极少，或因山险路窄，运输不便之故。因此，这里的农民个个颔下都长有一两斤重的大肉瘤子。古书说："山居者多瘿。"看来，这种现象并不始于近代，也不止于秦岭。但这次的路旁小市上，却已没有看到这样奇形怪状的人了。这也许是数十年来人民生活改善的标志吧。

现在看来，双石铺一带，无论农村或街市，尽是青砖瓦房，整齐美观；当年一片黄澄澄的泥屋，已看不到。至于我曾住过的校址，我是多么想发现它，而终于没能发现。不过这时它在我脑海里的形象，却越发清晰起来。我住的那栋宿舍，是二层小楼，不仅泥墙，泥顶，连那矮矮的楼梯也涂满了泥土。还有一个通行的走廊，很窄，走时稍不慎，就会擦上一身干泥。我住的那间不满十平方米的寝室兼书房，更是土气十足。想挂张图画，土墙吃不住钉子；想贴张作息时间表，土墙又粘不住浆糊。只得让它以土为土，以土为乐了。记得一次，西安马小姐到昆明读书，路过双石铺，曾下车过访，我很感到尴尬。她立刻对我说："昆明西南联大的师生宿舍，也是同样的简陋哩；国难当头，只能如此。"马小姐是著名语言学家马学良君的妹妹。我路过西安时，马君正治扬雄《方言》，曾设家宴相邀，招待甚殷。而这次马小姐来到双石铺，我竟找不到一家小面馆对她略尽地主之谊。至今思之，犹感遗憾。

火车在缓缓地前进，我们的午餐仍然还未吃完。我一面吃，一面沉浸在梦境之中。突然间，我发现松柏葱郁的群山中，到处都是一团一团的红叶。说它是枫树，枫树没有这么殷艳；说它是橡子树，橡子树又没有这么浓密。它使数百里的秦岭都披上了红装,像朝霞一般的耀眼。这是我当年未曾见到过的秋山奇观。但不知怎的,这时我眼前却时时闪现出半个多世纪以前秦岭的初夏景色:在万山丛翠之中,"千里香"铺天盖地而开,双石铺一带,简直是"香"和"白"的海洋。这幻境伴随着隆隆的火车声,一直在我的脑海中荡漾着。

火车转过山坳,一条不大不小的河,在漫漫地流着。那水像一泓透明的碧玉,跟雪白耀眼的沙滩相映成趣,使我立刻想到,那就是当年我和翟君游泳过的地方,是嘉陵江的上游。我是在海滨长大的人,对游泳向来很内行。可是当时我刚一下水,那身子却像铅块似的,一下子沉入了水底,经过多少次的失败,才渐渐能浮起来。有的同志说:淡水的浮力小于海水,故而如此;有的同志说:这是久不下水,体力失调的结果。当时我无法判断两说的是非。现在看起来,这两种原因都有。犹如有的人在与社会浮力不相适应的情况下,沉落下去了;有的人却在与社会浮力相适应的情况下,升腾起来了,因而人海沉浮,百态千姿。从我初出至双石铺到今天重过双石铺,恰恰半个世纪,在这漫长的岁月里,使我益信此理之不诬。

一九九二年十二月九日完稿

伍非百先生传并附记[①]

伍非百,四川蓬安人,生于一八九〇年。幼年丧父,家贫,就读于私塾,遍习四书、五经,旁及诸子百家。性聪颖过人,善属文,年十三应科举,中秀才。旋科举罢,乃走读于合川实业学校。是时,革命思想激荡全国,而先生亦见闻渐广,接受进步思想。既愤慨清室之腐朽,又痛恨外侮之日迫,乃加入孙中山先生领导的同盟会,从事革命活动。辛亥革命后,曾任四川省议会议员。不久,又先后在孙中山领导的四川革命军石青阳、熊克武军中参加反袁、护法诸役。石、熊失败,他走上海,由于党人四散,失掉联系,而他亦被列入逮捕名单,乃返蜀。

当时军阀混战,国事日非。他见革命失败,乃萌文

[①] 《整理古名家的哲学家伍非百》收入《四川近代文化人物》一书,四川人民出版社1989年出版,后又收入汤炳正《剑南忆旧》,更名为《伍非百先生传并附记》(附记,述与伍先生之交谊)。

救国之念，于是避居乡间，埋头读书。由于生活拮据，乃以实业学校曾习之育蚕种、桑苗等技艺谋生。无钱买书，则往返数十里外，就藏书家借阅或抄写。日夜揣摩，孜孜不倦，博览而好深湛之思。但先生救世之志，固未尝稍衰。是时，当地驻军师长何光烈，欲以"佃当捐"名义，重敛于民，召各县代表会议，先生以蓬安县代表出席。席间，不畏权势，支持群众及学生代表，痛斥何光烈。他说："当此国难之际，或英雄，或奸贼，或流芳百世，或遗臭万年，何去何从，由你选择！"四座闻言，皆为震动。会议遂逼何光烈取消"佃当捐"。他在大是大非面前，其仗义执言，多类此。

先生素好诸子之学，尤喜墨家，但读《墨经》上下而苦其艰深。故自一九一四年开始，即发愤钻研，欲为校释。阅五年，成《墨子辩经解》一书。在墨学研究中，别开生面，独具卓见。一九二二年此书出版后，颇为当代学术界所推崇，先生亦蜚声学林，遂于一九二六年受聘为成都大学（四川大学前身）教授；旅赴南京，任前中央大学教授。其间曾以同盟会会员资历兼任考试院考选委员会委员，以挂名官职潜心著述。他先后至苏州谒见太炎先生，探讨诸子之学；又与海内学者如四川廖季平、山东栾调甫、南京张纯一等，或书函往来，或互相过从，纵论经史与墨家学说。十年之间，研究范围益深且广，遍及先秦名学遗著，并撰成《大小取章句》《尹文子略注》《公孙龙子发微》《荀子正名解》《齐物论新议》《形名杂篇》，合前著《墨子辩经解》（后改为《墨辩解故》），总称《中国古名家言》，约三十万言。其中《大小取章句》，一九三七年在《论学》杂志上发表过；《公孙龙子发微》初稿，大半为陈柱尊一九三七年出版的《公孙龙子集解》所采录，在学术界发生广泛影响。自此，先生享有著名墨学专家的盛誉。

抗日战争爆发，国土沦陷，民生凋敝。先生目睹时艰，而自愧报国无门，乃于一九三八年举家返蜀，隐居南充西山，创办西山书院，聘海内名流，相与研讨讲习于其间。蜀中学子一时就读者甚众。先生在讲学之余，又对所著《中国古名家言》作全面整理与修改，并自费刊印五百部，分送海内学术界。他在学术界上的巨大成就，在名学研究上的独创见解，乃得全面问世。抗日战争胜利，先生又创办川北文学院于南充。时解放战争已起，学院多进步师生，亦有地下党同志。先生不仅对革命力量加以保护，而且曾配合进步师生，对渗入校内的恶霸、政棍等反动势力，加以驱逐和清洗，得到广大师生的赞许。先生尝愤愤地说："我们决不能允许恶棍与市侩来左右我们的学校！"因此，一时多视"川北文学院"为进步学校。

新中国成立后，他被委为川北行署委员，兼川北大学校务委员会副主任委员。四川建省，又先后任省政府委员、省图书馆馆长、省人民代表、省政协委员及中国国民党革命委员会四川省委员会常委等职。一九五七年被错划为右派，改聘为四川文史馆研究员。一九六〇年取消"右派"之称。一九六五年三月，因脑溢血去世，享年七十五岁。

一九七六年粉碎"四人帮"后，拨乱反正，落实政策，先生在政治上的不幸遭遇，得到改正和平反，因此《中国古名家言》亦于一九八三年由中国社会科学出版社出版，他毕生全力以赴的这一学术巨著，从此得以广泛流传于世。

纵观先生一生，虽有时参加政治活动，但其贯彻始终的毕生事业仍是学术研究。从他所专研的对象墨家学说来讲，先秦曾与儒家并称"显学"。但自汉代起，已渐趋衰微。魏晋以来，连唯一的一部鲁胜注，早已失传。此学之被冷落者，殆千有余年。近代墨学虽略有起色，而竭生平之精力，专研不移者，实属寥寥。盖以学术言，凡趋时者，时变而改；殉利者，利竭而废。惟先生对先秦名家之研讨，毕其生而不怠。从一九一四年至一九六五年，前后凡五十载，直至死后，还留下不断修改中的《中国古名家言》三种不同的稿本。古人云："知之者，不如好之者；好之者，不如乐之者。"先生之于古名家言，真可谓乐此不倦。也正是他有这种锲而不舍的精神，才对祖国优秀文化遗产的整理做出应有的贡献。

先生的第一部专著《墨经解故》于一九二二年由北京中国大学晨光社出版之后，立即引起学术界的重视。梁启超在其《近三百年学术史》中曾说："伍非百著《墨经解故》，从哲学、科学上树一新观察点，将全部《墨经》视为有系统的组织。"事实确是如此，因为清代学者之论《墨经》，大都不外校勘训诂，使此艰深难读之本，略通大义而已。虽孙渊如已发现《墨经》多系名家言，邹特夫亦发现《墨经》多涉物理学，但他们只是零篇短札，谈言微中。而真正能站在哲学、科学的高度来观察《墨经》，并将全部《墨经》作为"有系统"的整体来进行研究者，在近代，先生应属第一人；先生的《墨经解故》当为第一部书。中国先秦名学的由隐而显，不能不归功于先生。

但先生对中国古名学的研究，并没有就此止步。他的探索工作不断地在向纵深发展。此后，他又发现《墨子》书中的《大取》《小取》两篇，"与《经说上下》四篇相发明"，乃名家之要籍；名家《公孙龙子》，"处处与墨子辩经为论敌"，乃中国古代名家两大论宗；道家《庄子·齐物论》，全用名、墨两家术语，其破诘百家，亦"多是从名辩学术攻入"；儒家《荀子·正名》，也是"吸收名家各派的长处而弃其短"；此外如《尹文子》及散见诸子的名辩杂论，他无不融会贯通，各立专著，《中国古名家言》即其总汇。先生曾谓："不通一家，则不能通两家；不通两家，亦无由通一家以至三家之循环论战。"不难看出，先生之治古名家言，乃将名家摆在先秦百家争鸣的大论战中进行全面考察，紧紧抓住他们之间正、反、合的复杂关系，来探索古名家言的精髓，足见先生的著述之所以博大精深，发前人所未发，绝不是偶然的。

清代以来，对先秦古籍之整理，其言考证者，或短于义理；言义理者，又或疏于考证。故自毕沅以下，注《墨子》者不下十数家，虽以孙诒让之博洽严密，其《墨子间诂》至今被誉为不朽之作，而犹不免偏于文字校释之间。惟先生之治古名家言，则取名家典籍，进行校勘、训诂、诠释、编次、剖析乃至辩伪等一系列整理工作，熔多种治学手段于一炉。故其所揭示的"名辩"精义，不仅新颖独创，而且广度、深度多出前人之上。先生的《墨辩校勘记》《公孙龙子考证》《邓析子辩伪》诸篇，其在《中国古名家言》中，虽仅列为附录，但足见先生治学的功力之深，绝非浮光掠影、侈言义理者可比。当然，先秦名家学说，还有不少疑难问题，有待于学术界进一步研究探索，但先生的董理之功，却为后学开辟了广阔的道路。

先生禀性豁达，平易近人，但对庸鄙市侩之流，则又严峻不少宽假。他思维细密，善于言谈。在师友叙谈间，对问题的探讨，往往步步推演，妙论横生，出人意表，令人解颐。从中国历史上看，先秦古名家末裔，后曾演为魏晋间之清谈名理，先生的言行殆亦受古名家之影响欤？

先生晏居之暇，亦好诗文。曾以余力著《东维子文集校注》《铁崖乐府校注》及诗文集等，尚待刊布，不赘述。

附记：

伍非百先生与我为忘年交，故先生逝世之后，其长女伍尚仁同志曾奉母命，约我写传以传其事。因俗务多，因循未果。其后，四川省政协文史资料研究委员会和四川省文史馆拟编《四川近现代文化人物》，又以撰写先生传记相委，遂率尔命笔，略记其事如上。

我与先生相遇，是抗日战争期间。时先生方创办"西山书院"于川北南充之西山。一时名流，如蒙文通、徐澄宇、丰子恺、李源澄等，皆先后在书院讲学。我入蜀后，应先生之邀，亦曾主讲于其间。西山离城十余里，群山环绕，中有教堂楼阁数十楹，多废弃。抗日战争事起，先生商诸主教，赁为西山书院之教室与宿舍。西山林木茂美，远隔尘嚣，诚读书治学之胜地。诸生数十人，皆乡邑有志之士，我于讲习之余，颇有乐趣。时而策杖登高，时而俯泉濯足；夏则听鸣蝉以寄趣，秋则望征鸿而抒怀。而诸生琅琅书声，朝夕不绝，尤为山林增色。

先生不常上山，时正在家整理其《中国古名家言》，私人出资付石印。日夜矻矻，对原稿校改不少懈。每肩舆上山，则必与我作竟日谈。先生睿智过人，常以名家学理分析问题，结论往往出人意表。其时我正撰写《〈说文〉歧读考源》，曾以初稿相示。我颇虑其难于接受古字"歧读"之说。不料先生读后笑曰："这应当是事实真相。阿拉伯码字传入中国，中国并不管阿拉伯人如何读法，即径以中国语音读之，不正是这个道理吗？"真可谓一语中的。

抗日战争胜利，我离西山赴贵阳，任教于国立贵阳师范学院及国立贵州大学。那时通货膨胀成灾，国立学校每月工资朝夕不保。时先生又创办"川北文学院"于南充赛云台。先生专函相邀，谓工资以实物米粮计算。为生活计，我重返南充，任教于"川北文学院"。校舍后山数十步，即为晋陈寿的读书楼；前山坡，即韩昌黎《谢自然诗》吟咏过的果州真人飞升石。城内公园一侧，为谯周墓。城北七里店多汉墓，出土汉砖，散落荒野间，俯拾即是；砖纹多姿多彩，有文字者，尤古朴可爱。我每游其地，辄选其佳者携归，置几案间，与先生摩挲玩赏。先生嘱我做拓片以存真。所得既多，后集成《安汉砖华录》一部，其中凡收砖华百余品。因南充为汉代安汉郡，故名。惜其稿本在"文化大革命"中散失。

我与先生二次共处，相知益深，堪称"莫逆"。先生所赠自印本《中国古名家言》，七十年代已转赠老友王驾吾君（焕镳）。因他方撰《墨子商兑》，需要此书又寻访不得也。近年中国社会科学出版社又重印行其《中国古名家言》，我亟购存，以作纪念。而我个人在川北所写杂稿等，除《〈说文〉歧读考源》外，历经劫难，一无所有，实有愧老友多矣。

一九九一年十月九日记

追记"花溪小憩"

（一）

贵阳之胜在于花溪。而花溪之美，在于山环水绕，竹木丛郁，饶有江南风味。我风尘仆仆从沦陷区逃出后，几经周转，最后落脚在贵阳，这应当说是个"小憩"。因而巍然于花溪之畔的一家小小的旅舍"花溪小憩"，不仅建筑玲珑雅致，名字也实在取得好。抗日战争中流亡到西南的游子们到这里，也许会跟我有共同的感受吧？

我到贵阳之初，是任教于贵阳师院，兼课于贵州大学。贵大离城约二十公里，即在花溪之畔；兼课的老师每周都以"花溪小憩"作为临时住宿之地。我真正饱赏花溪风光，领略花溪幽趣，即在这时。后来我正式任教于贵大，宿舍反而有些简鄙，离花溪也远了一些，令人感到遗憾。但星期假日，偶然散步花溪，小别重游，亦倍觉亲切。

回忆当时兼课于贵大，每周一次小住"花溪小憩"，备课之余，有时徜徉于山水之间，有时把卷于回廊曲榭之际，恍如置身世外，心境怡然。最近翻检书笥，偶见一本线装书中，夹着一张老得发黄、字迹模糊的烂纸片，竟是当时写下的一首七绝，颇引起我对往事的一些遐想。其诗云：

　　蝉翼纱窗静里开，麟山一角画中来。
　　跮踱已忘心头事，听罢溪声数落梅。

其时闲适之情，宛然可见。

古人对某一风景胜地，往往标榜什么"八景""十景"之目，数目不足，则勉强拼凑，殊觉无谓。我对花溪之胜，适意之外，便觉有趣，初不计时人如何品评也。记得一九四六年秋，我与姚奠中兄偕著名教育学家罗季林先生散步于花溪灞桥之上，桥下小瀑飞溅，桥畔疏柳垂丝，游目骋怀，自得其乐，共议合照以留念。姚兄工填词，事后曾写小令于合照之背，以记其事。这张照片我一直保存到现在，每一展现，为之神往。兹录姚兄小令《菩萨蛮》如下：

　　秋溪雨霁人踪悄，两行衰柳随溪绕；灞上卧长桥，徘徊听怒涛。　　四围无限绿，几点青山簇；梦影聚天涯，不知何处家。

当时像我们这样的知识分子，即使在风景绝佳处，亦难免有天涯沦落之感。

（二）

又记得是个盛夏季节，潘君芷云因事来花溪镇。那时她离婚一年，颇有人生坎坷之感。一天相约同游花溪，信步溯花溪而西，两山夹水，渐入幽境，亦即时人所称的"碧云窝"。我们偕坐巨石上，看云观水，闲话生平，有时也谈谈诗词，竟忘却外界的炎热。古人有诗云"行到水尽处，坐看云起时"，庶几得其情趣。少顷清风送来一阵疏雨，芷云带来一柄太阳伞，这时只得撑伞共障之。雨过之后，比来时气候清爽多了。此行如必命以雅称，则谓"碧云消夏"可也。

一次新秋的晚饭之后，我独自散步，行至花溪附近，忽与潘君芷云邂逅相遇。原来她是来花溪镇上访同乡人的，亦因饭后无聊而独自散步至此。我们遂相携同游。芷云曾任教于"花溪中心小学"多年，故对花溪一草一木，似乎都有深厚感情。畅游之际，经她一一指点，便觉山山水水都有妙趣。花溪四围都是山，如麟山、龟山、蛇山诸胜，皆以形状而得名。麟山最高，陡峭多石，嶙峋如歧角。蛇山则逶迤绵延，上多乔松。天色渐晚，我们漫步于蛇山之上，一轮新月，出现于松间，晴空澄澈，四顾无人。此时不仅忘却人间，更不知身在花溪。少顷，麟山磷火闪灼，四出如散星；松涛震耳，凉气袭襟袖。颇有东坡《赤壁赋》所谓"凛乎其不可留"之势，乃相别而归。

我跟芷云的花溪之游，三十多年之后的一九七七年春，芷云路经贵阳时的忆花溪诗，犹可见其情景。诗云：

人生何短促，回忆少年期。
坐送闲云去，静看归鸟迟。
溪声留客处，月色送人时。
往事如前世，陈踪入梦思。

经过回忆而出现在芷云笔下的诗境，确实令人神往。

（三）

"山不在高，有仙则名；水不在深，有龙则灵。"贵阳之于全国，不算胜地；花溪之于贵阳，也不算名山大川。

但在抗战期间，贵阳乃西南五大文化中心之一，俗有"小南京"之称。人杰地灵，文人荟萃，花溪又以其特有的秀丽，声名也就为之大振。我初到贵阳之际，贵阳的文化风采依然可观。贵阳师院中文系主任、文学史名家谢六逸君刚去世，继任者乃以诸子名家的王驾吾君；同仁如著名文学史家姚奠中君，系章氏同门；历法大家张汝舟君、新文学家蹇先艾君，其时亦皆任教于贵州大学。抗战期间，文化名流云集西南，司空见惯，习以为常。据说，一次小提琴名家马思聪来筑公开演奏，住宿于贵阳师院教工宿舍。马的习惯，演奏期间，日夜练习不倦。一位同仁住其隔壁，并不以"近水楼台"为幸事，反嫌琴声聒耳，而下逐客之令。这也算是文化界的一件趣闻吧。有人说，抗战时期，大大提高了中国西南地区的文化水平。这话也许是对的，但为此而付出的民族代价，也未免太高了。

乱极思治，历来如此；劳极思逸，人情之常。抗战时期的花溪之所以成了人们的"小憩"之地，正是这个原因。但是现实的世外桃源，是不存在的；幻想的世外桃源，也只是出现于陶潜的笔下。且不谈抗战末期日寇进犯独山时贵阳的骚乱景象，即使抗战胜利之后，人们脑海中那昙花一现的安乐感，也没有保留几天。

记得我到贵阳不久，西南联大的学生由昆明回北京，路过贵阳，即住在贵阳师院的临时招待所。从他们口里传来了闻一多先生被害的种种情景，并带有不少神话般的色彩。说什么闻一多先生被害前，有一位神秘的乞食老妇人从闻的后门，用预言式的隐讳话语告诫过闻，促他警惕，等等。现在看来，这也许是好心的知情人，劝闻避祸而已，并不是什么无稽的神话。

接着，这恐怖气氛又蔓延到贵阳。贵大的学生无故失踪者，时有所闻。我的好友物理系教授左震寰，就是在这时突然被捕的。

紧接着，银元券、金元券泛滥成灾，物价暴涨，知识分子的生活，朝不保夕。每月的工资几十万，但却买不足一月的口粮。工资发下，如果不抢先买米，就要买成银元，否则几个钟头，就会变成一堆废纸。几元票面的"法币"作为手纸丢在厕所者，随地可见。

接着，反饥饿、反内战的运动也在贵阳蓬勃展开。教授罢教，学生罢课，渐入高潮。有一天贵大的地质学名家丁道衡教授召集了全校性的"教授会"号召罢教。记得当时教授们只是在一个没有座椅的大厅里站着，挤得水泄不通，对罢教的号召，一致举手通过。

提到丁道衡，未免话长。当时贵大设有工学院、农学院、文理学院。丁是文理学院的院长，胖乎乎的，为人寡言谈，很厚道。我平时并没有想到，他竟有顶着风浪行的硬干精神。说到这里，就不能不想到他的祖辈清末名臣丁宝桢。丁宝桢曾任山东按察使。当时慈禧太后的太监安德海（俗称小安子）颇得幸，所至擅权纳贿，无敢言者。过山东时，丁宝桢竟以计诛之，朝野称快，而丁宝桢之名，亦大震于天下。他曾受封为"太子少保"，故俗称"丁宫保"。中国西南名菜有所谓"宫保鸡丁"者，即因丁宫保所嗜食而得名。丁道衡的气魄，莫非犹有乃祖遗风欤！

（四）

我在贵阳时期的生活，不妨说是闲适与震荡相交错。所谓"小憩"，亦不过是于混乱中自我解脱而已。贵州的名胜黄果树瀑布是闻名世界的，但当时限于种种条件，竟未能一瞻风采，而仅得醉心于区区的花溪。这已足够说明问题了。

教书，毕竟是我的中心工作。这时我所讲的课程，有刘知几的《史通》，因为抗战初期，我在家乡曾对它下了一番功夫，有一些心得，也开过声韵学、训诂学，因为它是我这时的主攻学科，并继承了章师的绝学，建立了自己的体系。日寇侵略，曾激起我研讨《楚辞》的动机；而闻一多的被害，又激起我讲授《楚辞》的念头。不料《楚辞》开讲之后，堂堂学生满坐，甚至坐在窗外，跨系听课者也拥挤不堪。现在看来，学生的情绪如此热烈，无疑是广大青年们已把屈原精神跟当时反侵略、反黑暗斗争联系起来，并产生了共鸣。

就在这时，我曾写下一些有关语言学和《楚辞》的论文，几经丧乱，原稿散失殆尽。现在仅存的《驳林语堂"古音中已遗失的声母"》《语言起源之商榷》和《招魂"些"字的来源》等，可以说是我这时期仅存的一点学术陈迹吧。

如果说动久思静，人之常情，那么三年多的贵阳生活，又未尝无静久思动之感。大约一九四八年末，湖南师范学院院长皮名举、中文系主任马宗霍，前后专函聘我入湘。措词恳挚，敦促有加，不免为之动心。皮名举是清代今文学派大家皮锡瑞的嫡裔；马宗霍是章氏门下的名流，著作等身，深为先师所器重。他写《声韵学通论》时，与先师信函来往，字斟句酌，传为学林佳话。当时我之欲应召赴湘，不仅有感于嘤鸣求友之切，亦欲借此沾溉岳麓书院之遗风与凭吊屈子沉渊之旧地耳。但卒因国立大学难免饥饿袭击，故只有放弃入湘之念，而应伍非百先生之邀再次入蜀。

贵阳的生活片段，我本没有想去写它，因一九九〇年端阳节赴贵阳主持"中国屈原学会"四届年会之际，才引起我对四十多年前的某些旧事的回忆。而这次入筑，总算领略了黄果树瀑布的磅礴气势，补上了当年所缺的旧课；可惜的是，由于会务繁剧，应酬太多，到贵大赴宴之后，近在咫尺的"花溪小憩"竟未得再睹芳姿。这又给我留下了无限的遗憾与永恒的回味。

一九九一年十一月七日

狮子山的最初一瞥

——为纪念四川师大建校四十周年而作

新中国成立以来,除了一九五二年的"院系调整"以外,我校变动最大的一次是从南充迁往成都。校址即选在成都东郊的狮子山。这次我校为纪念建校四十周年,嘱我写点回忆录。在执笔的过程中,我校在狮子山艰苦创业的旧事,历历如在目前。不知怎的,我曾为建校而付出过一份辛苦的自豪感,不禁油然而生。

记得那是一九五六年暑假的一天,由于迁校,我们十余名教师乘坐一辆露天大卡车从南充向成都进发。这车厢装满了行李,教师们都以"高屋建瓴"之势,坐在行李的高头。经过两天的颠摇,卡车由现在的校碑处,转了个弯,驶进了狮子山。这时,它还是一座名副其实的"山",因为既看不到住家户,也看不到校舍。但虽然是"山",却又看不到什么树木。车子边开,我心里边纳闷,学校到底在哪里？突然间，车子刹住在眼前唯一的两栋青瓦宿舍之前。这就是后来的教工第六、第七宿舍（今"动力科"左侧）。由于楼板不隔音，当晚楼上楼下一阵洗脚声响，接替了大卡车的轰隆声，不免影响人们的眠息。但不管怎样，几天来风尘仆仆，总算得到了安身之地，终于心满意足地睡了一夜好觉。

第二天早晨，我以好奇的心情，在这山区里，也就是学校内，散着步。据我的回忆，全校的建筑，除了我们住宿的两栋青瓦宿舍之外，还有一栋学校行政办公室兼校医室，即现在附属小学靠南的那排平房；不过当时似乎没有现在这么长，只有一半长的光景。学生食堂正在施工，好像就是现在没有改建前的学生三食堂；听说学生还有一栋宿舍，我没有发现它在哪里。由于寥寥三几栋建筑，面积又那么小，而且东西南北，各据一方，故狮子山显得空空荡荡，仍是一座名副其实的"山"。

但是，这里究竟是一处高等院校，没有教室怎么上课？古人说："筚路蓝缕，以启山林。"这两句话，很可以说明我们在狮子山创建这所高等师范院校的艰苦性。事实上，我校当时连一间教室都没有，只是临时搭了无数的敞席棚作为教室。我记得，从现在的"小盐市口"直到现在的"动力科"，沿路左边全是敞席棚，前面并无门窗，就像市面上的小摊贩那样。人们都知道，现在新建图书馆处，原来是印刷厂，而很少人知道这所印刷厂的前身，原来也是一排席棚教室。我来狮子山的第一堂课,就是在这个"教室"里讲的。在这些路旁席棚里讲课,实在是个考验。路上的人来来往往,声音嘈杂,有时声调之高,大有"喧宾夺主"之势。而且席棚之间并无隔音设备,教师之间,讲课互相干扰;为了使学生听得清楚,我曾竭力提高嗓门,但隔壁的嗓门也不得不随之而提高,仿佛在进行"男高音"比赛似的。雨天上课,外面大下,里面小下,躲不胜躲;热天,太阳晒透席墙席顶,教室有如蒸笼;冷天寒风扑面,并没有遮风取暖的设备,像我这样体弱的教师,感冒成了"多发病"。所谓什么"空调""电扇"之类的新名词,连听都没有听到过。但就是这样,师生并没有半句怨言。至今,还有不少当年在席棚听我讲《凤凰涅槃》的学生,还津津乐道当时听课的专注和浓厚的兴趣。我校现在有不少教学和领导骨干,就是当年在席棚里培育出来的,而且这样的人才,也散布在全川,乃至全国。这不能不说是个奇迹。

为了写这篇回忆录,我最近又在全校走了一圈,希望能牵引起一丝回忆线索。

进了校门,右前方矗然而立的六层教室大楼,或呼为"大白楼",最引人注目,是我校整个建筑群的最高峰。一般人可能认为那里原来不过是一栋小小的红瓦建成的校医室而已,但我初来时,那里并没有校医室,只是一片齐腰深的荒草地。说不定当时还藏有什么兔子之类的野兽,因为我校的围墙是后来才修建的,那时并没有什么遮挡。走到"外办"以南，那排整齐而优美的大片教工宿舍区，我初来时，那里还是一个大水塘，周围是水草交际的沼泽地带。每当夏雨淋漓，蛙声震耳，扰人清梦，连觉都睡不稳。

我现在住的新十六栋那三座楼房，原来是教工五灶，这是大家记得的。但现在这排楼东头那条南北水泥通道的中间段，至今每当落雨，即积水一两寸深。铺路时是平的，现在为何陷下了呢？据我的回忆，在还没有修建教工五灶之前，这里也是荒地。刚来山区时，为了解决师生的吃水，决定在这里打口大井；而挖了宽深各约数米的大坑，并不见水，就填上了。今天陷下去的路面，就是当年填土松疏所致。这也算是在前后左右尽是现代化的高楼大厦之间，所留下的一点历史痕迹吧。过去，每当雨天，路面积水，大家绕道而行，我总是埋怨学校基建部门为何熟视无睹，不把路面补平？现在看起来，留下这点艰苦建校的遗迹，也还是很有意义的。

前面已讲过，现在正在兴建的我校最高大、最宏伟的图书馆建筑群，最早的原始旧址是席棚教室。因此，近几月来，我每次经过建筑工地，总有一种矛盾情绪：一方面为我校的日益兴旺而感到欣慰；一方面又觉得把原来的席棚教室留下一座，摆在那里作为纪念，不也是"勤俭办校"的好教材吗？

现在我校的绿化，在全市高校中，应当说是第一流的。将进校门，两边绿树成荫；校内有些支路，夏天像是走进绿色长廊，遍体生凉。从整体来讲，颇有些古人所说的"绿树村边合，青山郭外斜"的气象。当然，"小白楼"一带的校园，布局曲折有致，花木扶疏葱茏，俨然是个小公园；再加上晨夕之间，三五同学，书声琅琅，确实又是一派高等学府的幽美景色。我最喜爱的，还是在图书馆附近散步。那里，春天的海棠，红映朝霞；夏日的荷花，亭亭呈艳；清秋的丹桂，甜香四溢；遗憾的是缺少寒冬的红梅。我想，将来新馆落成，一定会补栽的。图书馆是人类文明的输血管，为它而付出一点代价，是值得的。

说到绿化，不禁又引起我一段回忆。记得在建校之初，校领导曾指示过，要尽量保留山上原有的树木。其实，那时这里除遍地荒草之外，全山仅有两株较大的树，惹人注目。它就长在现在中文系与数学系的办公楼之间的路边，是高约十米的无患子树，果子可以代替肥皂。秋季果子落地，大家捡来泡水洗衣、洗头。树下当时还有一个高不过两米、长不到三米、破烂不堪的小茅草房，是农民迁走后所留下的。这两株大树，应当说是我校"绿化之祖"。后来因枯残欹斜，怕倒时打伤人，不得不锯掉。我尽管曾有些惋惜之情，但新陈代谢，只有如此。

古人尝说："十年树木，百年树人。"我认为培育人才，固然是长期的事业，而建设一座学校，又何尝不需百年？我校不到半个世纪的时间，竟已初具规模，确实值得庆祝。有人说，我们这些老人是"建校元勋"。"元勋"当然说不上，但从建校以来就跟学校同荣枯，共命运，这一点是值得自豪的。尤其是从十一届三中全会以来，我校的建设以惊人的速度在前进。在这段时间里，我虽已届耄耋之年，竟怀有一腔与学校建设竞赛速度的热情。校内每一巨型建筑动工，我内心总是默默地自我约定：这项工程竣工之日，我决以出版一部学术著作作为献礼。这十年来，化学大楼竣工，我出版了《屈赋新探》；"小白楼"竣工，我出版了《楚辞类稿》；"大白楼"竣工，我出版了《语言之起源》；这次，图书馆的巨大工程开始，我早已准备用正在赶写中的《屈学答问》的出版，来庆祝它的落成典礼。因为，我深深地懂得，一个高等学府的地位和声誉，取决于教师的学术水平的高低。我既不能为眼前的层层高楼添砖加瓦，却应当为我校在海内外的学术地位争光夺彩。这是我的心愿，也是我对学校的祝福！

一九九一年五月廿三日

"劳改犯"的自白

"人生五十好著书",这话也许是有道理的。但建国以来,我踉踉跄跄、风风雨雨地跟着跑了十多年,正是五十出头,也刚刚开始写点东西,而"文化大革命"突然来临,命尚难保,遑言著书。

在"文化大革命"中,我既不是先知先觉,看穿政治底细而坚决抵制;我也做不到大彻大悟,看破人世红尘而处之泰然。有时却很像阿Q,虽然已是"死囚",却生怕纸上的花押"画得不圆"。

第一张大字报出现在中文系门前,题目是"徐××软刀子杀人","杀人"二字竟跟徐某相联,使人心惊肉跳。接着,五花八门的大字报铺天盖地而来。墙上、门上、窗上、树上、草地上、专为贴大字报而扎起的绵亘几里的席棚上,全是大字报。几条宽敞的大路上,用石块压着四角的大字报,使你走路无下脚处。但如谁损坏了大字报,那就是"滔天罪行"！

烈火终于烧到了我的头上，头衔是"反动学术权威"。一日之间，在长长的席棚上贴了有关我的八十多张大字报，据说被造反派自誉为"出色的成绩"。大字报的总标题是："汤炳正，你往哪里逃！"（每张约两尺见方）其实，我不想逃，也不必逃，因为我并没有犯罪。

这时，谁如果是"造反派"，谁就要狠下毒手，骂得你体无完肤，以显示革命者的威风，谁如果是"牛鬼蛇神"，谁就要咬得你遍体鳞伤，拉你跟他同时下水。一霎间，朋友变成了仇敌，亲戚变成了冤家。有个别学生相逢，如仍喊你一声"老师"，他回到宿舍，就会遭到无情的政治"围攻"。大概这就是所谓"你死我活的阶级斗争"。

对我这个未曾见过阶级斗争世面的人来讲，确实受不住。回到自己的宿舍，我曾几次号啕大哭，曾几次通夜未眠，曾几日茶饭不吃，曾几日沉默不语。我对老伴说："鸡毛蒜皮的事，而给我上纲上线，即使上得再高，我想得通；曾有其事，而给我加盐加醋，即使面目全非，我也想得通。只是毫无根据地昧着良心编造一些重大事件，不管你的死活，一股脑儿压在你的头上，就太使我难于承受！"但还算好，我却始终没有想到"死"。

一天，我跟萧老师狭路相逢。他四顾无人，向我耳语："宋老师今天自绝于人民了！"我当时听不懂他的话，认为大约某老师又犯下了什么"滔天罪行"？后来才知道，"自绝于人民"是当时加给被迫自杀者的罪名。奇怪，杀人者无罪，被杀者反而有罪。

中国历史上，统治者对罪人，向来就有"抄家"的盛典。但新社会的"抄家"，该是个什么架势，我毫无所知。一天，我们一些"有罪"的老九们在集中学习。突然有人进屋喊我出去。出门就见一队红卫兵戴着红袖套，排列得很整齐，叫我前面引路，奔向我的宿舍。一进门就命令我以"立正"的姿势站立在走廊上，面向屋外，不得回顾。这伙人便以翻江倒海之势，搜箱索柜。连我的两个沙发垫子也拆开"研究"，看有无"密件"；墙上的挂钟也拆散"分析"，看是否"发报机"。一直折腾半天，最后大包小卷，提抬拖拉，呼啸而去。抄去的并不是书籍、字画、文物等，而是我生平一点一滴积累下的书稿与文稿。因为我的书籍等，早在运动初期即以"交四旧"的名义，主动找人帮忙，用背笼和板板车送到应当送的地方去了，那心情自然是难过的。而这次抄走了我的书稿文稿，则像匪徒劫走了自己的亲人那样悲痛。但较之四川大学某老学者的遭遇，我还算是侥幸者。听说他们的造反派更高明，曾把某老学者费尽一生心血所写下的书稿，当着著者的面，一页一页地撕下焚烧。如果说抄走了书稿，就如同匪徒劫走了亲人；那么，当面撕焚书稿，应该说是如同匪徒把自己的亲人当面"凌迟处死"那样摧裂心肝的惨痛。

祸不单行，不到两个月，又对我进行二次抄家。不过这方式有些特殊，即一天更深夜静之际，有两个彪形的造反派，突然破门而入。不讲来历，不谈目的，只是到处乱翻。虽气势逼人，但我知道他们不是土匪。因为他们并未攫取我的衣物，而是把上次抄家所残余下的纸片残稿，乃至几本日记册子，完全劫走。事后检点，我又发现压在抽屉底层的战国刀币一枚，宋代巨型的"淳祐通宝"钱币一枚，六朝神兽铜镜一枚，皆已不见。幸好，我的一个古代青瓷钵，发事前曾嘱老伴用它作为盐罐，总算掩护下来了。"洗劫"一语，过去体会不深，现在总算懂得了这"洗"字的真谛。后来又从造反派口中，知道这只"罪恶的黑手"，也曾伸到万里以外我故乡山东老家的每一角落，但使他们失望的是，并未捞到任何"稻草"。因为他们的目的，是要借此"把你打翻在地，使你永世不得翻身"。

至于说"文化大革命"中我有时很像"死囚"阿Q，生怕笔下的花押"画得不圆"，这主要是指当时我对"劳动改造"的态度。在"文化大革命"初期，我们一伙老头子被编为"集训队"，实即"劳改队"，是"专政的对象"。只准你"夹着尾巴做人"，"不准乱说乱动"。我明知自己并非"普通劳动者"，是"劳改犯"；但劳动起来却非常认真，生怕做事不好，甚至在同伴面前逞能。这种心态的产生，亦有其根源。即"集训队"刚成立，全校不过十多人，我感到压力很大。后来像滚雪球一样，队伍日益兴旺壮大。上自校长、书记，下至一般职工，大都收编了进去。用《老子》

的观点看，凡事都是相对立而存在的，没有高就无所谓低，没有长就无所谓短，没有善就无所谓恶，人间都是"牛鬼蛇神"，也就无所谓"牛鬼蛇神"。我因此而有阿Q式的自慰、自得，乃至在劳动中颇有怕花押"画得不圆"的责任感，几乎忘掉了自己是"劳改犯"。

一天到晚的劳动，是机械式的。打扫全校的道路，清理全校的食堂，冲洗全校的厕所。各地红卫兵云集川师，还要为他们铺卧垫，扫清洁，当勤杂工。有时深更半夜在高声喇叭里发出一声"勒令"，你就要披衣起床，投入紧急战斗。每天的常规，早晨必先列队集合，恭听造反派辱骂一通之后，再分头劳动；晚上收工时，也照例列队集合，照例由造反派辱骂一通以后，再各自回家吃饭。有的老同志在排队听训之际，猝然昏倒在地，则更给造反派以大显威风之机，除了他们大骂"装死"之外，无一人敢去扶持抢救。

一九六九年七月，我又随着大队发配到崇庆县孙家河，美其名曰"学军"，事实上是置于军队监督之下的"劳改犯"。不过我的劳动形式却有了变化，即当上了"猪倌"。全场二十多头猪，由我和另外一位老师负责饲养。每天铡苕藤，拌米糠，加上酵料，装入几大黄桶，待依次发酵，才能饲用。工作是陌生的，只有从头学起。但给我考验最大的还是打扫猪栏，清洗猪粪。因我一向有知识分子讲点卫生的"恶习"，现在每天要跟猪粪打交道，确实是不可想象的。在接受任务之初,我思想斗争很激烈,但逼上梁山,无路可走,只得唯唯从命。还是"横下一条心,何事做不成"这句俗语,使我终于冲破"怕脏"这一关。两寸多深的稀溜溜的猪粪,我照样光着脚板踏进去;粪水溅满了双手,我照样不理不睬,若无其事。过去我手上沾了污秽,总要用肥皂洗上几遍,还要擦点酒精消消毒;而现在,每日饭前,只在河沟里洗洗手,手上还带着一股浓烈的猪粪气味,照例拿到馒头就啃。日复一日,成了习惯。不过今天回想起来,爱清洁既是知识分子的恶习,那么不爱清洁,是否就算劳动人民的美德呢?我至今还是想不清楚。记得有一次集体劳动除草,我突然听到中央人民广播电台报道:毛主席亲手将影印的宋版《楚辞集注》赠给日本首相田中角荣,等等。我内心喜出望外,认为这是传统文化不会泯灭的征兆,但当时我却不敢出之于言,也不敢形之于色,否则"妄图复辟"的大棒,就会落到你头上。这也使我至今想不通。

　　猪倌在农忙时,仍要做田里的活路,这使我确实学了不少东西,拿薅秧来讲,我过去是良莠不分,下田除稗,认不清对象。经过多次实践,对稗子我一眼就看准。有人问我它有哪些特点,我得意地答道:"望气而知,它的精神状态就与秧苗不同嘛!"收割谷子时,不少老师列队下田,每人管割四行,我像"田径赛"似的,总是割在前头,把其他老师丢得远远的,常以此自鸣得意。垒麦草时,我捆扎得最结实，又迅速，受到麦草垛上同志的欢迎与称赞。总之，我无处不争取把劳动搞好。

但我终于病倒了。春节来临，我请假三天回成都看病。走进市立第二医院，因春节期间停诊，我不得不续假两天，才看到了病。但是就因我这两天续假，回到队上，竟开了我两次全队性的批判斗争大会。这也终于使自己意识到，无论你表现如何，始终不过是"劳改犯"而已。

一九九五年四月廿一日脱稿

万里桥畔养疴记

（一）

在"文化大革命"快要收尾那两年，造反派的斗争矛头，已转向了上层的政治要人；而剩下的几个"反动学术权威"，反而得以松口气。我个人正在这时，也病倒了。据医生说是"冠心病"，但我个人的感觉，则病情相当复杂和严重。而值得庆幸的是，我居然能请假治疗；而且为就医方便，竟得暂住城内，并在万里桥边，与老伴潘芷云赁屋而居。

从外表看，我并没有什么病态，但经常心闷、心慌，有时甚至自己似乎失掉精神控制力。我冬天向来很怕风寒，而这时却经常要解衣敞胸，摘掉棉帽，在凛冽的北风中狠狠地吹，才稍得缓解病状。晚上，我先就寝，老伴在旁看书，她虽轻轻翻动书页，我却感到声如巨雷，从睡中惊呼而起；在睡梦中，每当转身之际，即感到床边如临无底深崖，不慎即会坠落粉身。这时，我每到川医诊病，必须经过万里桥。桥虽不算很长，但走到桥的半腰，即心慌难忍，转身狂奔，行人莫不为之惊讶。我在养病期间，不仅不能读书，就连报纸的大标题也不敢看，否则，精神失控的症状就立刻出现。西医说我是什么"冠心病"，我并不相信；我认为跟中医典籍所说的"心悸"之类有些相似。现在俗语每言"心有余悸"，但这只不过是"心态"；而我的"心悸"，则已由"心态"变成"病态"。这无疑是"文化大革命"中不断"触及灵魂"所留下的辉煌业绩。

人生，苦难的生活最难忘，快乐的生活也难忘，而在苦难中寻快乐的生活更难忘。我在万里桥边赁屋养疴的一段生活，就是属于后者，它使我至今记忆犹新。

我赁居的一间小楼，系故家旧宅，距万里桥不过数步。万里桥横跨锦江，据说建于秦代，而得名于三国时期。《华阳国志》以为乃李冰在成都所造七桥之一。《太平寰宇记》云："蜀使费祎聘吴，诸葛亮祖之。祎叹曰：万里之路，始于此桥，故曰：万里桥。"盖当时锦江水大，故吴蜀航行，可直达此。杜诗有句云："窗含西岭千秋雪，门泊东吴万里船。"现在每当时雨初晴，立桥头西望，虽盛夏之际，仍雪山皑皑，隐约可见；但东吴的航船，早已不能抵此桥下，只留下古人名句，勾起人们的遐想而已。唐宋时，万里桥一带风景佳丽，游人所集。故岑参、刘禹锡、陆游等都有咏万里桥的诗篇。唐张籍诗有"万里桥边多酒家，游人爱向谁家宿"之句，为人们所艳称。据《蜀梼杌》所载，在五代前蜀时，每当春日，"龙船彩舫，十里绵亘，自百花潭至万里桥，游人士女，珠翠夹岸"。其盛况，可见一斑。因此，我在养病期间，有时踟躇在万里桥畔，发点思古之幽情，就会把眼前打、砸、抢、抄、抓的纷乱扰攘，抛之脑后，顿觉心地清爽，病情大减。这几乎成了我在精神世界里自我调剂的不肯告人的"秘方"。

据元人《岁华纪丽谱》记载，玉局观乃宋代药材交易市场，每年九月九日，有三天繁盛热闹期。经后人考证，当时玉局观即在今万里桥北岸西侧的柳荫街。宋代京镗《雨中花·重阳》云：

玉局祠前，铜壶阁畔，锦城药市争奇。正紫英缀席，黄菊浮卮。　巷陌连镳并辔，楼台吹竹弹丝。登高望远，一年好景，九日佳期。

看来，当时九月九日那几天，万里桥头的玉局观，不仅是药材集中地，也是市民歌舞游乐的去处。但是，人们思想意识的演化，毕竟落后于物质世界的变迁。今天的柳荫街一带，早已寻不到玉局观的任何踪影；然而，从柳荫街口到南城门洞一段不长的街沿上，至今仍时有三五个草药担子在那里摆着或叫卖。此外，还有些旧货摊子填补药担子的空缺。

很奇怪，这些草药担子并没有对我的沉疴起过什么作用，倒是那些旧货摊子却在我养病的生活中，建立了奇勋。

（二）

旧货摊子或摆在地面上，或盛在筐笼里，尽是些破棉衣、旧胶鞋、烂钉锤、锈螺钉之类。他们有的是白天挑着担子沿街收破烂，下午较晚才来此摆摊子。这一带，是我每天散步必经之路。开始，我带着小孙女湘蓉过此，小孙女特别害怕那些守旧货摊的形形色色、蓬头垢面的人物，总称他们为"怪物老头"。但腐朽中有神奇，我终于在这些旧货摊中发现了不少文物珍品。

我前后几年中，曾买到了春秋时代的蜀铜钺、汉代的昭明镜、唐代的葡萄镜，乃至明清之际极其轻便的袖珍小镜。小镜直径不过四厘米，其薄略如铜钱。这也许是贵族小姐们随身携带备用之物，有些像当前时髦女性手提包中之化妆小镜。看来，古今人情，竟有其惊人的相似之处。我没有得到玉器精品，只有雕龙带勾，羊脂冠玉，差可人意。尤其新石器时代的玉凿一枚，总算以少胜多。玉凿长约十三厘米，通身墨绿色，其莹澈浑厚之气，犹可想象到远古人类于物质生活之外的审美意识。

至于古瓷中的康熙青花茶杯、雍正花鸟印泥盒，都是我买到的精品。一次，见到一个径约十厘米的大印盒，图绘粗犷，底部有"绍武年制"字样。"绍武"乃南明唐王小朝廷朱聿键的年号，传世瓷器不多见。但因索价高，未买成，第二天再问，已被他人买去，为之懊悔数月。然而，不久却买到一个清末瓷器，弥补了这个遗憾。瓶高约十八厘米，绘以山水，出自当时名家田鹤仙手笔。田鹤仙系清末珠山八大家之一。珠山即现在的江西景德镇。田鹤仙画瓷，曾名震一时。所谓八大家，即指王琦、邓碧珊、刘雨岑、徐仲南、汪野亭、程意亭、王大凡、田鹤仙，或称"珠山八友"。田，绍兴人，善画山水和梅花。当时曾有人以"山水清晖成一格，梅花作出更无双"的诗句，赞美他的艺术造诣。此瓶虽非田氏的得意之笔，但峰峦秀起，别具风格，自非凡笔所能为。它确实是我病中的怡情之物。

古钱，在旧货摊上是常见的。汉代的"半两""五铢"，新莽的"货泉"与"大泉五十"，并非难得之物。有一次，摊子上竟出现了一大箩筐汉"五铢"，重数十斤，皆未生锈，状似新发于硎者。这大概是古代守财奴们的窖藏品，脱范之后还未曾流通好久就被储蓄起来的。至于唐宋以来的一般古钱，自不难在这里收齐。我购得的罕见珍品，则有三国蜀先主的"直百五铢"（背有"为"字，乃犍为郡所铸），又有晋惠帝时益州刺史赵廞据成都时的"太平百钱"，以及北朝周的"五行大布"，五代南唐李璟的"永通泉货",五代后周的"周元通宝",金世宗时的"大定通宝",元武宗的蒙文"大元通宝",等等。尤其有意义的是,我曾买了两枚李自成时张献忠据蜀的"大顺通宝",竟又买到一枚吴三桂称帝的"昭武通宝"。吴三桂这个反复无常的政治投机分子,三藩起事时,他曾在衡州称帝,改元"昭武"。这枚铜钱,总算为他留下了一痕可耻的历史记印。"压胜钱",我是不感兴趣的。但有一次,我在乱货筐里发现一枚双钱相联的"同治通宝",反面铸有篆书"福寿"二字;这显然是用"双钱"谐音"双全",以表示"福寿双全"的吉祥语。我喜其构思巧妙,破例地把它买下,系在钥匙串上。我平时不信谶语,但在久病不愈的烦恼中,居然对"福寿双全"一语发生了感情,这很有趣。我想,人类绵延了千万年的迷信活动,也许正是这种在苦难中寻求摆脱的心理记印吧。

在这些旧货摊上,书籍字画之类是没有的。这大概是经过当时"横扫"之后,大都进入了造纸厂的缘故。但偶然也有例外。一次,我在一位老者货筐的破絮烂鞋之下,竟发现了一部清初刻本《顾亭林诗文集》。诗集部分,有朱墨校语。审视,乃前人用两个顾诗原稿本所校补。因为清初文字狱极严,故顾诗刻本多所删改;而顾亭林的弟子潘次耕手抄原稿,仍存于世,且后人转相传抄,不止一本。故这个校补本,乃前后根据两个不同的原稿抄本所为。我于病中得此珍本,兴奋不已;每一开卷吟诵,顾亭林诗篇的精神风貌更为清晰地跃然于纸上。清初篡改本给我们在思想感情上所造成的距离，也为之缩短了许多。尤其像"苍龙日暮犹行雨，老树春深更著花"等名句，对我这样老病日侵的人，更是一剂绝妙的"大补汤"。我在养病期间，由跟典籍绝缘到能够开卷讽咏，竟以购得这部《顾亭林诗文集》开其端。这是我养病过程中所意想不到的奇迹。

一个人的切身感受，有如饮水，冷暖自知，局外人很难明其奥秘。我上述的养病生活，实乃苦中寻乐。迄今思之，余味犹存。我每当散步之际，必过旧货摊，如一无所得，当然是失望；如有发现，其惊喜之情，跟学术研究中有了新的突破，毫无二致，其满足感，足以弥补生活缺陷（病）而有余。历次所得之物，开始多是泥尘模糊，面貌不清。购得后，立就锦江之畔，濯诸清流，去其污垢，这其中就有乐趣。记得当"昭明镜"到手之后，略加洗刷，镜面古锈斑剥，红绿相间，红似点朱，绿胜翡翠。它虽早已失掉"理云鬓""贴花黄"时的用场，而这时却别有一种光彩照人的魔力，给我以难言的欣快。有时所得之物，不免略有残缺，但在修复过程中，也有一种愉悦感。因为这不仅符合医生所嘱的"心有所专，手有所劳"的疗养原则，而且这种修复工作简直有"爱之所钟手自巧"之妙。就以那个康熙年的青花茶杯而言，杯口原有一厘米大的残缺。我补以石膏粉，画上青花叶，涂以透明漆，简直足以乱真。我并不同意什么"缺陷美"之类观点。但补缺成美，出自个人匠心，即感到另有一番情趣。过去的读书人，尝以修补旧书为一乐，大概是同样的原因吧。

回忆少年时在北京求学，开始住宣武门外"山东会馆"，进城上课，必经宣内大街。当时宣内大街右侧一路都是旧货摊。王公贵族家道败落，遗物多集于此。其中珍物奇品，往往而是。跟目前的万里桥相比，确有大巫小巫之别。但那时的我，不仅意不在此，亦力有不逮。凡事往往是当时并不重视，事后始知其可贵，甚至终身追念。我对宣武门内的旧货摊，回忆起总不免有这种感情。尤其对北京当时一年一度的厂甸风光，更是如此。不料世事沧桑的六十年之后，我竟又跟这里可怜的几个小烂摊子发生了关系，并对它们产生了兴趣，也居然买到了几件心爱的东西，并对老病之躯起到了药物所起不到的作用。这也许是所谓"失之东隅，收之桑榆"吧！

经过"文化大革命"，我生平微不足道的庋藏，早已洗劫一空。但在我住万里桥畔的那几年，虽然买的东西不多，却颇有散而复聚的苗头。试想，在时代的大扫帚"横扫四旧"之后，我竟敢"屡教不改""故态复萌"，究竟是什么原因？我一直在思索。这也许像人们长期旅行在辽阔枯燥的大沙漠里，偶然发现一片绿洲，或一泓清泉，哪怕它小得微不足道，也会给予你巨大精神力量而向它奔赴过去，任何权威也是无法阻止的。在"文化大革命"当中,这"文化绿洲"和"思想清泉",对人们是多么重要啊!我当时的心态,或者与此有关吧!

(三)

养病期间,万里桥确实跟我结下了不解之缘,上述只其一端而已。但市民俗称此桥为"南门大桥",知其古为"万里桥"者并不多。这也难怪,因"万里桥"在唐宋时代的繁华景象,现在早无踪影。只有桥头至今尚有个规模很小的"万里酒家",给它留下了一痕历史踪影。即使鼎鼎大名的锦江,这时也似乎怀才不遇;在市民眼里,它只不过是穿过南门大桥默默东去的一条普通的溪流而已。

但是,由万里桥溯锦江而西,不远就是杜甫草堂、浣花溪、百花潭和青羊宫;沿锦江而东,很近就是薛涛制笺井的遗迹。这些名胜至今尚为人们所艳称,所游赏。不过,忘掉了万里桥,总是不公平的。杜甫诗云:"万里桥西一草堂,百花潭水即沧浪";王建寄薛涛诗亦云:"万里桥边女校书,枇杷花下闭门居。"不难看出,唐代诗人们是把万里桥作为地理标志和风光热点来看待的。万里桥在我意识中的刻印之深邃,在我病中的怡情之妙用,恐怕也跟上述的历史痕迹息息相关。

因为以万里桥为轴心，浣花溪畔的草堂，望江楼旁的薛涛井，也是我病中涉足之地。它们也都曾把我引向"宠辱皆忘"的境界，加速了我病情的好转。

草堂，主要是早春寻梅。不少人都待梅花满树时才去游赏，而我则不然。每当除夕前后，春寒料峭，走进草堂，游人寥落，梅萼未绽。而曲径通幽，茅亭半角，忽然发现一枝横斜，着花三两，此情此景，确实引人入胜。它给人以似有似无的一缕幽香，透露出大地春光的最早信息。但更多的情况，总是先闻到清香，才找到了花朵。我认为只有这样，才会领略到古人所谓"踏雪寻梅"的"寻"字的滋味。

草堂赏梅，看来是有历史渊源的。我不记得杜甫有无咏梅诗，但陆游的《梅花绝句》有云：

当年走马锦城西，曾为梅花醉似泥。
二十里中香不断，青羊宫到浣花溪。

现在这样的盛况是看不到了，但"慰情聊胜无"，草堂的梅花，总算还留下了一点历史的影子。

我去薛涛井，总是在盛夏之际，因为那里的竹林可以纳凉避暑。我倒并不是欣赏那里的竹品之多，而是流连那里的竹林之深之高。真是万竿琳琅，千重翡翠。日行天而不知，风拂面而生爽。我早年游过一般的竹林，有时枝叶下垂，有碍去路，不得不低头相让，故曾有诗云："此生多傲岸，为竹却低头。"而进入这里的竹林，不仅不必"低头"，而且要昂首而望，始能领略到它的潇洒风采。古人总喜称芭蕉为"绿天"，我觉得在薛涛井畔的竹，只有"绿天"二字，才能得其仿佛。如果在竹林之下，几杯香茗，三两知己，则竹绿茶香，融而为一，真是沁人心脾。什么尘世的烦扰，时令的炎热，都会忘得一干二净。

这里薛涛井的遗迹，固然引人入胜，远方游客，只是为了薛，并不是为了竹，不能喧宾夺主。但对此，我在病中就有些疑问，至今解决不了，不妨提出谈谈。

据宋人《笺纸谱》，有下列一段话：

> 涛侨止百花潭，躬撰深红小彩笺，裁书供吟，献酬贤杰，时谓之薛涛笺。晚岁居碧鸡坊，创吟诗楼，偃息于上。

"百花潭"在杜甫草堂附近，世人已知之。可见，薛涛初居之地是在成都西南郊。至于晚年所居"碧鸡坊"，亦应在西南郊。《蜀中名胜记》云"碧鸡坊在城之西南"，可以为证。故黄庭坚咏杜拾遗诗，亦有"碧鸡坊西作茅屋，百花潭水洁冠缨"之句。杜甫自己的《西郊》诗，也说"时出碧鸡坊，西郊向草堂"。是薛涛所居，终其身也没有离开草堂一带。以薛涛吟咏酬唱的生活情趣来看，她卜居于此，是合乎逻辑的。唐王建诗"万里桥边女校书"之句,殆亦与杜诗称草堂为"万里桥西宅"相同,皆就广义的地理标志而言耳。而且薛涛以善制笺驰名。据记载,唐宋时期,成都的造纸业亦云集于百花潭、浣花溪;则涛之制笺,似当与此有关。宋祝穆的《方舆胜览》谓:"唐薛涛家(百花)潭边,以潭水造十色笺,名浣花笺。"即是一证。

但事情很奇怪,今天的薛涛制笺井及其吟诗楼馆,却在成都东南郊,离西南郊的百花潭、浣花溪相去甚远。原因何在? 颇值得思索。

我以为,薛涛死后,葬于成都东南郊外锦江之滨,这是有记载可考的。嘉庆《四川通志》认为,"唐薛涛墓,在县东十里",即指此而言。因而,我有这样的设想,即现在望江公园里的薛涛井,乃后人于薛涛墓附近指旧井以为纪念耳。久之,又踵事增毕,添置楼馆。现涛墓即在四川大学的后面,离涛井极近;其地今有"桃林村"之名。川大的友人曾对我说:此当为"涛邻村"之讹传,盖因与涛墓相邻而得名。但我读唐郑谷的《蜀中》诗,有"小桃花绕薛涛坟"之句,则当时的涛墓已掩映在桃林之中,则作"桃林村",或亦唐以来旧名,并非讹传。

我对薛涛井的上述设想,不过是捕风捉影之谈,不足为据。也许是我病中无聊,"想入非非"之谈而已。

全文结束之际,我还要唠叨几句:即在"文化大革命"中,我的老友、中国社会科学院吴则虞教授和杭州大学王驾吾教授，皆因病相继去世。吴当时正在撰写《淮南子集注》，王当时正在撰写《墨子商兑》，思之令人惋惜！不料我以多病之身，竟得恢复健康，并能执笔写点回忆录，不能不说是极大的幸事。

一九九〇年九月三日完稿

屈里寻踪

世之治屈学者，大抵根据书本上的材料。近年来，楚地出土不少文物，足资借鉴，于是书本材料之外，又增加了地下材料。但是，我总觉得除上述两种材料外，应当还有一种材料，那就是屈原当时活动地域所留下的地面历史遗迹。而这种历史遗迹所给予人们的影响特征，则更多的是浓烈的情绪感染力。当然，对这种历史遗迹，也应当分别对待：如果它确实是古人留下的真迹，那自然除了对后人的兴感意义之外，还有历史的科学价值；如果是后人追造的纪念物，或口头传播的史话故事，虽与历史事实不尽相符，但也应当看做是历史真实在人们精神世界的曲折反映，其兴感意义亦自不小。也还有本非历史遗迹，纯系后人寻访误认。但这种情况，以史言之，虽"查无实据"，以情言之，则"事出有因"；考古者或为此而多费周折，吊古者却因此而灵犀相通。例如苏东坡游赤壁认错了地方，误

"赤鼻"为"赤壁",而令人仍盛称历史上的真赤壁为"武赤壁",东坡所游的假赤壁为"文赤壁",也许就是这个道理吧? 因而,我的这篇《屈里寻踪》,实际上只是一篇游览杂记,其中固然偶尔涉及学术问题,但更多的是即事抒情之笔,用写个人胸怀耳。

一、溆浦与武冈

我的湖南之行,是在一九七六年的夏天。那时全国地震警报频繁,而以成都为尤甚。大家纷纷疏散,投奔亲友。我那时的目的地,是老伴潘芷云的故乡湘西武冈县。

当时火车站混乱拥挤,我是从车厢的窗口爬进车的。但你越急于离开这危险地带,火车越是不开;一直在车厢里挤了一天一夜,总算开了车。几经周折,又转乘汽车抵达湖南的溆浦。溆浦对我是有特殊感情的,因为它是我们伟大诗人屈原曾经流浪过的地方。他的《涉江》即有"入溆浦余儃佪兮,迷不知吾所知"之句。从他的流亡全程考察,诗人确实到过这里。所以当我踏入溆浦地域,不仅有脱离地震警戒区的快感,而且在思想意识上进入了一个更高的境界,仿佛时时看到屈原彷徨行吟的伟大身影。应当说,这是我避震旅程中极其幸运的意外。

在刚下车时,老伴跟溆浦当地人谈入湘的原因,一位父老说:"你既回了老家,就应当多hāi几天。"这句话我不懂,听愣了。老伴对我说:"hāi就是玩耍的意思,他教我在家乡多耍几天。"至此,我才恍然大悟,hāi实即"娭"的古音,乃晓纽之部字。屈原在《惜往日》里有"国富强而法立兮,属贞臣而日娭"之句。"娭"字王逸训为"游息",洪兴祖训为"嬉戏",都是正确的。这句话是说,国家富强而且法制建立起来,则人君就可把国家交付给忠贞之臣,而自己得到了游闲休息。这显然是战国时期革新家申、韩一派的政治观点。但后人读"娭",只知有"许其切",或直音"嬉",而古音读hāi早已失传。不料几千年前的音读,今竟仍存于楚地。以此音诵读屈赋"属贞臣而日娭",真是如闻其声,如见其人。

为了寻觅屈原的遗迹,我住进旅馆之后的第一件事是走访当地的县文化馆。他们说:"距此不远的溆水之滨,原有个凉亭,俗名'招屈亭',早已倒塌,现已找不到痕迹了。"我查看《溆浦县志》,又谓:"县西吐钱岩上有纹如羽扇状,相传屈原经宿所画,虽甚暑无蚊蚋。"这个故事,很新颖有情趣。但屈原生前,对人世间"贪婪""不厌"的吸血鬼恨之入骨,而回天无力;不料他死后对自然界的"蚊蚋"竟又如此神通广大。屈子九泉有知,对此未知作何感想。

凡读过沈从文作品的人,对荒僻的湘西,总有些神秘感。但我到了武冈之后,却是另外一种感受,那就是淳朴而清新。小小的县城，有似"世内桃园"。尤其出我意料的是，听说城东还有座屈原庙和渔父亭。一个清秋之晨，由一位亲戚陪我乘汽车访屈庙。一路沿资江而行，滩声不绝于耳。于近庙处下车，问之父老，他说："屈庙虽在，已年久失修，屈原大士的像，早不见了。"我们顺着老人的指向，找到了屈原庙。庙已为榨棉籽油的作坊所占用，正堂烟气腾腾，六七人操作繁忙。廊檐柱上还拴着一条牛，牛粪铺满了阶石。问屈原像的去处，都茫然无以对。庙后石崖上原有渔父亭，现已不存，只剩下柱础。这也许是"文化大革命"中不少庙宇的共同遭遇。我巡视庙宇周围，在短垣下的乱石中见断碑一块，残字中称此地为"曲里"。我很怀疑"曲里"或系"屈里"之讹传，因"曲""屈"古韵虽不同部，但发音皆属溪纽，且义亦相通（如《汉书·谷水传》作"委曲"，《后汉书·孔融传》作"委屈"。又《后汉书·光武十王传》作"枉屈"，《王符传》则作"枉曲"）。从屈子流亡的路线考察，当时屈子盖由沅水、溆浦一带横跨资水而赴湘江，可能曾在资水之滨小住，"屈里"之名，或由此而来。当然，湘中屈庙与渔父亭不止一处，不一定都是屈子经过之地。但此处"屈里"适与我先前考定的屈子流亡路线相近，也许不是偶然的。我带着惆怅之情在屈原庙旁小店里买了一叠稿笺，第二天即用它记下此行的印象与感想。

这次使我印象最深的还是当地父老竟称屈原为"大士"这件事。"大士"乃佛家对菩萨的尊称。可见在人民的心目中，屈原已由"人"升格为"神"。这是中国记载中历史神话化的发展规律，也是人民对历史上大圣大贤无限景仰的思维逻辑。但称屈原为"大士"，与其说是"升了格"，倒不如说是"出了格"。不是屈子的荣幸，而是屈子的悲哀。悲哀的是，千载之下，知音难得。且不说从时代来讲，诗人屈子与佛家"大士"毫无因缘，更重要的是屈子所谓"哀民生之多艰"，并非"普度众生"的菩萨心肠。他爱憎分明，嫉恶如仇。他并不是一位超凡入圣的诸天佛祖，而是一个"忳郁"、"侘傺"、尘缘难净的忧国忧民的世间伟人。

在武冈的传说里，屈原是"大士"，又是"孝子"。我的内侄给我讲了个故事：屈原事母孝，母死后，他思念不已，乃用古木疙瘩刻成母亲的遗像，晨夕供奉。有时白天移到屋外观赏风光，晚上再搬进屋来安排就寝，自己才去睡觉。我想，屈原有个姐姐"女媭"，这是《离骚》讲过的。至于母亲是谁，不见经传。不过，他有个母亲，这是肯定的，但他是否孝顺，也还不得而知。不过中国有句古训："求忠臣必于孝子之门。"屈原忠君爱国，既史有明文，则其必为孝子，就不言而喻。这个故事显然又是人们用传统的伦理道德观来塑造屈原形象的。

第二年，避震之后，路经长沙回蜀。据《一统志》，长沙有屈、贾合祀的庙宇。我以半天的时间，遍访坊间，未得其遗迹。在游览湘江大桥时，见其北通洞庭，南下衡岳，形势极宏阔。江边有小客轮，可来往于湘阴等地。我欲乘轮访屈原自沉的汨罗，老伴潘芷云闻客轮常出事故，乃劝阻。但汨罗在望，夙愿未偿，悒悒不快者久之。后来回忆此事，曾写下一首七绝：

昔年曾到洞庭滨，望断汨罗何处寻。
一点青山千叠浪，隔湖凭吊楚灵均。

汨罗屈原纪念馆成立，馆方函索题咏，我曾将此诗写寄，以供补壁之用。

二、秭　归

一九八二年端阳节，全国性的"屈原学术讨论会"在秭归召开，我应邀参加。这是我"文化大革命"之后第二次参加这类的学术会议，是第一次经过举世闻名的三峡，直达屈原的故乡秭归。谚语说："瞿塘雄，巫山秀，西陵险"，确实名不虚传。而这其间尤以夔门之石壁陡峭，叹为奇观。我们是在巴东下船的，但由巴东到对岸的秭归，虽一箭之遥，而渡船难觅。经过几番周折，才搭一货轮，晚间抵会场。

自从一九五三年世界和平理事会把屈原作为世界四大文化名人之一进行纪念，迄今已三十年。因此，秭归会议是颇具历史意义的。这不仅由于时间相距太久，主要还在于对屈原必须重新评价。记得一九五三年在全世界纪念屈原时，我国颇具权威的《文艺报》曾发表了一篇社论，影响是不佳的。即屈原在国际上的地位虽然提高了，而在历史上的地位却被贬低了。因为社论的中心观点是：屈原的政治思想在当时的历史条件下已经是过了时的，我们所重视的只不过是他的斗争态度而已。我认为上述的论点如不澄清，不仅歪曲了屈原的形象，而且无异于认为一个时代的落伍者，只要态度顽强，就应当予以肯定。我在这次大会上的发言，主要是针对三十多年前的这个奇怪的结论，第一次提出了商榷。这个讲稿，就是后来的《草宪发微》。为此，会后我曾写了一首七律：

> 为寻屈里访江村，一叶轻舟出峡门。
> 野渡谁人闻鼓枻，滩声终古奏招魂。
> 贬骚枉自留班序，草宪何辜放楚臣。
> 一自汨罗归去后，千秋功罪费评论。

的确，对屈原的评价，不仅困难，也很复杂。新奇论点层出不穷。将来也许会像墨子一样，连"国籍"都成了问题；会像大禹一样，连"人籍"也成了问题。

端阳节这天，参观龙舟竞赛和参加新建屈原纪念馆开幕式，是这次极有意义的会外活动。

这里的龙舟竞赛来源古老，前人多有记载。而这次的规模之大则是空前的。据说，国家事前已通知长江航运部门，这天上下船只一律停航，让龙舟能在广阔的江面上自由驰骋。其时，旌旗耀眼，锣鼓喧天，争先竞胜，各显神通。而跟别处不同的是，他们在竞渡时还高唱《招魂曲》。从曲里内容看，我并不认为这是原始性的民间产物，而是出自较晚的有一定文化水平的知识分子之手。因为曲的全部结构，都是从《楚辞》的《招魂》中概括出来的。至于开头的"我哥"之称，则又是从盛行于秭归一带神鱼送尸、屈姑哭哥的神话故事中拟想出来的。但是它在竞渡之时，抒发招屈之情，那高亢激越的调子，确实是激动人心的。当然，龙舟竞渡，乃东南亚一带民族古俗，并非起于招屈。但在屈子死后，此俗却被赋予新的历史内容。从民俗学来讲，此乃常例，也很有意义。不过，最近几年，中国各地竞渡之风虽盛，多已"数典忘祖"，早与屈原脱离关系。这不仅大煞风景，而且对弘扬祖国优秀文化传统的意义也就淡薄多了。

屈原庙，原在"屈沱"之滨。因葛洲坝水利工程的兴建，秭归水位升高，纪念馆不得不移建于更高的向家坪。开幕典礼之后，大家参观了陈列馆，其中不少近年的出土文物。如明嘉靖十六年的屈原石像，颇引起人们的注意。像就石料原状，身躯呈直形，有似寺院里的佛像；据身背刻字，乃邑人为消灭祈福而造，有如佛教造像的目的。这跟武冈父老称屈原为"大士"相映成趣。两湖人民在仰慕伟大诗人的崇高人格之时，其思维逻辑的走向竟如此不谋而合。

一九八〇年春在香溪镇出土的越王剑，是陈列当中的珍品。剑上刻有鸟篆："越王州勾自作用剑"八字。"越王州勾"即"越王朱勾"，古代"州""朱"二字同音通用。此剑出土之香溪镇，俗名"子玉城"。据《左传》僖公二十六年，楚成王因夔子不祀祝融、鬻熊，命成得臣率师灭夔。成得臣即令尹子玉。盖当时灭夔之后，子玉曾筑其城以为固，故俗又有"子玉城"之称。据《水经注·江水》，今之香溪镇实即古之"夔城"，也即俗称之"子玉城"。越王剑之出土于香溪镇，盖楚灭越之后，贵族以此作为战利品而携藏或随葬于此。楚之灭越，在公元前三五五年，下距屈原之生，只十三年。当时乃楚国鼎盛之时，灭蔡、灭越，东南拓地数千里，确有"纵则楚王"之势。屈原生于其时，他在赋作中所展示出的大一统思想，是不足为奇的。

会议期间有香溪之游。溯香溪北上访昭君故里宝坪村；渡香溪东去者，访屈原故居乐平里。因访屈之路，逶迤险阻，只能步行，并有"三十八道脚不干"的溪水。老年同志皆望而却步，只访宝坪。

"群山万壑赴荆门，生长明妃尚有村"，这是杜甫的诗。香溪正是逶迤于这群山万壑之中的一条清澈见底的山溪。

据说"香溪"之"香",是由昭君而得名。两岸多五彩斑斓的小石;如果是春天,还可以看到宛如桃花浮沉水中的桃花鱼。还有一段深潭,不时冒出晶莹的水珠,名珍珠潭。传说,这都是昭君留下的遗迹。到了宝坪时,参观了昭君故居,品茶于昭君的梳妆台,留影于昭君汲水的楠木井,并乘车远登高岚而返。此游,我写有怀古七绝云:

霜侵秋菊花偏秀,雪压寒梅出劲枝。
不是胡沙埋玉骨,宝坪村女几人知。

不过写到这里,我不免要说几句使诗人们扫兴的话。据《水经注·江水》云:江水"又东南迳夔城南",夔城"东带乡溪,南侧大江"。以地望言之,这里所谓"乡溪",实即今之"香溪",乃以地近下文之"归乡县"而得名,非以地生昭君而添香。而且"归乡"之"归",即"夔"之转音,亦非如袁山松所谓以屈原之姊归来而得名。我是不信风水的,但"山水移情"之说,我却深信不疑。在群山万壑之间,清溪数里,渔舟几叶,浣纱濯缨,各得其乐,则香溪两岸孕育出屈子与昭君这样名垂史册的人物,不能不说是得诸江山之助吧。双杰并秀,一水分香,亦此溪之一大幸矣。

香溪之岸多彩石。清代诗人宋荦的《筠廊偶笔》中说:

曾有人在香溪得鸳鸯石两枚，一雌一雄，琢为双杯，视为珍宝。此事是真是假，不得而知。这次，我也捡了两枚彩石，一枚峻拔秀逸，红痕缭绕，光彩如霞；一枚敦朴厚重，于黝黑中透出苍翠之气。这两块不同形态的石，颇足以从不同的侧面展示出这里的山川风貌。两石至今还摆在我的书架上，而且还用红木为它们做了座子。每当玩赏之际，犹如身历香溪河畔。

访屈原故居的年轻人回来很晚，从他们口里得知所谓"读书洞""照面井"等有关屈原古迹。屈原故里在秭归，晋以前无记载可据。至于其地名"乐平里"，乃出自晋代庚仲雍的《荆州记》。我始终怀疑这不是原始的名称，而是后人根据《哀郢》里"哀州土之平乐兮，悲江介之遗风"等句附会而成。不过其地虽偏僻，而距古夔城（子玉城）如此之近，屈原作为远裔没落的贵族曾居于斯，或系事实。我为年龄体力所限，未能亲访乐平里，确是憾事。但凡事难十全，留点遗憾也有好处，它往往会成为今后的生活动力。记得陆放翁四十六岁入蜀时曾路过秭归，写下有名的诗篇《楚城》，数年之后东归，却恰恰于端阳节龙舟竞渡之时，又过秭归，并写下名篇《归州重五》，看到了"斗舸红旗满急湍"的竞渡盛况。我认为放翁的这一行程，是有意安排的，是用以弥补上次过秭归时并非端阳、未见竞渡的遗憾。我未得畅游"乐平里"的遗憾，将来或许也会得到弥补吧！

三、江　陵

一九八五年端阳节，"中国屈原学会"成立大会在楚国的郢都——江陵召开。我赴会路过武汉，本当顺便访问东湖的"行吟阁"与瞻仰屈原塑像，但因一九八一年路过武汉东湖时，早已纵览东湖胜景，故行色匆匆，不欲再游。

屈原的《涉江》有云："乘鄂渚而反顾兮，欸秋冬之绪风。"鄂渚当在今武汉一带，故我认为于东湖建"行吟阁"以资纪念，是有意义的。不过，我上次在这里所瞻仰的屈原像，是"文化大革命"以后才雕塑起的；以前的旧像早被"造反派"套上绳索，拖倒以后又踏上数百只脚才"粉碎"掉的。那时"行吟阁"的负责人为了实现扩建东湖屈原纪念馆的宏伟计划，曾要我写诗留念，诗云：

屈子迁流何处行，徘徊鄂渚望乡城。
倾将万顷东湖水，难泻灵均故国情。

记得这首弘扬屈原爱国精神的诗作当时在《中国青年报》上发表之后，竟得到青年读者相当强烈的反应，收到不少来信。故这次路过武汉，虽未重游"行吟阁"，但我跟"行吟阁"的因缘，是相当深的。

在武汉宿了一夜,第二天就奔赴中国历史名城江陵。我对江陵的第一个印象,是现代化的水平相当高。跟历史典籍和前人诗歌所描写的,完全是另外一种形象。我们下榻的旅馆,当然也是很好的。有人说,楚王的"章华台"即在沙市,但路过时也未见到;至于什么"渚宫"之类,就更难得其踪影了。然而,这次国内外学术界纪念屈原的大会,却在江陵召开,这不能不使我们想起了李白的《江上吟》:"屈平词赋悬日月,楚王台榭空山丘",确实是史论性的名句。

这次开会,当然使我增长了见识,但从寻踪访胜来讲,则收获不算是大的。因为不知怎的,在这次大会上我竟变成了楚辞专家,被推选为"中国屈原学会"的会长,而且一夜之间竟又变成了书法家。为什么会如此,我也不醒豁。但这不仅苦了我,也误了我的事。例如,在乘车游荆州古城时,武汉的记者同志在车上好意地让我谈点对屈原的看法,致使我对一路风光未能细心观赏;到了城楼,又被不少同志轮流拉我合影留念,致使我对这座文化古城发点"思古之幽情"的权利也被剥夺了。也许是荆州在中国历史上的地位太显赫,它终于使我排除万难,多少总算领略到它的风貌。这是荆州的北城楼,是古建筑之仅存者。虽砖瓦柱础多被历史的风雨所剥蚀,但雉堞数仞,雄踞上游,三楚风烟,尽入眼底。史称荆州为中国军事上的江关要塞,洵非虚言。

更有意义的是，我们又驰车北访战国时期楚郢都遗址"纪南城"。此遗址，据说经近年考古学家的发掘调查，对当年楚都的市井宫阙，都有相当精确的估量。然而，我们"肉眼"所能触及的，只是颓垣隆起，绿草芊芊。桓谭《新论》中所谓"楚之郢都，车毂击，民肩摩……"的盛况，已全无踪迹可寻。更使人奇怪的是，两湖各地所谓"屈原庙""渔父亭"等纪念性古迹，不止一处，而郢都故址，反而寻不到这类痕迹。这也许是耐人寻味的历史现象吧。例如，柳公祠不在长安，反在柳州；苏公祠不在汴京，反在海南。原因何在？这只有留待后人来作答案。

不过，面对这丘垄起伏的遗址，它正可使游人无拘无束地驰骛自己的想象：这里也许是屈子居住过的"三闾"吧？那里也许是屈子进行"夺稿"斗争的庭陛吧？那隐约的城郭东垣，也许就是屈子被放出行时曾经几度回顾过的"龙门"吧？——总之，人的想象力是可以"创造"历史的。祖国大地有些引人入胜的文化古迹，不正是这样产生的吗？我当时曾写下一首《郢都怀古》的诗：

底事灵修失远图，连横合纵两踌躇。
江流滚滚余残垒，芳草萋萋识故都。
复楚只须三户在，抗秦未信两门芜。
河山无限兴亡恨，岁岁端阳话左徒。

凡事有所失，必有所得；有所不足，必有所补偿。如果说看了古郢都的地面形象，令人不无遗憾，那么，在"江陵博物馆"所看到的江陵出土文物，却使人得到意外的满足。望山的龙凤尊、马山的提梁壶，不仅形状特殊，其纹饰的纤巧与灵动，与中原文物之浑朴相比，别呈异彩。雨台山的鸳鸯豆、望山的虎凤架鼓，构想奇特，漆绘多姿多彩，工艺达到上乘。望山的木雕座屏，刀法玲珑剔透，形象传神逼真，集凤、雀、鹿、蛙、蛇于复杂交错的构图之中，而又如此和谐统一。马山一号楚墓丝绸宝库的发现，更使人惊异失声！它们华丽繁缛，光彩夺目，于朦胧迷离中呈现出精巧而奇幻的艺术构思。想不到两千多年前楚国的丝绸纹绣，竟达到如此高超的技艺水平。如果中国南方的"丝绸之路"当时已跟楚地相连，则东南亚的丝绸文化当中，应当早已融合有楚文化的血液。

我仿佛进入了一个无比富丽多彩的艺术之宫，那里并不像我童年读书以来对古楚国的印象。什么"南蛮"，什么"鴂舌"等等，我现在觉得这都是骗局、谎言，或者说是民族或地域的偏见。尤其是近代以来的楚辞研究者，或认为战国时代楚国产生了像《离骚》这样的伟丽诗篇，是过于突然的意外，因而费尽笔墨去探寻它的发展源头；在找不到源头之时，就索性把屈原的著作权归之汉人。然而，我们现在应当作这样的设想：如果楚国当时没有《离骚》《九歌》《招魂》这样宏伟而美妙的诗篇出现，而只有上述的那些铸造、雕刻、纺织、绘画、音乐等高度的艺术成就，那会是一种怎样不调谐、不可思议的畸形社会？

日本楚辞专家稻畑耕一郎教授，跟我相会于大会期间。他手持拙著《屈赋新探》要我签名，又以执书垂问的姿态拍了一张合影。我发现他是我认识的日本学者中最谦虚而又严谨的人。他虽然发表过一篇《屈原否定论的谱系》，但他本人并不是"屈原否定论"者。记得一九八四年在成都召开的那次屈原问题讨论会，记者同志不明真相，竟把稻畑耕一郎教授看成是"批驳"的对象，并在《光明日报》上作了不准确的报道。这次相见，我倒有些歉疚之感。正由于他的谦虚与严谨，见面时他翻开我的《屈赋新探》的《后记》说："阜阳出土汉简《离骚》，我打听过，都说没有听说此事。"他似乎不相信这条材料。后来，我们又在成都锦江宾馆相晤，他又说："我在北京问了几位考古专家，都说似有其事，但未见过。"他好像仍在将信将疑之中。他这种严谨、认真的治学态度是非常令人敬佩的。遗憾的是，一九八七年的《中国韵文学刊》创刊号上发表了阜阳汉简《楚辞》残简的原物照片，而我们已远隔重洋，竟未能把茗相对，疑义与析。不过，这一段学术佳话是永远令人难忘的。故稻畑耕一郎教授向我求书法时，我曾写诗一幅赠之：

昔日江陵初见时，喜君才识辨渑淄。
千秋骚韵传佳话，遥对沧波忆所思。

君复函谓字幅为他的"斗室生辉"。其实,"生辉"未必是事实,而它是友谊的象征,则是千真万确的。

四、汨　罗

汨罗是屈子自沉之地,也是我屈里寻踪的最后一站。那是一九八八年端阳节,"中国屈原学会"的第三届年会就在汨罗召开。

我们乘江轮过三峡,于岳阳的城陵矶登陆。这里已是洞庭入江之口。据我的考证,屈原当年从汉北转沅江、趋黔中就是路过这里的。我在这里,登岳阳楼,游君山,自然是不可多得的好机会。屈原在《九歌》里所写的洞庭景色和湘君神话,是多么富有诱惑力！但我们在饱览君山胜景之后,天不作美,归舟竟遭到暴风骤雨和巨浪的袭击,弄得我和老伴很狼狈。我曾口占一绝云:

丛祠古墓访湘君,竹上空留旧泪痕。
漫道秦皇煞风景,洞庭涛浪不饶人。

据《史记·秦始皇本纪》称:始皇二十八年游湘山祠（即君山湘妃祠）,逢大风,几不得渡。始皇问随行的博士:"湘君何神？"博士答以"尧女舜妻葬此"。始皇大怒，发三千人砍尽君山的树木。这位博士未免多嘴饶舌，而始皇也实在有点暴戾；但风浪恰恰出现在这时，惹恼了至尊，也只得承认"湘山"的不幸。不过，我今天是平生第一次游君山，却也碰上了大风浪，这也许是此地的气象特征了。但据《山海经》说，"洞庭之山"的二女神，"出入必以飘风暴雨"。则博士毕竟是博士，他的话自然也是有根据的。可是，屈原笔下的湘神就不同，在《九歌》里，湘夫人出现时，是"嫋嫋兮秋风，洞庭波兮木叶下"，景色那样恬静而朗丽；在湘君出现时，又"令沅湘兮无波，使江水兮安流"，性格又是那样平易而安详。都没有什么"出入必以飘风暴雨"的事态，这是什么原因？ 也许会引起学术界的一番探索吧。

至于汨罗之游，当然首先是到汨罗江畔拜谒屈子祠。进门就映入我眼帘的，是殿前的楹联与屈子塑像。楹联是："集芙蓉以为裳，又树蕙之百亩"，"帅云霓而来御，将往观乎四荒"。此集骚句，大致顺畅，但却不能概括屈子生平业绩。屈庙楹联之佳者，我至今还未见过。这是由于屈子的人格高不可拟，还是古今文人在屈子面前才华见绌，很难说得清楚。正殿塑像很轩昂，高冠、长剑，自是传统的形象。我生平曾见过一些出自名家手笔的屈子画像，但如张渥、萧云从、赵孟𫖯所绘，笔墨自佳，而从人物的精神世界看，敦朴有余，俊逸不足，并带有一副"村学究"相，不能认为是佳作。长沙出土楚帛画人物御龙图,震惊中外。郭沫若同志曾誉为"三闾再世"。人物的飘逸之气自然超过前述几家笔墨,是今后为屈原造像者的绝好范本。

屈墓在汨罗之玉笥山,但《水经注·湘水》只言屈渊之北,"有屈原庙,庙前有碑",未言有墓。至杜氏《通典》始言罗江有屈原冢,又有碑文曰:"楚放臣屈大夫之碑。"则汨罗之有屈墓,或在郦氏之后,乃拟冢,非原葬。屈庙前又有"骚坛",作亭子状,矗立在小丘之上,传为屈子赋骚之处。实则此类遗迹,乃后人建立以寄景仰之情。犹《益阳县志》谓县西南有"天问台",传为屈子赋《天问》处,亦系纪念之物,不一定有史实根据。凡此类文化古迹,认为是真,固未当;指责其假,又何必。后人在真实历史的大前提下,为了景仰前贤,寄托幽思,设想虚构,曾留下不少有意义的古迹。正是它们,为今天探幽访胜的文学家或旅游家跟古昔圣哲英杰之间,在思想感情上架起了一座座互相沟通的桥梁。

站在屈庙的山坡上,可以俯瞰屈子自沉的汨罗江。这是一个晴朗的天气,汨罗江水静静地流经一片油绿的草坪。江边还有几个牧童放牛吃草,近处农舍并不多。整个的环境气氛是那样的宁静、安适,好像是几千年来从未发生过任何事变的"世外桃源"。纵观祖国的历史,往往就是如此。即在某一地域,哪怕是曾经发生过惊天动地、可歌可泣、悲壮惨烈的历史事件,而留在后人眼里的却只是几点淡淡的青山、一泓静静的流水而已。它任人凭吊,乃至任人欣赏,好像这些轰轰烈烈的历史人物,只不过是构建名胜古迹、装点河山景色的工匠而已。当然,惟愿旅游访胜者们,并不像我所推想的那样。这次,我们百余屈学界的同人来此拜谒屈祠,凭吊千古爱国诗魂,不正是一响震耳的历史回声吗?我当时曾口占五律一首,附此以作全文的结尾:

屈子沉渊地,汨罗万古闻。
石痕留史笔,波影撼诗魂。
秦楚战云歇,乾坤浩气存。
后皇千树桔,终古护祠门。

一九九〇年六月八日完稿

无名书屋话沧桑

从前的读书人，总喜欢把自己的书斋命以种种雅名以寄意，如什么楼，什么阁，什么室之类。这似乎已成了老习俗。但是从我个人一生的经历感受来讲，要想给书斋命个恰当的名称，也并非那么简单。

我在新中国成立以前，南北奔波，既没有自己理想中的什么书斋，当然也就从未想到什么书斋的名称①。从我幸存下来的几本旧书上的题识，犹可依稀地想起当年的情景。

我的残书中，有一部段注《说文解字》，扉页上有这样几句题识："日机狂轰之日，购于西安小市。汤炳正识于一九四三年冬。"这时，我所任教的学校因避敌机而迁于秦岭深处的双石铺上课。寝室是用黄土捣筑而成的二层小楼。

---

① 关于书斋名，从作者彼时所写或所发文章看，在南充他曾用过"喜晴轩"，在贵阳他曾用过"还珠楼"。——选编者注

楼的周围，翠峰万仞，拔地而起。春夏之交，山花盛开，"千里香"满山遍野，徜徉其中，有如生活在香雪海里。但我从沦陷区逃出时，生平藏书，早成灰烬。在这小小的黄泥斗室中，那部段注《说文解字》竟成了唯一的收藏品。国运艰骞，心境沉重，所谓书斋以及书斋的雅号等等，压根儿就没有在脑海里出现过。

还有一部幸存的《楚辞章句》，封面上是我用古篆写的"楚辞"二字，下面有十六字的题识："丁亥又二月清明后七日题于黔中，炳识。"这是四十年前（一九四七年）在贵州大学教书时的残存。那时我的宿舍，就在黔中风景优美的花溪之畔。麟山耸翠，灞桥飞瀑，确实还算幽静，而且这时抗日战争已胜利，照理讲，这里应当是读书人的治学胜地。虽宿舍房间不过九平方米的样子，摆下一张床，已无多少空地，我却陆续添置了一些手头必用书。不过，我仍然没有想到什么书斋或斋名。记得那时所谓"银元券""金元券"，已把教书人的生活搅得朝不保夕，一个月的工资几十万，而仅够柴米钱，其余全谈不到。教授罢教、学生罢课的反饥饿运动，我也曾积极参加过。虽然当时大家的口号是"走出书斋"，其实像我所住的那间小屋，又怎能配得上"书斋"之称呢？当然更谈不上什么斋名。

新中国成立以后，我任教于四川师院时，生活环境确实大大改善了。虽寝室和书房仍然是合二而一，但跟以前的颠沛流离、贫困艰苦，已迥然不同。记得一次进城买书，在文物小店里买了一块端砚，砚边刻有隶书"平津馆藏"四字，刀笔劲峭，当出自名手。"平津馆"是清代著名学者孙星衍的书斋名，砚即他的旧物。石呈深紫色，使我想起李贺"端州石工巧如神，踏天磨刀割紫云"之句，确实爱不释手。当时我也曾有过附庸风雅的念头，很想名书斋曰"渊砚楼"（孙星衍字渊如）。但那时正在改造知识分子的浪头上，搞得不好，"封建余孽的孝子孝孙"等大帽子就会扣到头上。所以我这想象中的斋名，并未敢见诸笔墨，公诸于世；有时作为自我抒情，也是改写为"渊研楼"，因"研"乃"砚"之本义字也。此外也有其他的想法，即总觉得在清代的学者中，孙星衍治学，博雅有余，而精深不足，并非我所衷心景仰的对象，遗物可贵，而以此名斋，心中并不惬然。有一次，我因病就医于城内，住在万里桥畔一座简陋的小楼内，也算是临时的书斋了。医生劝我少看书，多做手脚活动。我虽不懂篆刻，也居然在这方砚底刻下了几句题识："辛丑冬，得古端砚于蜀肆，乃清阳湖孙星衍氏旧物，前人矻矻治学之精神，犹存于石痕墨渍间也。"下款则是："山左汤炳正志于万里桥边小舍"，也终于没有肯用"渊砚楼"这一雅号。

尤其是"文化大革命"中，知识分子的遭遇更为悲惨。我被"扫地出门"之后，三代人同住一间破屋，确无立足之地。原有的一点积存，除由老伴潘芷云代为隐藏了一点残稿以外，已洗劫一空。那时，"勒令"满天飞，每闻有人喊到"汤炳正"三字，就不免为之惊心动魄；自己原有的别号"景麟"，也竟成了"滔天罪行"之一。试想，什么斋名楼号，又从何谈起！

十一届三中全会以后，我的居住条件大为改观，搬进了一栋特为教授而建筑的大楼。但由于我要安排一间会客室，以致书房不得不兼卧室，而且布置也有点乱。有一次，日本客人早稻田大学的稻畑耕一郎教授来访，在会客室畅谈之后，他要我跟他合影留念，而且一定要求以书房为背景，这使我很尴尬。结果他只得在我的书桌旁手扶床柱而立。但也正是在这间卧室兼书房里，我完成了五十多万字的《屈赋新探》《楚辞类稿》两书，也颇感自豪。因为那时我已年逾古稀，常常是带着一种紧迫感从事撰述的，并没有为书斋命名的闲情逸致。

这几年来，我的书斋生活确实很忙。上午整理书稿，雷打不动；下午写一封信之后，再读点书；晚上看报刊或电视，习以为常。谈到写信，似乎也不算是额外负担。因为对学术界的老朋友，可借此以抒情怀，固属快事；而那些素不相识的大批好学青年，来信之外，加上论文，虽使我应接不暇，负担过重，而我的助手每争取为我代复时，我并不同意。我总觉得，一封封抱着学习热忱的来信，你复不复？是亲笔还是代笔？往往关系到青年们的学习信心,乃至学习前途。报以冷淡态度,实在于心不忍!我就是在这样的紧张生活节奏中,近年又整理了一部有关我的语言文字论文集。友人王利器教授曾名自己的书斋为"争朝夕斋",这跟我的治学心情颇有相似之处。但可惜我的斋名却始终未定下来,否则将拙著命名为某某楼或某某斋的《语言文字论集》,岂不很好。

目前,我国的学术界空前活跃。由于各种学术会议的邀请,我几乎走遍了大江南北。而每到名山大川的胜处,我必捡取一块精致的小石头,带回书斋,盛于水盂之内。久之,我已爱石成癖。我爱石的感情较复杂,如果仅仅说"此翁之意不在石,而在乎山水之间也",这远不足以说明问题;如果说,这跟热爱祖国一草一木的感情是一致的,也还嫌其不足。我常觉得,每块小石,从它的年代讲,比人类所留下的任何文化遗迹都要悠久得多;它那千姿百态的形状和花纹,比任何人类雕琢的历史文物都更为通神入化,浑然天成。它简直是我们中华民族发展中的最好见证人。记得苏东坡在山东海边游览时,曾有句云:"我持此石归,袖中有东海。"那么,我书斋里有这样多的来自天涯海角的石子,则岂止是"袖中有东海",简直是"室中有乾坤"了!

不过在爱石问题上,我也遇到两件憾事:第一件是,南京的雨花石是很有名的,但我一生却没有到过这个六朝故都。前年纪念黄季刚先生的学术讨论会在南京举行,程千帆先生除当面敦促过我,接着又以"特约代表"的名义邀请过我,而我竟因小病未能前往。因此,我的书斋中虽有学生们送我最精美的雨花石,五彩斑驳,贮以锦盒,但较之我亲自捡取的其他石子,总觉得逊色得多。第二件事,是一九八五年的端阳节,我参加了在楚故都江陵召开的"中国屈原学会"成立大会,不料竟谬蒙学术界推我为学会的会长。我生平是短于应酬的,而会期中宾朋往来,确实使我超过了负荷量。在疲劳的归途中,才想起忘捡石子,至今引以为憾!我不相信命运,但却相信"机缘",上述两件事,不能不归咎于"机缘"。

我既爱石入迷,那是否就可以把书室命名为"爱石楼"或"惜石斋"呢?但我并没有这样做。因为我生平治学,曾有个怪癖性,即既强调继承,但又决不因袭。记得古人就有什么"拜石""枕石"的雅事,当代名人中又有齐白石、傅抱石,而齐老又曾以"乐石室"名其书斋。我的斋名,怎能重步前修之后尘呢?哪怕是疑似之间。

我从去年夏,已迁入四室一厅的新楼房,由于较为宽敞,生平第一次把寝室与书斋分开。"文化大革命"中,我的藏书只残存了几十本。现在的大部分书籍都是这几年添置的。壁间还挂上了章太炎先生的篆书对联、齐白石老人的画虾等等,可以说已初具书斋的规模。但命名的问题,至今仍是悬案,那是否可以暂呼为"未名书室"呢?不行。

因为"未名"这字眼,似乎前人在不同的场合下也曾用过,又何必亦步亦趋呢? 我想,不要好久,总会有个称心如意的斋名吧!

一九八八年春节于狮子山

龙泉驿看花所想到的

我生平不写游记，尤其没写过看花的游记。新中国成立前是由于艰苦，新中国成立后是由于忙碌，自然不会想到这些。最近几年，每逢春秋佳日，各地旅游之风极盛。这也许是人们由于物质生活的提高，又要求精神生活的满足的缘故吧。因而我虽年登耄耋，往往也未能免俗。畅游之余，写点游记之类的东西，这也是不足为怪的。

一九九一年三月廿五日那天，我校中国古代文学研究所的老年同仁，相约到龙泉驿看桃花，确实是罕有的盛事。那里的龙泉山是成都远郊的花果山；尤其桃花之多，远近闻名。这几天，花事已到，大有"紫陌红尘拂面来，无人不道看花回"之盛。

我们乘车北行数里，渐渐发现路旁人家的屋前屋后多有桃花点缀其间。为了看花，大家颇以车行太快为憾。不料桃花愈来愈多，渐渐使人应接不暇。抵达"桃花沟"，形成了看花高潮。桃花满山遍岭，宛如朝霞映天，蜀锦铺地，简直是花的海洋。这其间清溪一带，水声潺潺，更不禁使人想到《桃花源记》中的情境；而那些居住在这里的人家，又不免成了我羡慕的对象。这些人家也似乎解人意，多在花丛中的小岭上设茶亭、备香茗，为游人憩息提供看花之所，借以分享他们的世外清福。但细审这里人们的情趣，似乎也并不认为这是什么美的享受，倒是对我们这些来自都市的游客却投以羡慕的眼光。人们生活的有余与不足，往往类此。无怪《老子》曾以"损有余以补不足"为"天道"。

峰回路转，向山泉铺前进，眼前又展现出更为奇异的景色。满山遍野，并不全是桃花。红灿灿的桃花之外，又间以金黄的菜花，近处还有绿中透紫的胡豆花，都点缀在高低起伏的山峦间，组成了一幅绝妙的画面。有的同志说，像是一块五色斑驳的大地毯。而我觉得，倒不如说像披在高僧肩上的一件百衲袈裟。它虽没有经过什么匠心构思之巧，却又天然成趣。这造物者的随意涂抹，也就够人寻味的。

过了山泉铺，奇迹又出现。这里的山不算很高，但远远望去，令人怀疑是雪山连绵，皑皑耀目。经判断，才知是梨花盛开。但仍无法判断，为什么这里的人家忽然异想天开，不栽桃而种梨，而且种得如此之多。是适应土地所宜，还是着意为游人别开生面？不得而知。由入山时的红霞满天，到此刻的白雪盖岭，确实是另外一个世界。车行渐远，回首遥望，这雪色又变成淡淡的雾霭与一抹轻烟，俨然是古代画家的一幅淡墨山水。数里之内，一瞬之间而气象万千，确有"移步换形"之妙。

到了龙泉湖，乃旅游的目的地。雇船游湖，自有乐趣；但所谓"桃花岛"仅有桃树数株；"桃花溪"虽多层瓣桃花，亦属平平。此时，不禁使我联想起昔日的桂林之游。俗语说："桂林山水甲天下"，"阳朔山水甲桂林"。但据我个人的感受，应该说："桂林山水在旅游。"因为桂林的山水之美，乃在由桂林去阳朔的旅程之中。一路泛舟漓江，只见两岸奇峰突起，变化万千，确实美不胜收；而到了阳朔，也不过尔尔。这情况，颇似今天的龙泉之游。但各人的审美情趣不同，这也许只是我个人的印象和看法而已。

当然，今日看花之游，较"菊展"之垒菊成山，"花会"之列盆成队，雅俗之间，不可以道里计。但这只是"走马看花"而已，既不是"赏花"，更谈不上"品花"。我的一孔之见，总以为：赏，只是感性的享受；品，则是理性的评析。例如，林和靖特爱梅花，故有"梅妻鹤子"之说，而他的咏梅诗："疏影横斜水清浅，暗香浮动月黄昏"，则只是"赏梅"的佳句；而周濂溪有《爱莲说》，他却说："予独爱莲之出淤泥而不染，濯清涟而不妖，中通外直，不蔓不枝，香远益清，亭亭净植，可远观而不可亵玩焉。"这就不仅是在"赏莲"，而是在"品莲"。

我一生也游过一些名胜，也看过不少名花。如曾到苏州邓尉山的"香雪海"看过花开十里、咳唾生香的梅花；也看过北京颐和园瑶枝琼蕊、独占早春的玉兰花；又看过杭州西湖红映断桥、清香拂面的莲花……但现在回忆起来，那时在人生旅途上南北奔波的我，都只是"看花"，不是"赏花"，更不是"品花"。晚年对此似有所悟，梦寐中，尝想"赏"到洛阳的牡丹和"品"到昆明的山茶，以了生平夙愿。但从今天龙泉之游看来，似乎我只有"看花"的机会，而缺少"赏花"的福分，尤其没有"品花"的才华。

提起牡丹，长安的沉香亭畔我到过，但那里已无牡丹；菏泽是牡丹之乡，但我又没有到过，故现在颇寄望于洛阳。记得童年时代，我家庭院有一株牡丹，多年不见开花。父亲对我说："牡丹喜酒，浇以酒，即开花；我们无酒，也可哺以酒糟。"父亲即以酒糟埋根下。说也奇怪，当年即紫花盛开，花大径约二十厘米。现在才体会到，李白诗中"浓艳凝香"四字，确系传神之笔，但我那时对此却懵然无此领会。

至于山茶花，似乎文人墨客不大提它。但记得齐白石曾在所画山茶花旁题云："岁寒时节，此花亦梅花之友也。"是古人艳称之"岁寒三友"，得山茶而四矣。山茶花以昆明为最著名，但北方也有。童年时，对门邻家一株山茶，高约两丈，花时掩映庭院，红如珊瑚。我与群儿拾其落英，串以丝索，挂项颈间作璎珞，互相追逐以为乐。回忆起来，宛如昨日。其实，那时我连"看花"的趣味也并不懂。

天下名花多矣，我晚年之所以独钟情于牡丹和山茶，这也许跟对童年生活的回味是有关的。而且这回味，确实含有一点补偿遗憾的情绪。

从这童年的生活体验中又可以看出，人们即使不会"品花"，乃至不会"赏花"，甚至也不懂"看花"，而生活在花气弥漫的童年，也别有一番值得回味之处。

记得老家的北园，面积不大，而桃、杏、李、梨、樱桃等都有。每当早春，樱桃最先开花，接着就是百花烂漫，蜂声嗡嗡如轻雷，几片忙乱的飞蝶翩翩弄影，花气之外，韭畦中又发出一种春日所特有的泥土气息。它们混合在一起，确给人们的感官以异样的刺激。这时，小鸟也特别活跃，我们捕鸟的兴致特浓。鸟的名字很别致，如最小巧的"羊屎豆"，黄生生的"鸡蛋黄"，颈下一片鲜红羽毛的"割一刀"等，捕了之后，大致养不活。但这百花丛中的捕鸟生活，却使我毕生难忘，而且曾在梦境中出现过多次。

我童年时，村塾庭院中又有三株海棠。每到花时，艳冶婀娜，如红云蔽天。晨曦夕照，书声琅琅，迄今思之，殆如仙境。有时，月光溶溶，花影遍地，我与三五同学，或锻炼于树下，或嬉笑于花阴，曾不知愁苦为何事。暮春花落，又如红雪纷飞，沾衣覆地，花径不扫，别有趣味。古人尝因"绿肥红瘦"而感伤，而我那时则觉得初夏的嫩绿，光泽照人，反比花时更艳。小时读东坡的海棠诗，描绘可谓尽致，但却体会不到他那"雪落纷纷那忍触"的哀惋之感。可见童稚的心灵，究与老人不同。杜甫曾有句云"老年花似雾中看"，这是写的生理局限，但也许更有一点心理上的距离吧。

可见我的童年时代，只能说有时是在花的氛围中生活过，既不是"赏花""品花"，也并没有着意去"看花"。但现在回忆起来，那情趣似乎又超越于看花、赏花、品花之上，而我又实在没有恰切的语言来概括它。这种境界也许正是所谓主体美与客体美的高度统一吧。而我今天既是站在主体、客体之外来进行回味，自然更会感到"只能以意会，不能以言传"。

由于龙泉驿看花的盛举，却使我发出如许多的议论，写出如许多的回忆，似乎扯得太远了，应当就此打住。

一九九一年三月廿八日

记姜亮夫教授

作为一个学者,第一要有学识,第二要有气度。我跟姜亮夫君的交往中,对这一点深有感受。记得一九六二年,我在《文史》创刊号上发表了《〈屈原列传〉新探》一文,对姜君在《屈传》问题上依违失据之词,深致不满。不料姜君见此,竟辗转探询我的通信处,从此,书信往来,成为"神交"。

我们二人见面,则是在"文化大革命"之后的一九八六年六月。那时,我到杭州参加纪念太炎先生逝世五十周年的学术讨论会;而姜君则早已因病住进浙江医院,所以我决定于会议期间,抽空前往探访。此次会议,程序很新鲜。即凡大会发言者,须自己报名登记;发言之后,又要回答会场上的提问,等等。我因已交论文,故未作发言登记,但主持者却一再促我登记,说是"与会者都想听听你的意见"。这时,预约前去医院的车子已等候在门外,我只得匆匆作了一段毫无准备的随感发言，并且未等会场提问，即向大会告辞退席。此事，至今自觉失礼。车到医院，姜君早已令人把沙发搬到病房前的草坪上，作为临时接待处。他一出病房，即与我紧握双手，久久不放。两人似乎都有一肚子话要说，但又不知从何说起。不过有句话，姜君喃喃地说了两遍："难得，千载一时。"这给我以极深的印象。姜君身材瘦小，穿着一件极朴素的蓝布中式上衣，谈笑中，不显病容。这时有人要拍照，我竟放开双手，习惯地正襟危坐，在沙发上留了个并肩照；事后我很后悔，为什么不留下两人握手言欢的影子呢？就在这张照片的背后，我曾题了一首七绝云：

莫愁北海无文举，且喜江东有景纯。
一展须眉相对笑，湖光山色倍增神。

郭璞是晋代大儒，自非晚近末学所可比拟。但我以景纯许姜君，却别有思路：在中国学术史上，郭璞既以《尔雅》名世，又系《楚辞》大家；而姜君则既长于语言训诂之学，又能以此攻治屈骚，所获颇多。在这一点上，与景纯已极相似。而更为巧合的是，郭璞对中国文物出土史上最著名的汲冢逸籍，曾以极大兴趣注释了其中的《穆天子传》（《隋志》谓此书出于汲冢），流名千载，传为佳话；而姜君则也曾为整理敦煌典籍，远航欧洲，晚年对此学之崛起于浙海，实有先导之功。这更是他们之间惊人的相似之处。

我之闻知姜君是较早的,好像那时他用的是"姜寅清"这名字。他早年曾师事梁启超、王国维;后来拜太炎先生为师,则是在三十年代初期。据说此前,太炎先生曾对姜君的论著提出过严正批评。但是,一个有气度的学者为了文化事业,是不难消除芥蒂、皈依真理的。我们知道,从学术风格上讲,梁任公的特点是活泼,王忠悫的特点是坚实,太炎先生的特点是深邃。但姜君得之于师承者,则似乎以任公的学术风格更为显著一些。当然这不过是我个人的一斑之见而已。

"文化大革命"刚结束的一九七六年,姜君对形势的估计,似乎过于悲观。因惧斯文之沦丧,曾在眼疾的严重折磨下,手理残稿,交由后辈油印成小册子,以广流传并不远万里,寄余求正。细审之,其中前半为《屈子之生》,后半为《敦煌一脔》,盖皆心得中的精粹。在《屈子之生》的卷尾附短跋云:

> 说《楚辞》百余万言,敷与旁通,然吊诡侜张,理或难之。我血滞凝,我目瞢瞢,槁木默坐,引念忡忡。然论屈子,尚得环中,执以为枢,以应无穷,差不失余之从容。因为特辑,以当息肩,以答我朋从。丙辰立冬,朦叟自识。

从这段自跋看,姜君一生,虽所学广博,而以屈学为主。"然论屈子,尚得环中,执以为枢,以应无穷",其自许之情,溢于言表。但在"瞽朦"之中,仍为屈学之艰深难治而"引念忡忡",其献身学术之精神,多么感人!

一个真正的学者,凡托命于某种历史文化而为之奋斗终生者,决不会以任何劫难而移其情,夺其志。姜君之于《楚辞》,"文化大革命"固未能夺其志,"瞽朦"更不足移其情。听说在瞽朦尚未痊愈之际,姜君又以"进修班"的形式招纳有志之士,以传其学。讲授中途,曾遭宵小劫掠之徒的毒打,重伤住院;伤甫愈,复聚徒续讲,以卒其业。以已逾八旬之年而有如此倔强意志,非以斯文为己任之志士仁人,实难至此。

"中国屈原学会"由筹备到成立,姜君始终以支持与响应。记得一九八四年的成都会议,以评议"屈原否定论"为中心议题,实际是为"中国屈原学会"的成立扫除道路。姜君虽因病未能参加,却赠大会以手书《颂词》一首。其文既非一般祝贺之词,亦非指名驳斥之作,而是以自己多年的研屈心得,暗破"否定论",明示屈学界,其忠于屈学之情深矣。"中国屈原学会"成立大会的论文集出版时,我请姜君题写书签,其时姜君早已住院疗养,体质极弱,竟为此租车回寓以惯用的笔砚书签见赠,并附信云:"炳正学长兄:大教奉悉。因病住院,无笔墨可用。昨日特租车返寓,写就奉上。弟因目力已等于盲,故写得不满意,勉强用罢！……"足见其服膺屈学的眷眷之情。而且姜君的学者本色，还表现在乐于奉献，无所索求。如"中国屈原学会"的第四届年会于一九九〇年六月在贵阳召开时，适逢姜君九十大寿，我本拟在会上举行个简单的祝寿仪式，而姜君闻知，竟一再来信制止。如云："炳正吾兄左右：前函求转告学会，千万不要作祝寿之事，谅达记室。……"叮咛之意，出于至忱，其朴质坦荡的学者襟怀，求之晚近，不可多得。

姜君于一九九五年十二月四日逝世，享年九十五岁。一生立德立言，可传者多。这里只就平素交往中给我印象较深者记之于上。然而犹有使我不能已于言者，是他的高足郭在贻竟先姜君而英年早逝，未能尽其才，竟其学，殊堪痛惜。郭承姜君《屈原赋校注》之学，成《楚辞解诂》，蜚声屈学界；推而广之，他又撰有《训诂丛稿》，把训诂学的领域由先秦两汉推演到唐宋以后，对祖国训诂学的发展，大有开拓之功。他在《训诂丛稿》出版时，曾以知音难得为憾。一九八四年六月九日他给我的来信，竟叹："刘晓庆一纸自传，张瑜一帧照片，便足以压倒天下一切学术也，一笑！"这是他的自嘲，也是他的自负。后来他以此书荣获中国社会科学院首届青年语言学家奖金，可见功力所在，自有定评。

一九九六年三月于渊研楼

学术与友谊

—— 记我与竹治贞夫教授

竹治贞夫先生是当代日本的《楚辞》大家，著述甚富，多独到之见。他的百万字巨著《楚辞研究》，早已为中国学术界所赞誉。多少年来，我深以不得相见为憾！

一、"新相知"与"生别离"

一九九一年端阳节，湖南省以举办"国际屈原学术讨论会"见邀。在开幕式上，我得与久仰的竹治先生相遇，他已是七十多岁的人了，谦恭纯朴，恂恂如也，颇有儒家风度。他比我想象中的形象要丰腴得多；因为我有个成见，总认为凡艰苦治学的人，多清癯。而他却例外。

作为国际远客的竹治先生，我本打算当天晚上去拜访他。不料开幕式一结束，我刚回到自己的房间准备休息一下，竹治先生却带着翻译李妲莉女士（湖南大学的老师），捧着他的论文和一大摞书籍，匆匆走进我的房间。看来，他想及早把自己的学术成果向我作个详尽的陈述，颇有迫不及待之势。这种心情，只有学术界的同道人才能理解。他落座后，我们之间并没有好多寒暄的话，他立刻就把论文及书籍摊到床上（因为桌子小，放不下），以很谦虚的态度申述论文的观点，并征求我的意见。我青年时代学过日语，现已忘得净光；竹治先生虽治汉语，却并不会说汉语。李妲莉女士的翻译水平是很高的，速度也很快，但由于我们探讨问题的心情迫切，深以语言节奏跟不上逻辑论证的发展而感到焦急。

先生论文的题目是《关于〈楚辞释文〉的作者问题》。他主要是根据宋钱杲之《离骚集传》所引"陆氏释文"诸条，认为《楚辞释文》的作者当为唐陆善经，而跟我国学者余嘉锡先生的《楚辞释文》撰于南唐王勉之说不同。他为了取信于我，边谈边翻检带来的日本古写本《文选集注》及《日本国见在书目录》（藤原佐世撰于日本平安朝宽平年间。约当中国唐昭宗龙纪元年至乾宁四年）等书为佐证。我当时认为竹治先生以为《楚辞释文》出于"陆氏"之手，而陆氏并非陆德明，这是有证可据的；至于是否出于陆善经之手，则虽缺乏直接证据，但旁证极多，亦持之有故。况我国余嘉锡先生的结论亦非无懈可击。例如据《宋史·艺文志》体例，凡并列一人所著多书，除第一部外，其余书名之前必加"又"字，以示一人之作而省人称。但王勉名下所列三书，除《楚辞章句》外，《楚辞释文》《离骚约》二书之前，皆不加"又"，则此二书究竟是佚名之作，还是王勉之作，尚可讨论。因此，我认为竹治先生的探索是很有学术价值的。这是我在学术问题上实事求是的一贯态度。不料，当讨论结束之后，竹治先生深有感慨地说："我跟中国的楚辞大家如此深刻地探讨问题，这还是第一次。"我觉得，在学术面前，应当不分中外，人人平等。以平等的态度探讨学术，是学术发展的前提。竹治先生对此亦当心有默契。

参观汨罗江屈子祠那天，我因会务疲劳，汨罗江又为旧游之地，未能与竹治先生共吊诗魂，归后才在岳阳楼上共同留影以资纪念。第二天在国际龙舟竞赛的观礼台上，竹治先生又邀我与他并肩携手而立，请一位女服务员对光扳机，留下了一幅极其难得的纪念照。那时的背景：前方有整装待发、旌旗招展的各国龙舟；远处是人头攒动的数万观众；台上是谈笑风生的中外嘉宾；头顶上是随风摆动的成排宫灯，可谓极千载一时之盛。屈原是中国的，也是世界的，此时竹治先生大概也有同感吧。

在话别的晚宴上，我与竹治先生坐在一个桌上，而他的座次正在我的对面。我与竹治先生都不善喝酒，对碰杯畅饮以抒离情的意味似乎还缺乏体会。而竹治先生却别出心裁地表示了他的惜别之情。正在大家酣饮之际，他却请翻译同志递来一张纸片给我，上写《九歌》句云："悲莫悲兮生别离，乐莫乐兮新相知"，接着又递来一张纸片，上写杜诗句云："明年此会知谁健，醉把茱萸仔细看。"我此刻也深深地感到在人生旅途上"新相知"的愉快和"生别离"的悲怆，而不禁有些黯然！但坐在我对面的竹治先生，却仍然是那么谦恭纯朴，恂恂如也。

二、天涯若比邻

我们离别将近十几个月了，这期间彼此通过六次信。他回国后的第一封信，是七月八日写的，认为在中国岳阳，"五日之间，交游乐趣，难以尽言"，并附诗一首云：

今年何幸遇名师，恳语温颜若旧知。
巴蜀蓬洲程万里，难望再度拜芝眉。

其"相见恨晚"之情，别后相思之苦，溢于言表。我曾和诗以慰之云：

自古三人有我师，蓬洲宿学早闻知。
会当瀛海重相见，莫遣离愁上秀眉。

日本汉学鼎盛，自唐以来，中国早已散佚而幸存于东土的典籍，尤足资借鉴。我久有东渡访书之意，与竹治先生相见，并非"难再"。但何日实现，则难逆料耳。

近年我正与台湾贯雅文化有限公司合作，整理出版《楚辞文献丛书》，其中拟收日本古钞本《文选集注》骚类部分。但中国罗振玉《嘉草轩丛书》中所收，乃倩人在日本影抄之本，以抄者无学，以意羼改之处甚多，大失原貌。故欲得日本京都大学影印本为《楚辞文献丛书》底本，驰书商之竹治先生。不及一月，先生即将亲手复印之本寄来。纸墨精良，古色盎然，袭人眉宇，为之感激者久之！因复函致谢，并附诗云：

漫道岳阳"新相知"，酒痕洒落故人衣。
逸经宝卷来中土，胜似琼瑶报我时。

中国学术界得益于日本藏书者多矣。两国文化交流，此当为主要内容之一，而竹治先生之无私与友情，实在使我感动。我认为此种友谊，实乃中日文化交流的动力。

文化交流的另一点，是互相学习与切磋。一个学术难题，它的突破往往不仅有赖于几代学人的不断探讨，也有赖于中外学人的共同努力。前文所言，竹治先生对《楚辞释文》的撰者，中土学者余嘉锡先生的结论以外又提出了新的结论，这已是明证。因此，在学术问题上，相互尊重是很重要的。我跟竹治先生的交往，虽为日不长，但在这一点上是深有体会的。而先生的虚怀若谷，尤其给我以深刻的印象。本来我对先生的成就，是自叹莫及的，而先生对拙著，却多溢美之词。如先生于一九九二年一月二十五日的来函中，曾谓："先生的论考，篇篇使人解颐，我想这是楚辞研究上闻一多先生以后的最高成就，对学者裨益绝大。我的旧著《楚辞研究》是一九七八年出版的，先生的两大著作，不得作为参考，真是遗憾！"这段话，我是不敢当的，但先生谦虚的学术态度，则是可以理解的。我对先生的《关于〈楚辞释文〉的作者问题》一文，也曾请赵晓兰同志译成汉文，并设法在中国的学报上予以发表。这也是以虚心的态度，客观地对待邻国学术成果的表现。我想，这样做不仅有利于中外的学术交流，也许更有利于我个人的学术长进吧。

人们常说"道德文章"，但"道德"比"文章"更为重要。我之有取于竹治先生者，正在于从他身上所体现出的一个学者所应有的道德风貌。

三、一次有意义的探讨

不久，我又接到竹治先生一九九三年四月的来信，并附寄日本出版的《文学论丛》一九九三年总第十期。其中发表了竹治贞夫先生的论文《围绕〈楚辞释文〉的问题》。全文一万余字,对我在《屈赋新探》中提出的关于《楚辞》成书之经过,进行了评骘。论文说我的论著"可以称得上是出色的研究",并指出我在《〈楚辞〉成书之探索》中,根据《楚辞释文》的《楚辞》古本篇次,"出色地阐明了十七卷本形成的过程,建立了前所未有的学说"。而且在论文中除了全面地介绍了我的《楚辞》成书五个阶段的论据、论证与结论之外,并提出了几个颇有意义的见解,进行商榷。竹治先生这篇论文,渊博严谨,是非鲜明,可以说是中外学术交流活动的榜样。

竹治教授的论文共分三个部分:

第一部分,是谈《楚辞释文》的作者问题。因为论文的主题是围绕《楚辞释文》而展开的,故先生先就《楚辞释文》的作者问题,提出他个人的创见。他认为《楚辞释文》是出于唐代的陆善经之手。其实这个崭新的结论,作者在他一九七八年三月出版的《楚辞研究》中早已提出。一九九一年六月在参加中国岳阳召开的国际屈原学术讨论会时,又加以多方论证与补充写成《关于〈楚辞释文〉的撰者问题》,作为提交大会的论文,曾得到中国学术界的赞扬。这次他又在讨论《楚辞》成书之经过的论文中提出这个问题,论证较前更为缜密。他认为《楚辞释文》中所留下的古本篇次,具有"最大的学术价值";这一点"我的见解和汤先生的观点,不谋而合",因此他非常赞成我根据这个篇次考证《楚辞》成书之经过。

第二部分，是关于《楚辞》一书的形成问题。竹治先生在此对我把《楚辞》成书经过分为从战国到东汉五个阶段，认为"这是一个应该引人注意的新观点"，因而把我的宋玉、刘安、刘向、无名氏、王逸等五次纂辑《楚辞》的论据论证，作了全面而扼要的介绍，并对此提出了一条补充意见：即认为古本《楚辞》的第一组，以宋玉的《九辩》列于屈原《离骚》之后这一奇特篇次，之所以能长期为人们所接受，这是先秦诸子"经传构想"的传统惯例所造成的。因而"《离骚经》和作为他的传《九辩》的结合，是极其自然的"。这个观点跟我的观点颇有相辅相成之妙。在这一部分，竹治先生也提出了一条不同的意见，即认为第四组与第五组作品应当都是王逸所辑，即王逸在刘向所辑的第三组之后，又增辑了三篇作品，并附以己《九思》，认为"这样的想法才是合理的"。但这也许是因为竹治先生忽略了王逸在《离骚后序》所说的一段话。即王逸自言当时所见到的《楚辞》传本，已是十六卷，而非十三卷；而且王逸误认为经过后人增辑了三篇的十六卷本，乃是刘向的定本。这就是第四组作品之增辑不能归之王逸的根本原因。

第三部分，是关于《文心雕龙·辨骚》篇的"招魂招隐"问题。我对《楚辞释文》乃古本篇次论证中，曾认为《文心雕龙·辨骚》中"招魂招隐"句，敦煌古本作"招魂大招"是正确的，证明了刘氏所据《楚辞》古本篇次与《楚辞释文》相同。而竹治先生则认为《辨骚》既以"艺术风格来归类排列",则只有刘安的《招隐士》能与《招魂》并列,《大招》无法类比,故不主张据敦煌古本改《辨骚》中的《招隐》为《大招》;并认为刘勰在此对《招隐士》予以极高的艺术评价,与刘氏受昭明太子的影响有关。《文选》骚类对拟骚的汉人作品只选了一篇《招隐士》,即刘氏《辨骚》的观点之所本。因为据《梁书·刘勰传》,刘跟昭明太子的关系是极密切的。竹治先生的这个观点,对我的结论来讲,虽然缺少了一条旁证,但对当前《文心雕龙》的研究者多以敦煌古本为准的情况看,颇足备一家之言。

当时,我曾把上述的几点意见写信告诉了竹治先生。不料他竟很快回了信,同意我的看法,并信服我所提出的《楚辞》成书的第四阶段确实存在,知道王逸继承下来的《楚辞》是十六卷而非十三卷;《九思》以前的三篇并非王逸所辑,故被王氏误认为是刘向所辑。竹治先生在信上,把"误认"二字加上了着重号,表示问题的症结所在。

从我跟竹治先生的上述探讨中,不难看出,他对我的学术论点的评价,赞成之中也有商榷,肯定之中也有补充,使我的《楚辞》一书纂辑于多人之手的新结论,进一步臻于完善。这样建设性的学术交流,既增进了中日学术界的友谊,也促进了中日社会科学的发展,是一次极有意义的学术交流活动。

四、骚人的幸运

我这里说"骚人的幸运",主要指竹治先生的"叙勋"而言。一九九四年一月,我收到了竹治先生一封信。信中说:"日本国有叙勋制度,昨年十一月,以教育与研究的功劳,我被授予勋三等旭日中绶章,以及晋谒天皇。"他为此而感到非常光荣,除附寄佩戴勋章的照片外,并寄来了两首纪念诗:

> 攻学育英五十年,苦辛论著迭身边。
> 君恩褒赏勋三等,私诵孝经酬墓前。
>
> 立身行道孝终艰,今日荣光感泪潸。
> 地下双亲将识否,锦秋风阙拜天颜。

我在初见竹夫先生时,从人际交往的表现看,曾说他"谦恭纯朴","颇有儒家风度"。但现在从上述二诗中,我更觉察到他对中国儒家的思想体系是极其完整地接受下来了。这主要指的是"忠孝"二字的伦理观。即他在"叙勋"时,那种受"君恩"的激动之情,拜"天颜"的荣宠之感,溢于言表;而且"叙勋"之后,所念念不忘的是"地下双亲"的养育之恩,不觉诵《孝经》而泪下。他竟是一个儒家人格的典范人物。近来，我国对儒家思想与现代化的关系，已掀起探讨的高潮。据新加坡与韩国的专家们的亲身体会，认为儒家思想不仅不妨碍国家的现代化，而且对现代化国家有巨大的稳定力。这从竹治先生身上，似乎也可以看到这一点。

我对竹治先生的"叙勋"，曾写下一首贺诗寄去，是七律：

> 震世文明传盛唐，一衣带水话沧桑。
> 愧无鹏翼垂瀛海，喜逐龙舟会岳阳。
> 自古经生多博士，如今骚客受勋章。
> 扬眉一笑遥相贺，万里同飘翰墨香。

去年，我也荣获国家"有突出贡献"奖状，并被授予政府特殊津贴，故诗的结尾有"万里同飘翰墨香"之句。而且自汉以来，研究儒家经典者，早立博士，备受国家荣宠，而治骚者则无此隆遇。反之，中国文学史上有所谓"贬谪文学"，屈骚实其始祖。因而历代文人凡遭谗被放者，或吟骚以自遣，或摹骚以抒怀，或注骚以寄意，皆与荣宠脱钩，与悲凄为邻。"勋章"云云，何予于迁客骚人？然而时代不同，我与竹治先生，虽生平浸淫于楚骚，竟同时荣获国家殊宠，无独有偶，实属学林佳话。"自古经生多博士，如今骚客受勋章"，即为此而发。我当时曾将此诗写成条幅，寄给竹治先生。他回信云："先生去年荣获国家'有突出贡献'奖状，并受政府特殊奖金终身，此相当于日本国的文化勋章并终身年金，正是学者最高荣幸也。"并附七绝一首云：

> 重厚古高灵墨香，永为家宝仰无疆。
> 陶陶孟夏近端午，楼上开颜怀岳阳。

将拙书条幅"永为家宝"，实不敢当；而深厚的学术友谊，则洋溢于字里行间，使人久久不能忘怀！

英美两国学术界联合主办的"第二十二届世界人文学科交流会议"，将于明年七月二日至九日在澳大利亚的悉尼召开，最近已向我发来了邀请函。据说日本汉学界也有人应邀参加。我深望此行能与竹治先生再次相会于风景迷人的大洋洲彼岸。较之第一次相会于洞庭湖畔的岳阳楼上，当是一番更有意义的学术交流。

一九九四年十月六日于渊研楼

屈　原[1]

屈原是中国古代的伟大诗人。他生活在战国中期以后，正是中国社会由奴隶制向封建制过渡的大变革时代。他站在大时代的最前列，跟黑暗的旧势力进行着顽强的斗争，并写下了不朽的诗篇。他不仅在中国文学史的发展上起了巨大深远的影响，而且他在政治上的坚贞情操和崇高理想，几千年来一直鼓舞和哺育着为社会进步而奋斗的人们。

（一）生平与思想

屈原，名平，是战国时代的楚人。他的生年月日，在《离骚》中自谓："摄提贞于孟陬兮，惟庚寅吾以降。"后

---

[1] 据作者手稿录入。

人据此推算，结论略有不同。其中最有代表性的为清代的邹汉勋、陈玚、刘师培三家。邹据殷历推定为生于楚宣王二十七年戊寅，夏历正月二十一日（《屈子生卒年月日考》）；陈据周历推定为生于楚宣王二十七年戊寅，夏历正月二十二日（《屈子生卒年月考》）；刘据夏历推定，与邹说全同（《古历管窥》）。三家虽或有一天之差，而年月则皆为公元前三百四十三年夏历正月。学术界多从其说。此外，当代学者还有不少考订，但大致不出公元前三百四十三年以后的几年之内。

屈原出身于楚国的贵族，与楚同姓。故《离骚》自称为"帝高阳之苗裔"，而《史记·楚世家》亦谓"楚之先祖，出自帝颛顼高阳"。楚国本姓芈，迨春秋初期，楚武王熊通的儿子瑕，受封于屈地，其子孙即以屈为氏（见王逸《离骚》注及《元和姓纂》"屈"字下）。后来，屈氏跟昭、景二氏，同为楚国的三大强族。从春秋以来，如屈重、屈完、屈荡、屈到、屈建等，在楚皆任要职。《离骚》自谓"朕皇考曰伯庸"。"伯庸"之名不见于其他典籍，王逸根据"皇考"一词，谓伯庸为屈原之父；后人或据刘向《九叹·逢纷》，谓伯庸为屈原远祖。

屈原以贵族身份，楚怀王时，曾作"三闾大夫"。据王逸《离骚叙》云："屈原与楚同姓，仕于怀王，为三闾大夫。三闾之职，掌王族三姓，曰昭、屈、景。屈原序其谱属，率其贤良，以厉国士。"这大概跟春秋以来其他各国的"公族大夫"有些相似。乃掌管和教育贵族子弟之职。《离骚》云："余既滋兰之九畹兮，又树蕙之百亩；畦留夷与揭车兮，杂杜衡与芳芷。冀枝叶之峻茂兮，愿竢时乎吾将刈……"通过这段譬喻性的追述，不难看出，屈原为三闾大夫时，为了楚国的前途，确实曾经培育过不少的贵族子弟，储备了不少的政治人才。

接着，怀王又任屈原为左徒。"左徒"之职，在古籍只二见。除《史记·屈原列传》之外，又见于《史记·楚世家》。学术界多据《楚世家》春申君由"左徒"升任令尹的事实，推断"左徒"之职，在楚国乃仅次于令尹的要职，政治地位是很高的。《史记·屈原列传》曾谓：屈原"博闻强志，明于治乱，娴于辞令"；为左徒时，"入则与王图议国事，以出号令；出则接遇宾客，应对诸侯，王甚任之"。可见左徒之职在政治上的重要性。

战国时期，一方面是各国都不同程度地向着封建经济制过渡，一方面国际形势又向着封建大一统的局面发展。而屈原任楚国左徒时，对上述两个方面，都曾起过重大作用。

当时，在大一统的斗争中，秦楚两国，势均力敌，最有资格来完成这一历史使命。因而"横则秦帝，从则楚王"（刘向《战国策书录》）是国际上"合从""连横"两大派的斗争焦点。而屈原在外交政策上，恰恰是坚决主张联齐抗秦的"合从"派的政治家。据《史记·楚世家》载：怀王十一年"苏秦约从山东六国共攻秦，楚怀王为从长"。善于"接遇宾客，应对诸侯"的屈原为怀王左徒，当即在此时。由于外交政策的胜利，楚国的国势这时正处于举足轻重的地位。在内政方面，"明于治乱"的屈原，是上承楚悼王时吴起变法的遗教，走富国强兵的道路。屈原的主张为楚怀王所接受，并委屈原"造为宪令"。所谓"宪令"，即有关法治的令典。春秋战国时期，各先进国家为了变法图强，纷纷制定适合于新的经济基础的"宪令"。楚国在春秋时本来已有"宪令"，这从当时郑国子太叔对楚国说"此君之宪令而小国之望也"（《左传》襄公二十八年）一语中，已可看出。故屈原这次制造新的"宪令"，很可能是在吴起变法的基础上，对楚国的内政外交进一步做出了较大的改革。屈原的这段政治生活，后来曾在《惜往日》里这样写道：

惜往日之曾信兮，受命诏以昭时。
奉先功以照下兮，明法度之嫌疑。
国富强而法立兮，属贞臣而日娭。

这里所谓"先功"，当然是指楚先王的治国业绩，尤其是应当指的吴起辅悼王的变法成效而言。因为屈原在这里所说的"明法度""国富强"正是走的吴起的政治路线。

但是战国时期，作为代表封建经济的先进力量，在变法过程中，由于损及奴隶主贵族的利益，曾经遭受到奴隶主贵族的一系列打击。秦国的商鞅、楚国的吴起，正是在这场严峻的斗争中牺牲的。因而屈原在草拟"宪令"时，竟发生上官大夫"夺稿"事件，绝不是偶然的。因为屈原在《惜往日》中又说："心纯厖而不泄兮，遭谗人而嫉之。"则草宪工作，由于怕贵族破坏，当时是秘密进行的。屈原由于保密"不泄"，故夺稿"不与"，因而遭谗。这跟《史记·屈原列传》所载是一致的。由此可见，"夺稿"事件并不是什么个人之间的所谓"争宠""害能"的冲突，实质上是贵族们对草宪工作的对抗，是阶级斗争的一种表现形式。

在这场斗争中，屈原是以失败而告终的。

首先是怀王之世屈原的被疏。上官、靳尚之流，为了维护贵族利益，对屈原谗言中伤，屈原被疏。而秦国则抓紧时机，立即于怀王十六年派张仪至楚，进行阴谋活动。一面以"厚币"贿赂重臣及内宠，一面以商於之地为诱饵，欺骗怀王，使楚与齐绝交，以破坏"齐楚从亲"之势。这样，终于贵族得势，"合从"解体，屈原在内政、外交两方面所取得的成就，同归于失败。据《史记·屈原列传》，屈原这时只是被"疏"见"黜"，并未流放。故当怀王在丹淅大败之后，屈原仍受命使齐联好；在怀王被骗入秦问题上，也曾谏以"无行"。但在谗臣当道的楚国政局中，屈原的政治生命实质上已经结束。

其次是顷襄王之世屈原的被放。怀王客死于秦这件事，对楚国上下的震动很大。据《史记·楚世家》记载，怀王归葬于楚，"楚人皆怜之，如悲亲戚"。而屈原对劝怀王入秦的子兰，责怒之情，更不待言。《史记·屈原列传》谓："楚人既咎子兰，以劝怀王入秦而不反也，屈平既嫉之……"即指此事而言。在这群情汹汹的政治压力之下，对新就任的当权派令尹子兰，是极不利的。因而"令尹子兰闻之大怒，卒使上官大夫短屈原于顷襄王，顷襄王怒而迁之"（同上）。屈原这次被放之后，楚国屡败于秦，在外交上完全处于媚秦求和的被动地位。而屈原目睹国事日非、民族衰败的景象，在矛盾痛苦中到处流浪。开始是由郢都沿江东下，直到陵阳；后又转向西南，溯沅而上，徘徊于辰阳、溆浦之间。迨顷襄王二十一年，秦将白起拔楚郢都；二十二年，秦又拔楚黔中郡。屈原当时流浪所在的辰阳、溆浦，即黔中郡的属地。因而，屈原此时又西北沿湘而下，并在故都沦丧、国势危急之际，自沉于汨罗。时公元前二百七十七年，屈原六十五岁（郭沫若《屈原研究》主张屈原死于顷襄王二十一年，即公元前二百七十八年；游国恩《屈原》主张屈原死于顷襄王二十二年，即公元前二百七十七年；浦江清《祖国十二诗人》主张屈原死于顷襄王十九年，即公元前二百八十年；林庚《诗人屈原及其作品研究》主张屈原死于顷襄王三年，即公元前二百九十六年；陆侃如《屈原与宋玉》主张屈原死于顷襄王十年以前，即公元前二百九十年左右；刘永济《屈赋通笺》主张屈原死于顷襄王十一年，即公元前二百八十八年）。

关于屈原的思想倾向和政治主张：

在思想倾向方面，学术界根据屈原的政治活动与诗歌创作，曾做过多方面的探索。有人认为他称尧舜，说仁义，近于儒家；也有人认为他强调"明法度""图富强"，近于法家。而郭沫若同志建国前在《屈原研究》中认为屈原，"彻底地接受了儒家的思想"；建国后在为纪念屈原而撰写的《伟大的爱国诗人——屈原》中又说屈原"相当浓厚地表示着法家色彩"。当然，也有人认为屈原讲"虚静""无为"，有道家思想。如游国恩的《楚辞论文集》，即其代表。其实，从战国中期至末期，在百家争鸣达到高潮以后，各家之间的互相影响、互相渗透的情况早已出现。荀子以儒家大师而有鲜明的法家倾向；楚国的法家吴起，早年又是儒家经典《左氏传》的传受者。尤其楚国乃道家发源地，老庄学说广泛流传。故法家的集大成者韩非子，也曾采撷道家学说以为己用，《解老》《喻老》，是其明证。"博闻强志"的屈原，正处在如此急剧变化的伟大时代里，搏击在互相矛盾又互相融合的思想激流中，他在思想意识上所表现出的复杂性，是完全可以理解的。但在屈原思想领域中所特别应当强调的，是他在认识论方面的特征。例如屈原的《天问》，对于远古人类到奴隶时代，有关宇宙形成、自然现象、人类历史等传统观念，提出了一系列的疑问与质诘，诱导人们进行新的探索。这正是屈原思想领域中所闪耀着的朴素唯物论与朴素辩证法的思想火花。

在政治主张方面，屈原的《离骚》曾提到"美政"。这"美政"的具体内容，本应体现在他所草拟的"宪令"之中。但草宪工作既已流产，我们就不得不从他的光辉诗篇中寻找它的痕迹。

在屈原的诗篇中，首先使我们感受到的，是他的政治理想，跟当时一切先进的政治家是一致的。他所要走的，是变法革新、富国强兵的道路。《惜往日》里所说的"国富强而法立"，以及主张"法治"，反对"心治"，就是这一理想的鲜明体现。为了达到这个目的，他提出以"举贤能"取代奴隶主贵族的"世卿世禄"制。他在《离骚》里不仅明确主张"举贤而授能兮，循绳墨而不颇"，而且历举傅说、吕望、宁戚等由下层擢居显位的范例，即其用意所在。其次是"反壅蔽"，以巩固君臣关系，保证法令畅行。《惜往日》云："独障壅而蔽隐兮，使贞臣为无由。"对楚王之被"壅塞"，时有所指责。实质上他所反对的，正是《管子·明法》所谓：法令"出而道留谓之拥（壅），下情求不上通谓之塞"。再其次是"禁朋党"。《离骚》云："惟夫党人之偷乐兮，路幽昧以险隘。"对"党人"不止一次地揭露。这跟"吴起为楚悼王立法"，特别强调"禁朋党以励百姓"的精神是一致的（《史记·范雎蔡泽列传》）。最后是"明赏罚"。在赏罚问题上，屈原主张"参验以考实"，赏罚必当，反对"或忠信而死节兮，或訑谩而不疑"的现象存在（皆见《惜往日》）。当然，屈赋究竟是抒情诗，而不是政论文，对上述的政治主张，不可能作理论上的阐述，他只能结合个人遭遇，在抒发愤懑之情时，略露其端倪。但借此探索屈原所草"宪令"的政治主张与精神实质，是不会相去太远的。

（二）作　品

《汉书·艺文志·诗赋略》著录《屈原赋二十五篇》，这是中国文学史上的别集之祖。但其书不传，今本《楚辞章句》十七卷，其中王逸明确定为屈赋者恰为二十五篇。即《离骚》一篇，《九歌》十一篇，《天问》一篇，《九章》九篇，《远游》一篇，《卜居》一篇，《渔父》一篇。

屈赋的思想内容，广博、深邃和富有浓郁的时代色彩。但作为抒情诗来讲，丰富的思想内蕴只有从抒情主人公的形象性格中，才能体现出来。概括言之：

在屈赋中首先感到的是屈原人格的崇高，但这崇高的人格，却是从孜孜不懈地自我修养而来。当然，诗人并没有否认什么天然的"内美"，而更重要的是他特别强调"纷吾既有此内美兮，又重之以修能"。"修"在屈赋里确实占着显要的地位。如"修能""修姱""修名"等等，而所有这些"修"，都跟美德联系着，更跟诗人的自我整饬、着意磨炼是分不开的。《离骚》云："民生各有所乐兮，余独好修以为常。""好修"，正是诗人性格特征的自我表白，也是屈赋思想性的主要方面之一。在诗篇中,诗人根据自己对生活的审美体验,凡香花芳草,都成了人类崇高品格的象征。他"扈江离""纫秋兰""贯薜荔""矫菌桂""朝搴木兰""夕揽宿莽"……王逸对此,曾说以"博采众善,以自约束",这无疑是一言中的之谈。但是,"好修"绝不意味着是诗人人格的自我完成,恰恰相反,它更多的是在崇高人格的对立面的压力之下进行的。从生活逻辑来讲,当然是"孰非义而可用兮,孰非善而可服"(《离骚》),然而诗人的遭遇却坎坷崎岖,并非如此单纯。而种种苦难,也恰恰玉成了他的人格而使之更加崇高。在遭谗被疏之际,我们看到的却是:"制芰荷以为衣兮,集芙蓉以为裳;不吾知其亦已兮,苟余情其信芳。"(《离骚》)甚至在流放将行之时,我们看到的却是:"梼木兰以矫蕙兮,糳申椒以为粮;播江离与滋菊兮,愿春日以为糗芳。"(《惜诵》)尽管打击接踵而来,这对诗人来讲,与其说是折磨,毋宁说是砥砺。在《怀沙》里虽也曾为"怀瑾握瑜兮,穷不知所示"而痛苦,但这丝毫也没有动摇他"余幼好此奇服兮,年既老而不衰"(《涉江》)的终生信念。无怪乎诗人对那班"兰芷变而不芳兮,荃蕙化而为茅"的庸众们作了如下的结论:"岂其有他故兮,莫好修之害也。"(《离骚》)不难看出,"好修"在屈赋中的巨大意义。

鲜明的是非感、强烈的爱憎感跟时代责任感的高度统一,是屈赋思想的又一特征。诗人喜爱美好的事物,更憎恨丑恶的行径。对"党人之偷乐""时俗之工巧","驰骛追逐"之风,"贪婪求索"之辈,曾不断地予以辛辣的讽刺,嫉恶如仇。至于从丑恶的现实社会生活中发现美好事物,在诗人笔下则不多见,这也许是诗人最大的苦恼。但是,丑恶的现实之外,历史上的圣君贤臣,神话中的美人好事,自然界的善鸟香花,乃至自身的修洁的品质等等,则在诗篇中予以热情的歌颂与赞美。可是,所有这些绝不是以诗人的个人好恶为出发点,而是跟国家前途、人民命运紧紧联系在一起的。"民好恶其不同兮,惟此党人其独异"(《离骚》),这不仅说明了好恶在不同的人身上所具有的本质特征,而且也展示了诗人在这个问题上的强烈的自觉性和时代责任感。诗人为了表现鲜明的爱憎,在诗篇中,总是美的形象跟丑的形象相对立而存在,相依赖而得到表现。如《涉江》中的"鸾鸟凤皇"与"燕雀乌鹊",《惜往日》中的"嫫母"与"西施",《怀沙》中的"白"与"黑","石"与"玉",等等。而且在诗人笔下,正面的东西又总是在失败中存活,而反面的东西则在胜利中欢笑。"凤皇在笯兮,鸡鹜翔舞"(《怀沙》),"黄钟毁弃,瓦釜雷鸣"(《卜居》),就是这黑暗现实的形象写照。这固然不能说是生活规律,但却是特殊条件下的历史事实。这样的矛盾不仅深化了诗人的爱憎感,同时也激化了千古以来读者的义愤感。当然,诗人是不幸的。但这不仅是诗人的不幸,也是时代的不幸。因而,诗人的时代责任感使他并没有陷入个人的悲哀而不能自拔。反之,他敢于正视现实:"鸷鸟之不群兮,自前世而固然;何方圆之能周兮,夫孰异道而相安。"(《离骚》)矛盾斗争的必然性,在鼓舞着诗人战斗、前进。

屈原的忠君思想,这是人们所熟知的。其实,屈原固然忠君,但尤其忠于自己的政治理想。他对自己的理想坚贞不变,充分揭示了诗人为理想而献身的高尚情操。适应时代要求,进行政治改革,这是诗人的最终目的。但当理想落空之后,他并没有随时从俗,跟着庸人们走人类历史的回头路。在诗人遭谗被黜的政治压力下,"众骇遽以离心"(《惜诵》),就连过去自己亲手培育的"兰蕙",也难免改变了政治方向。但"虽萎绝其亦何伤兮,哀众芳之芜秽"(《离骚》),宁可在暴风雨中"萎绝",也绝不能自我"芜秽"。这是对"兰蕙"的责难,也是诗人的自处之道。因而诗人曾不止一次地宣告:"广遂前画兮,未改此度也"(《思美人》),"章画志墨兮,前图未改"(《怀沙》)。虽然"九折臂而成医","惩于羹而吹齑"(《惜诵》)。这些人类遗留下来的生活格言,诗人比谁都熟悉。但一而再、再而三的打击,并未使诗人"惩前毖后"而在危险的边缘却步,在理想的面前后退。他明知等待着他的是"流亡""危死",甚至是商鞅式的"体解",但诗人为了忠于自己的理想,愿意接受这严峻的考验:"虽体解吾犹未变兮,岂余心之可惩"(《离骚》)。尤其诗人在《思美人》中曾立下这样的誓言:"知前辙之不遂兮,未改此度;车既覆而马颠兮,蹇独怀此异路；勒骐骥而更驾兮，造父为我操之……"的确，"车踬马颠"，他并没有放弃自己所要走的前人所未走过的"异路"，如果时机到来，他仍将继续前进。这种坚贞不变的政治情操，贯穿着屈赋的全部。可见，他的自沉自然是殉国，但同时也是殉道——为自己的政治理想的破灭而献身。

不过应当注意的是，从屈赋的思想性来讲，正如人们所经常强调的民本意识和爱国思想，应当是它的核心。战国时期，奴隶解放运动如火如荼，只要是站在进步立场的思想家、政治家，决不会忽视这一现实的存在。屈原的民本意识的产生，绝不是偶然的。他在诗篇里经常提到："长太息以掩涕兮，哀民生之多艰"；"余虽好修姱以鞿羁兮，謇朝谇而夕替"；"怨灵修之浩荡兮，终不察乎民心"（《离骚》）；"民离散而相失兮，方仲春而东迁"（《哀郢》）；"愿摇起而横奔兮，览民尤以自镇"（《抽思》）。不难看出，屈原的民本意识是极其突出的。此外，屈原的爱国思想也是为人们一致肯定的。作为崛起于南方而又具有悠久历史文化的楚民族，屈原对它是有深厚感情的。"岂余身之惮殃兮，恐皇舆之败绩"（《离骚》），这正是他以身许国的精神。在国家民族的危急之际，他提出"曾不知夏之为丘兮，孰两东门之可芜"；在流放颠沛之中，他仍念念不忘"州土之平乐""江介之遗风"（《哀郢》）。其痛心国事日非、关怀民族安危之情，戚然溢于言表。当然，适应封建经济的发展而走在时代前列的诗人屈原，毕竟还是剥削阶级，因而在他的诗篇里，民本意识、爱国思想，始终跟他的忠君的"悃款"与个人的"郁邑"紧紧地纠缠在一起。这正是历史和阶级所带给他的局限性。

总括起来，屈赋的思想内容大体可分三类：第一，《离骚》《九章》《远游》等，以国家兴亡、身世感慨为主；第二，《九歌》以乐歌鼓舞、宣达民情为主；第三，《天问》以探索真理、挥发哲思为主。这是屈赋的三大主题。一个站在时代前列的文学家，他对自己的时代、自己的国家越是抱有高度庄严的责任感，他对提高人类精神文明的贡献就越大，因而他的作品也就越会受到后人的喜爱，并从中获得力量。屈赋正是如此。

屈赋的艺术特色，就其主要者言之：

首先表现在语言的参差错落，舒卷自如，打破了《诗经》以四言为主的旧传统，而且充分发挥了"兮"字在诗歌中的作用。如《离骚》《远游》等，基本上是以六言或七言为主，而"兮"字置于二句之间；《九歌》是以五言或四言为主，而"兮"字置于每句之中；《天问》《橘颂》等，基本上是四言句，但除《天问》外，句末皆用"兮"字以足成四言；而《卜居》《渔父》则又别具一格，句型长短，极变化之能事，且间以散文句法，并不用韵。所有上述这些不同的语言形式，又是互相掺糅，交相为用，因而形成了语言上的摇曳多姿，富有极大的表现力。处在社会大变革的战国时代，由于现实生活的复杂化，要求诗歌语言的大解放，这是当时文学创作的必然趋势，同时也显示了诗人屈原"娴于辞令"的创作才能。从"兮"字的大量使用来讲，同样是屈赋语言的一大特色。据清代孔广森《诗声类》的考证，先秦语音，"兮"字读如"阿"（即今"啊"）。近年马王堆出土汉初帛书《老子》，凡今本"兮"字，帛书皆作"呵"（即今"啊"）。可证孔氏的结论是科学的。因此，古代诗歌中的"兮"，实即今天歌诗或诵诗时的尾音泛声"啊"。本来《诗经》中也用"兮"字，但原系口头文学上的"兮"字，已在书面上被大量地清洗掉。而屈赋在这一点上，却大胆地、充分地吸取了民歌的优良传统，把"兮"字摆在诗歌语言的重要地位上，从而不仅增加了诗歌的音乐性，而且使诗歌的感情因素更加强烈而浓郁。

其次，神话传说在屈赋中的大量运用，为诗歌创造了瑰异的气氛，渲染出美妙的意境。但神话在屈赋里，并不是以一般"典故"的面貌出现，而是跟诗人真挚的爱国热情、崇高的政治理想，以及深邃的哲理思索，凝结成血肉相连的整体。在《离骚》里，诗人不仅使"飞廉""雷师""望舒"等神话人物供其驱遣，在"县圃""崦嵫""扶桑"等神话世界里任意翱翔，而且把"穷石宓妃""有娀佚女""有虞二姚"跟诗人自己的现实生活融为一体，思想感情互相感应，构成了一幅幅形象鲜明而又充满矛盾的生活画面，从而深刻地表现了诗人对理想世界的向往与理想幻灭的悲哀。《九歌》的主题本身就是神话的。但在诗人笔下，它既是神话，也是现实。它本是神话世界的幻象，却给人以现实生活的真实感受。"悲莫悲兮生别离，乐莫乐兮新相知"，这是在写神话中的悲欢离合，但也正是人世间悲欢离合的高度概括。在屈赋中所有一切的神话成分，无疑是楚文化的浪漫色彩在文学创作上的反映。对屈赋中的神话，班固曾讥以"非法度之政"（《离骚叙》），刘勰也刺为"诡异之辞"（《文心雕龙·辨骚》）；这就不仅否定了神话在文学史上的意义，而且无异于抹煞了屈赋的艺术特色。如果将《诗经》与屈赋相比，屈赋正是在这个问题上显示其不朽的艺术魔力。

再其次，古人评屈赋，莫不着重提出其艺术手法上善用譬喻。如王逸《离骚叙》云："依《诗》取兴，引类譬谕"；《文心雕龙·比兴》亦云："依《诗》制《骚》，讽兼比兴"。这无疑都揭示了屈赋最显著的特征。当然，在《诗经》里，譬喻早已普遍运用，但屈赋譬喻之绚烂多彩，却向前跨了一大步。王逸《离骚叙》曾谓："善鸟香草，以配忠贞；恶禽臭物，以比谗佞；灵修美人，以媲于君……"王氏之说，虽未必尽合屈赋本旨，但他强调屈赋多方发挥譬喻之妙用，这一点是正确的。尤其值得提出的是屈赋对譬喻手法的创造性。例如"隐喻"格，虽在"本体"与"喻体"之间并不使用"如""若"等譬喻词，但屈赋却常常在"本体"中使用含有双重意义的语词以照应"喻体"，或在"喻体"中使用含有双重意义的语词以照应"本体",使"本体"与"喻体"之间达到高度和谐的艺术效果。如《离骚》"本体"句中"非世俗之所服"的"服"字,义为"服行",但又利用"服"有"服佩"之义,跟"喻体"中的"结茝""纫蕙"相照应;再如"本体"句中"悔相道之不察"的"道"字,义为"道理",但又利用"道"有"道路"之义,跟"喻体"中的"回车""步马"相照应。这样的修辞艺术,在屈赋之前确实是罕见的。

屈赋的艺术特征,还表现在风格上的沉郁壮丽,如大海波涛,气象万千,形成了风格多样化的统一体。这一点,正如刘勰所说:"《骚经》《九章》,朗丽以哀志;《九歌》《九辩》,绮靡以伤情;《远游》《天问》,瑰诡而惠巧;《招魂》《大招》,耀艳而深华;《卜居》标放言之致;《渔父》寄独任之才。故能气往轹古,辞来切今,惊彩绝艳,难与并能矣。"(《文心雕龙·辨骚》)这无疑是对屈宋作品艺术风格的精辟概括。

屈原不仅是忠实于自己的祖国、自己的人民的政治家,同时也是一个忠实于文学艺术的杰出诗人。因而他才能在艺术实践中,调动各种艺术手段,为我们塑造了一个具有伟大人格而永垂不朽的诗人形象。

屈赋,既是楚文化的结晶,又是祖国文化的构成部分;既是楚国政治斗争的反映,又是屈原人格的形象体现。因此,屈赋的产生不但具有深厚的历史根源,而且两千年来,一直对我国民族情操的培育和文学艺术的发展，起着深远的影响。王逸称其"名垂罔极，永不刊灭"（《离骚叙》），刘勰称其"衣被词人，非一代也"（《文心雕龙·辨骚》），皆非过誉之词。

两千年来，不同时代的文学家，几乎没有例外地从屈原的作品中吸取艺术营养，从屈原的人格中吸取精神力量。而且除辞赋外，对诗、词、曲、剧，乃至绘画、雕塑等各个不同的领域，除艺术方法外，在题材、主题、风格，乃至意境、情调等各个不同的方面，其影响之广泛，也是历史上所罕见的。李白《江上吟》云"屈平辞赋悬日月"，杜甫《戏为六绝句》云"窃攀屈宋宜方驾"，都有力地说明了这个问题。以戏剧为例，从元代睢景臣的《屈原投江》到现代郭沫若的《屈原》，历代作者辈出；以绘画为例，从宋代李公麟的《九歌图》到现代郑振铎所辑《楚辞图》，更为丰富多彩。所有这些，都跟屈原的崇高人格与屈赋的艺术力量是分不开的。

特别是，在中国历史上，每当民族灾难深重、黑暗统治极端残酷之际，不少的志士仁人跟屈原爱国爱民、向往光明的精神往往息息相通，从而在屈原精神的激励下，为反抗黑暗、探索真理而进行不懈的斗争。千百年来，屈原沉江的五月五日，不仅成为人民纪念屈原的节日，而且抗战时期，中国文艺界曾定五月五日为"诗人节"，用以砥砺人们的民族气节。而鲁迅在跟黑暗势力作艰苦斗争的年代里，也曾以《离骚》"路漫漫其修远兮，吾将上下而求索"作为《彷徨》的题词，继承屈原探索真理的精神，不断地追求光明。

写于一九八三年春月

我与《楚辞》

我与《楚辞》结缘，是比较晚的。记得少年读书时，家塾藏书，经史子集都有一些，然无《楚辞》；老师讲课，也不及《楚辞》。其时，一位远房叔叔从曾任京官的亲戚家带回一部《楚辞》，置诸案头，对我说："这书读起来很有趣味。"但并没有引起我的注意。现在回忆起来，其书系古刊大本，纸色暗黄，有似现在传世的夫容馆《章句》本。可见当时用以教育青少年者，经史而外，只有唐诗宋词，很少涉及《楚辞》。我师事太炎先生时，先生亦未尝以《楚辞》相授。

我跟《楚辞》产生了不解之缘，是抗日战争时期；尤其是家乡沦陷、逃亡西南的年代。这也许是我的悲愤之情与屈子的思想产生了共鸣。但其时我正专攻语言文字之学，对屈赋还无暇顾及。虽有时也展卷吟咏一番，但这跟学术探讨之间，还隔着一道万里长城。

我现在体会到，对任何文化遗产的研究，是历史的，也是时代的。时代的政治，时代的思潮，时代的情趣，等等，无一不渗入学术研究领域。抗日战争时期，郭沫若、闻一多等曾掀起研屈高潮。他们都能以新的观点、方法分析屈赋，塑造屈子的伟大形象。他们的成果，曾在当时反投降、反黑暗的政治斗争中起过意想不到的影响。当时我任教于贵阳师范学院，抗日战争刚刚结束，反内战的思潮正在高涨。一次，学校要我为中文系的学生开一门《楚辞》课。出乎我之意料，开课不久，其他各系的学生也都纷纷参加旁听，挤满了教室。教室坐不下，就在窗外自带凳子，露天听课。但我自己心里明白，这并不是由于我讲课有什么魅力，而是弥漫于青年当中的时代思潮跟伟大诗人屈原的情怀有某种默契使然。而正是这种客观形势，促使我由教语言文字到教屈赋；由对屈赋的讽诵吟咏到对屈赋的钻研探索，这无疑是我在学术征途上的一个新起点。为了讲课的需要，我曾写过简要的《屈赋注》，为了理清屈赋的思路，又写过《屈赋新章句》，这些虽弃置不顾，但由于我在这以前是专攻语言文字的，故研屈的方向，仍是从语言文字入手。看来这一点还是对的。

我在研屈过程中的第一篇论文，是探讨《招魂》"些"字的来源。在当时，用民族学、民俗学研究《楚辞》的文章，我还没有见过，自认为这是开辟了屈学新路。那是一九四八年，我正任教于贵州大学中文系。贵州是少数民族聚居地区，耳濡目染，使我注意到屈赋与少数民族文化的关系，故我当时曾收集记录苗族词汇几大本。我对门宿舍的杨汉先君是苗族人，曾为调查苗族民俗走遍了西南各省。杨与我素有相当的友情。一天闲谈中，提到他在云南白苗中参加过几次招魂仪式，而其招魂词的句尾，必收以"写写"二音。此事给我以启发，经过反复探索，得出《招魂》的"些"字本为"此此"重文的结论。这篇论文，当时曾在梁漱溟先生主办的重庆"勉仁文学院"学报创刊号上发表过，可作为我研屈生活的一个纪念。后来有人说：从这篇研屈论文看，已显示出我的学术倾向，那就是重视新资料（包括出土文物）的运用，和长于语言文字为突破口。但我个人的体会是：新资料固然重要，但不与传统的旧资料相参稽，就会孤掌难鸣；以语言文字为突破口固然重要，而破门以后还有个升堂入室的问题，否则就会得其缜密，失其恢宏。文化遗产是无边的海洋，绝不可划地以自限。

但是，我的研屈生活，曾经过两次长时期的停歇。

首先是思想改造、批判二胡、肃清反革命，等等，整整十年的时间，我的研屈工作，简直是空白。直到一九六二年《高教六十条》颁布，文化思想界才出现思想松动的局面；而我的研屈论文《〈屈原列传〉新探》也于这年完成，并发表在《文史》创刊号上。接着一九六三年，我又撰写了《〈楚辞〉成书之经过》，发表在《江汉学报》上。这两篇东西，颇受海内外学术界的赞许。而且通过这两篇论文的撰写，也证明了在传统的文化海洋中，如果对旧资料能予以崭新的理解与独到的阐释，同样会得出创造性的结论。

不幸的是"文化大革命"的到来，我的研屈工作又是十年的空白。这时不仅研屈无缘，而且性命难保；尤其是严重的心脏病又恰恰在"文化大革命"的后期狠狠地折磨着我。我请假在家养病。面对那部劫余残本《楚辞》，我只能抚之以慰情，未敢展卷而畅读。这不仅因政治气氛压人，心有余悸，而且我那时的病情也确实严重，一读书，病就犯。有人说：对一门学科的研究，严密的科学思维是重要的，而浓烈的兴趣和深厚感情更是不可缺少的因素。这话是有道理的。可以这样说，"文化大革命"的十年，我与屈赋的关系，在科研上是空白，而在感情上并不是空白。它不仅填补了我在文化沙漠中的虚无空寂之感，而且在屈子抗拒邪恶的精神支持下，常常使我度过难于抵御的人生苦难。因此，从一九七六年开始，我终于带着这种感情，重理旧业，拖着久病的身躯，向研屈的道路试步前进。

记得一九七六年是全国地震警报最为频繁的一年。即在那年夏天，我带着几本《楚辞》奔向湖南武冈避震。一路上在屈子流放之地，读屈子抒愤之篇，收获之大，异乎寻常。第二年春末，由湖南回到了成都，病尚未愈，即全身心地致力于研屈。从探讨《九章》后四篇的真伪问题开始，一发而不可遏止，并于一九八四年，开始集结出版了《屈赋新探》《楚辞类稿》等书。这些书多蒙海内外学术界肯定，并对其学术风格有所论列，但时代的局限、学识的不足给著述带来的缺陷，我是有自知之明的。如果说成就，只能说我个人在屈学领域初步建立了自己的学术体系而已。至于学术风格，似乎还是看得出来的，那就是乐于"碰硬"。我这里所谓的"硬"，有几层意思：第一，是指具体的史实性问题，而非抽象的观念性问题。第二，是指屈学史上大是大非大难的问题，而非一般性问题。第三，是指学术传统上似乎已成定论的问题。我尝自笑，听说中国的武术有轻功、硬功之别。如果说，轻功是靠辗转腾挪取胜，硬功则是靠体格的实力争强。而我自己似乎是选择了后者。自然，由于自身的先天气质虚弱，这个选择未必得当；而且在史实面前，我也始终未忘却以理论为归宿，细心地续考，自能察觉。

"文化大革命"结束后，在振兴屈学的过程中，我总感到力不从心，只是有三件事给我留下了一点印象：

首先是，一九八二年端阳节在湖北秭归举行的全国性的屈学讨论会上，我作了一次有意义的大会发言，对一九五三年名为纪念屈原而实贬低屈原的极左论调，首先发难，提出了反驳（发言稿《草"宪"发微》，后收入《屈赋新探》）。我觉得，这在学术界刚刚开始解冻的当时，对促进屈学研究是很有必要的。当然，我的态度仍是以事实服人，并非只是"以理服人"而已。

其次是，一九八四年端阳节在成都召开了一次屈原问题讨论会，目的是评论"屈原否定论"的是非得失，即对当时国内外所吹起的那股意图把屈原从中国历史上抹掉的不正之风，进行实事求是的探讨与评议。我在大会的前夕，曾在《求索》杂志上发表了《〈离骚〉决不是刘安的作品》一文（后收入《楚辞类稿》），有针对性地驳斥了何天行的谬论。当年何天行是胡适的门人，而胡适那时曾认为，在对古代文化遗产的探讨中，"宁疑古而失之，不可信古而失之"；但我今天则认为，在证据不足的情况下，"与其过而弃之，不如过而存之"。我也知道胡氏的话是有为而发，并非无的放矢，但在古文物大量出土的今天，已不断地证明了对待古代文史遗产的态度还是谨慎一点的好。

再其次是，我在一九九二年出版的"中国屈原学会"的会刊《楚辞研究》第2辑的《前言》中，曾提出了这样一个论点："科学研究必须创新。""但求新并不是目的，求新的目的在于求真。""所谓真，是指历史的本来面貌和事物的客观规律。"这话的起因，是由近些年来屈学研究中出现的"主观臆测，标新立异"之风而引发的。我觉得这对纠正学风来说，是及时的，有益的。

《我与楚辞》是友人征稿的题目，在这个题目下做文章，至此应当收场了。但由于我的一些特殊情况，如果就此搁笔，则显然是一份不及格的答卷。这就不得不使我画蛇添足，增加几句多余的话。

我主持"中国屈原学会"已十多年,循规蹈矩,不事开拓,未能为屈学留下什么轰轰烈烈的业绩,很感惭愧!今年我已八十有八矣,才力既绌,精力尤差,尸位素餐,于心难忍,引退之志,坚如铁石。自从第三届年会以来,我一直寄希望于换届改选,举贤自代,而由于种种客观原因,始终未能如愿以偿。但长期以来,我所想象的最理想的领导班子的模样,却梦寐未曾忘怀。那就是:选贤举能,扩大阵营。理事会的规模应比原来扩大一倍,凡对《楚辞》研究卓有成就的代表人才,皆当入选(包括现尚未办入会手续者);在此基础上产生的正副会长,起码在五人以上。凡屈学界有学识、有德望、有才干的头面人物,不管是前辈或新秀,不问是什么学术派别,不论是什么学术个性,皆可入选。此外,年老体衰的屈学耆宿,一概聘为顾问,不限人数。一句话,打破门户之见,面向五湖四海。在群策群力之下,屈学的发展就会大有希望。至于会风,我认为只要不违背科学原则和学术道德,要让会员们不拘一格,各展所长,百派争流,自由驰骋,绝不搞清一色的样板。以上所论,皆系刍荛之言,仅供下届年会之采撷焉。

一九九七年一月六日于渊研楼

治学曝言

由于人们所研究的学科不同,所用的方法和所取得的经验体会,也往往因之而异。当然,有些原则性的问题也可能是"放之四海而皆准"的,即使是自然科学和社会科学之间,仍然有其相通之处。但是,由于人们的治学经历或性格爱好各异,还是会带有个人的不同特色和个人独有的甘苦。这一点,也许对人们仍有参考意义。这就是我不揣浅陋、准备唠叨几句的原因。

我是喜欢搞点中国古代文学和中国古代语言文字学的,而且囿于见闻,所知有限。因此,讲起话来,可能带有极大的片面性。但"田夫献曝",取其动机可耳。

(一)

语言文字之学,固然跟文史一样,已是一门独立的学科，但它又是一切文史遗产共同的记载工具。我对文字、声韵、训诂，不过是一知半解，但即使如此，它已使我在治学过程中尝到了一些甜头。我的粗浅体会是：即使把语言文字作为一种独立学科，而它的本身就蕴藏着祖国几千年来无限丰富的文化积淀。从语言文字本身的结构中，往往可以发掘出许多有关文史的宝贵资料。在这一点上，前人已有所接触，但还有待于开拓。至于把语言文字作为记载文史的工具来看，则不通过对它的深刻理解，也就无法读通几千年来的文史典籍；不仅如此，作为文史研究者来说，往往会因语言文字上的新理解，带来文史理论上的新突破。尤其对古代文学作品的研讨，更是如此。因为"文学是语言艺术"，而中国的文学遗产，则是根据中国语言文字独有的特征而创造出来的。如果不掌握中国语言文字独有的历史特征，就无法深入探索和评价中国文学遗产的诸多艺术现象，也无法做出深层次的剖析和得出创造性的结论。

也许有人认为，研究先秦两汉的典籍，语言文字之学自然是不可缺少的；而读唐宋以下的书，似乎无此必要。但事实并非如此。语言文字作为人类的交际工具，由于时地不同，从来也没有停止过发展变化。我们今天读唐诗、宋词、元曲与明清小说，又何尝没有语言文字上的障碍。先秦两汉的典籍，固然有其独特的时代色彩，而诗、词、曲等，也同样有其独特的时代色彩，而为今人所不易理解。

因而，作为语言文字这门学科，早已随着时代的不同而开拓出新的领域。如张相、蒋礼鸿、郭在贻诸同志的著述，对人们研究唐宋以下的作品，就提供了不少方便，解决了不少疑难，对治学大有裨益。

道理很简单，从古代遗留下的大批文史遗产来讲，语言文字是"运载工具"，因而就我们研究古代文史遗产者来讲，则语言文字就成了不得不首先选择的"突破口"。当然，除专业的语言文字学家外，我在这里称它为"突破口"，显然认为它还不是"目的地"。但在这个问题上，我们学术史上是有不少历史教训的。如汉学家长于文字训诂，而短于微言大义，故常常陷于烦琐；宋学家则长于微言大义，而短于文字训诂，故又常常陷于空疏。宋儒以理学家的程、朱为代表，鄙文字训诂为枝叶，尊经典义理为精髓。结果往往在文字训释上闹出不少笑话，而所谓义理，也就成了无源之水，离题万里。这不能不说是历史性的教训。

庄子有句名言："筌者所以在鱼，得鱼而忘筌。"如果把语言文字比做"筌"，把微言大义比做"鱼"，我认为作为治学过程，"得鱼而忘筌"，未尝不可；但是，不首先通过"筌"，则两手空空，又怎能得"鱼"呢？当然，治学各有所专，治语言文字者，不必专攻文史；治文史者，不一定专攻语言文字。但从不同学科应当互相渗透、相辅相成的角度看问题，则那种过于向"两极分化"的现象，对学术发展是没有好处的。而且，这种流弊也许早已被人们所发觉，并引起了人们的注意。

（二）

真理是在不断地发展，同样，任何学科也是在不断地完善和进步。我们研究文史这一行的，也毫不例外。因此，搞文史研究，在继承前人给我们留下的成绩之外，求"新"，这是大势所趋，谁也阻止不了。如果老是在前人的圈子里"原地踏步"，则这门学问就会得不到发展，以至陷于枯竭。

我在这里所谓的求"新"，不外：第一，在原有的问题之外，提出了新的问题；第二，在原有的结论之外，得出了新的结论。亦即在学术上有所发现，有所发明，有所创造。从近十年来的学术潮流来看，在求"新"方面，确实取得了巨大的成绩。这是学术界思想大解放的标志，是政治上的改革开放在学术领域的强烈反映，我们必须予以充分肯定。

但是，我要指出的是：学术上的求"新"，并不是目的；求"新"的目的，在于求"真"。所谓"真"，首先是指符合或接近历史的本来面貌。如果不以求"真"为目的，则不管结论如何新奇，也只是空中楼阁，对学术的发展并无好处。在中国学术史上，不乏里程碑式的论著，如章太炎、王国维、陈寅恪等学术大师的某些观点，固然是以"新"见称，但更重要是在于它的"真"。而学术史上那些只"新"不"真"的学说，是经不起历史考验的。如康有为的《新学伪经考》，在推动他的"维新"运动方面，也许起了一定作用。但"新"则"新"矣，并不符合历史事实，故盛行了一时之后，终于消歇。又如何天行的《楚辞作于汉代考》，"新"则"新"矣，却并不"真"，其不为人们所接受也是很自然的。因为这些论著新奇有余，而严肃不足。

其次，所谓求"真"，又是指的对真理有所丰富，有所发展。而所谓真理，我认为就是指的事物发展的客观规律。事物不分大小，都有它的发展规律，而学术研究的目的，也就在于求得事物的发展规律，以推动社会的不断前进。由于前人的某些结论，往往不一定是真理之所在，也绝不会是真理的终结。因此，在学术研究上就会出现与旧说不同的新观点。我认为，只要是以求"真"为目的，而不是用求"新"以自炫，则这些新观点的出现，纵然会有些惊世骇俗，而被人们所不能接受，乃至斥之为"标新立异""奇谈怪论"等等，那也无妨。古今中外，有不少科学界的先驱者，他们所做出的新结论，不是往往被旧势力所打击或扼杀吗？但我们相信，只要是以求"真"为目的而所得到的"新"结论，又跟事物的客观规律相符合，则他们的学说，最后总会胜利的。

还应当注意的是："新"不过是"真"的形式，而且不是唯一的形式。因为求"新"的目的既然在于求"真",则那些符合历史真实和事物规律的结论,即使是旧了一点,仍然有它顽强的生命力。因而,新的论点未必皆"真",而"真"的结论又往往以旧的形式出现,是旧传统中的精华。对此,我们应当辩证地对待。

我曾经对学生说过:"我在学术上并没有什么成就,只不过对探索历史的本来面貌,做了一点微不足道的工作。"又曾说过:"一个人做学问,要能在人类真理的长河中添上一滴水,或者是半滴水也可以。"现在回想起来,这些话似乎很谦虚,实际上未免有点自大。因为求"新"并不难,至于求"真",则谈何容易。在这方面,我只有不断地努力,虚心向前辈和同行们学习。

(三)

人们常常把"精通"作为治学的要求,而在这里,我准备把它缩小到写论文或写专著的范围之内来谈谈;其次,"精通"本来是一个完整的概念,而我在这里,又准备把它们分割开来讲讲。即在著书立说之时,我认为既要求其"通",更要求其"精"。我的意思,所谓"通",即通常所谓"持之有故,言之成理"。而所谓"精",则是指的阐述、剖析缜密精确。也就是说,文章的最佳境界,应当在"高度""广度""深度"之外,还要加上个"精度"。正如一架复杂的机器一样,如果整体结构的精密度不够,就会影响正常运转,失掉应有的效力。

所谓"精",当然首先要求在论点上做到缜密精确,无懈可击;其次是要求在表达手段上做到缜密精确,天衣无缝。而人们往往重视论点的"精",而忽视手段的"精"。殊不知手段的粗疏,往往会对论点的确立带来不良的后果。

在材料的搜集方面,有的学者要求"竭泽而渔",这无疑是极端正确的;因为没有丰富的资料,就很难得出正确的结论。但对资料的搜集要"齐",而对资料的运用则要"精"。即必须下一番去伪存真、去粗存精的功夫。因而,把伪书当真书用,把误句当正句用,以及不限时地拈来就用,等等,自然谈不上"精";即使对待正确的材料,若不肯在剪裁、提炼和融会贯通上下点苦功夫,同样达不到"精"的目的。当然,在建立一个前所未有的新论点时,为了加强说服力,材料不妨多摆几条,但也绝不能兼收并蓄,搞成了"獭祭鱼"。

在这个过程中,如果发现跟自己已得的结论互相矛盾的资料,哪怕是一条,或一句一字,也绝不能轻易放过。必须紧紧抓住,深入钻研,直到彻底解决为止;如果解决不了,只有放弃论点,尊重资料。但我个人的体会,往往正是在解决这种矛盾时,使自己的论点不断深化,并取得意想不到的新收获,增加了文章的精度。

在进行论证时,对论点的阐发,自然要由远及近,由浅入深,步步涉营,环环扣紧,充分发挥逻辑论证的威力。在材料充足的情况下,要尽量让材料本身讲话;而一般则是在材料之外,也要有作者的推理。但材料与推理之间的比重,要恰到好处。如果材料的比重太小,而推理的跨度又太大,那无疑会影响文章的精度。

有的同志认为我善于运用地下出土的新资料,故能得出前所未有的新结论。其实,这一点我做得并不理想。但我对此却有一点粗浅的体会:即新资料固然会给人们以新的启发,从而得出新的结论,而如果没有旧典籍的互相印证,则新资料就会"孤掌难鸣",难于发生作用。而且对前人所习见的旧典籍,由于我们采取的角度不同,或对字句的解释有异,同样可以取得论点上的新突破。不过这一切,如果不从"精"字上下功夫,只是浮光掠影,则不管材料的新旧,都是无济于事的。

最后,我还有一点个人甘苦,供同志们参考:那就是专著也好,论文也好,写成之后,自己必须细心修改。一挥而就,"文不加点",是不妥当的。不过在自我修改的过程中,要做到精益求精,是不容易的;而严格的自我审阅,是首先要做到的。对此,最好先把稿子放一段时间,把脑筋冷一冷,再用第三者的眼光,跟自己作品保持一定的距离,较客观地进行阅读,这样可能更易于发现问题。亦即在写稿时,要能钻进去;在阅稿时,要能跳出来。在写稿时,要"深信不疑",在阅稿时,要"吹毛求疵",甚至要把自己放到论敌的位置上,从鸡蛋里挑骨头,越"苛刻"越好。如果带着"自我欣赏"的情调审阅修改,那效果肯定是不会好的。

一九八九年四月清明节

自述治学之甘苦

古今不少读书人，晚年多自述治学之经过，对后学启迪良多，谫陋如我，何敢言此。但回顾一生治学历程，虽无经验可言，或有教训可取。哪怕是弯路，亦欲如实记录，留下几痕足迹。

我一生治学是多变的。这不仅表现在由博返约，到以约驭博，也表现在由旧而新，到以新促旧。我在专业上，开始是泛览经史百家，到专治声韵文字；后来又由声韵文字，回过来致力于《楚辞》，并通过《楚辞》以窥百家之要旨，故曰"以约驭博"。这中间，在北京求学时，我曾大量吸取新学说；在建国初期，又曾尽力探讨新文学。如果说这些都是弯路，也可以。但我个人的感受是：对每个新领域的开拓，都加强了我对旧知识的深化；对每个旧课题的重提，又都在新观念中获得了鲜活的血液。我总觉得，我的思考力始终比较活跃，没有趋向僵化，这也许正是我治学多变的结果。例如我原先曾跟太炎先生学习传统的声韵学，后来我又致力于现代语音学的研讨。接着我又转而以现代语音学原理来梳理传统声韵学，竟有左右逢源之妙；尤其对章先生有关音理的艰深论点，颇能得其奥秘而悟其神诣，我以为此即所谓"以新促旧"。

我幼年读书，以博览为贵，只会接受知识，不懂思考问题。自从就学章门，受教于太炎先生，又读先生所著书，无形中养成我"追根究底"的治学态度。在学习中，不再只是接受前人学说，而是更注意思考问题的究竟。对种种学术问题，绝不满足于知其当然，而更要追求其所以然；并不满足于"是什么？"总要问个"为什么？"尤其对那些前人难于解决的重大问题，我并没有"知难而退"，而是"深入虎穴"，直到得出自己满意的结论为止。在这方面，我一贯有些拗执的积习；但对这积习，我却至今没有悔改之意。

我认为，做学问是一种创造性的劳动，没有创见，绝不动笔。我经常强调：一个做学问的人，要在自己本学科中，能解决几个历史性的重大问题，才算是对学术有所贡献；否则，陈言旧说，连篇累牍，即便留下几十本皇皇巨著，也是没有意义的。而且即使是自己的创见，应当写成札记的，绝不拉成论文；应当写成论文的，绝不铺张成专著。这也许是我继承了章氏学派最突出的优良传统。因为太炎先生曾说：

> 若学术无心得，惟侈博闻，文艺无特长，惟随他律，技巧无新法，惟率成规，虽尽天下之能事得尽有之，犹是他人所有，非吾所独有也。

我一生之所以能在治学道路上留下点滴痕迹，完全是得力于先生的箴言。

我的治学由盲从到独创，固然是一步合理的跃进，但由独创到善于虚心接受学术检验，更是一个做学问者所必需的而且更有意义的科学态度。

二十岁以前，我大量地泛览古籍，这是必要的；但从某种意义上讲，应当说是盲从。记得鲁迅曾说：中国人的习惯，只要向来如此，便是对的。我在青年时的习惯，只要大家都如此说，便是对的。但这对学术研究，乃是大忌。

我的体会所谓独创，其契机不外二端：即求诸事实与求诸道理。凡对传统的说法，或大家异口同声的结论，都要问个"为什么？"如果在道理上讲不通，或与事实不符合，就要动动脑筋。至于我个人的治学经验，多半是由于跟事实不符，方引起我的独立思考，然后乃至论证理论的是非。故我的某些文章往往是力求于小中见大，于果中求因，于现象中探规律。这比先有理论框架，再寻事实根据，要可靠得多，我的《〈说文〉歧读考源》《语言起源之商榷》《〈屈原列传〉理惑》《〈楚辞〉成书之经过》《从屈赋看古代神话之演变》等，都涉及学术上的重大理论问题或重大史实问题。但我总是通过上述的思想渠道与探讨过程来进行的。

文字之初，并非语言符号。这是一九四四年夏，我在西山书院讲学时提出的，主要是根据《说文》所记录的初文多"歧读"的现象而作出上述结论。上述论点的提出，主要是为了纠正沿用了两千多年而且传遍了全世界的亚里士多德的定义。即他认为："文字是记录口语的符号。"而且在二十世纪现代语言学奠基者索绪尔的经典著作《普通语言学教程》中又进一步强化了这个定义。而我的治学态度，则是面对谬说勇开顶风船。故在《〈说文〉歧读考源》中我明确提出："语言与文字，应皆为直接表达社会现实与意识形态者，并非文字出现之初即为语言之符号。""文字只是在社会现实与意识形态的基础上产生出来的，而不是在语言的基础上产生出来的"，亦即文字之产生并非记录语言的符号。

没有想到，最近竟有人对我说："你的学说胜利了。"因为人们又发现索绪尔的学说中，并没有否定"语言是表意符号"这一概念。他承认"有两种文字的体系"：一个是"表意体系，如汉字"；一个是"表音体系，如西方文字"，且郑重声明他的研究范围"只限于表音体系"。不过我认为旧的盲从已破，不要又形成新的盲从。我的学说虽已经得起学术检验，但我对索绪尔的说法，仍不能全盘接受。因为这不仅由于他提出了所谓"文字唯一存在的理由，是在于表现语言"这一违反科学的定义，而且他的所谓"两种文字体系"的说法也是不科学的。他应知道，从文字发展史来看，全世界无论哪个体系的文字，其开始都是"表意的"，而不是"表音的"；只有一个体系，没有"两个体系"。形成"两个体系"，是后来的演变，而不是事物的本源。故我常说在接受学术检验时，脑筋要清醒。以上就是我的一点粗浅体会。

接受学术检验，还要有耐心，往往几个世纪得不到科学印证的学术结论，也是常见的。如我在一九四七年写的《古语偏举释例》一文，我从"手势语"转化为"口头语"的演化痕迹着眼，把古语遗留下的"偏举"现象，认为是远古手、口并用时期所留下的语言遗痕。其中有"表动""表数""表色""肯定与否定"诸例。对"肯定与否定"一例，我认为古人的"否定词"，往往是口头上只用一个"肯定词"，其否定之义，则用手势姿态代之。此一例，较之前几例，问题较为复杂，我虽举了不少词例作证，但始终于心不安，留待学术检验的心情是非常迫切的。不料一直拖到半个世纪的今天，偶读一九九一年新版林惠祥的《文化人类学》353页载：有些古老民族有所谓"拟势语"，与一般语言不同。如"疑问句，是先作肯定语，然后用疑问的态度表示它"。这一客观事实跟我的结论完全相符。可见，一种学术理论的初步建立，一直到取得历史的检验与印证，是个长期的历史进程，急功近利，是不切实际的。如我的《语言起源之商榷》，早已发表于一九四八年。但由于跟索绪尔、威尔逊等西方语言学家认为人类语言与概念之间的关系是"任意的""习惯化"等学术观点相违背，在"文化大革命"中也曾遭到批判，并加以"反革命"罪名。而且至今全世界语言学界还没有人敢接触这一棘手的问题。有人说"目的论"的解释，不久将在生物学中复兴。我深望将来语言起源问题能见到真理的光辉。

当然，所谓学术检验也有立即出现的。我的某些学术论点，一提出来就被学术界所认同的，也有不少实例。如一九六二年写的《〈屈原列传〉理惑》、一九六三年写的《〈楚辞〉成书之探索》，当时学术界就视为定论，辗转引用；直到现在，且由国内扩展到国外。作为某种学说的提出者来讲，这也可以说是学术上的检验，但我并不满足于上述这些现象。我是多么希望杨恽还没有予以传布以前的《史记》原写本的偶然出土；我又多么希望刘向亲手编纂的《楚辞》原写本的偶然出土。只有到那时，我才会心安理得地接受学术界对拙作的认同。

我上述的希望也并不是渺茫的幻想，例如我向来反对以《离骚》为汉刘安所作的谬说，不料后来阜阳出土汉简《离骚》残句，证明《离骚》乃先刘安写《离骚传》而存在，谬说不攻自破。又记得我那篇《释"温蠖"》，用以探讨西汉《楚辞》的两种版本系统，是很有意义的。但我对《渔父》

中"温蠖"一词的破译，认为实即"混污"的同音借字，扫清了二〇〇〇年来的迷雾。而对古人借"蠖"为"污"，我只有间接的论据，没有直接的例字。这是否能经得起历史的检验，未免惴惴于怀。而近来江陵张家山出土汉简《引书》谈导引之术，有云："信（伸）胻、讪（屈）指三十，曰尺污。"此处"尺污"，释者皆确认为实即"尺蠖"。尺蠖乃虫名，以体之屈伸而前进。故《易·系辞》有"尺蠖之屈，以求伸也"之语。《引书》盖谓人练功时屈伸脚胫，有似于"尺蠖"之屈伸，因以名之。可证汉人《引书》写"尺蠖"为"尺污"，亦犹汉人传本《渔父》写"混污"为"温蠖"耳。"污""蠖"互借之说，终于取得了历史的检验。

所谓经得起历史的检验，有时还表现为自己所建立的理论观点，又可以用以解释其他历史现象，破译其他文化哑谜。例如我对屈赋中诸多神话现象，曾提出"神话演变多以语言因素为其媒介"之说，并发表了几篇论文。后来又发现山东曲阜出土之汉画像石，除月中有一兔一蟾之外，日中又有一乌一狐；山东临沂白庄出土之汉画像石，亦如此。又河西武威磨咀子汉墓出土之铭旌，亦如此。说者对蟾、兔同居月中，早有所知，而对乌、狐同居日中，则百思不得其解。其实，蟾蜍与兔，乃蜍与兔同音（皆在古韵鱼部）之幻变；而乌之与狐，实亦同音（皆在古韵鱼部）之幻变。推而广之，山东大汶口出土之汉墓画石，又以猴子代表太阳，与以蟾蜍代表月亮并列。说者尤其迷惘不解。

234

其实，鸟之幻变为狐，既因鸟、狐古韵同部，则狐之又转变为猴，则因古韵鱼部与猴部旁转耳，不足为奇。由于特异之神话演变的不断出现，又多可以用自己所提出的理论作解释，这也正是历史检验的另一种形式。

我的学术个性是很强的，但正因如此，我也非常尊重别人的学术个性。以为各擅所长，各呈特色，才有利于学术事业的繁荣昌盛。故我自主持"中国屈原学会"以来，已十余年，在学术问题上，我从不把个人的学术结论和治学方法强加于人，反对"定于一尊"。

以上所言，乃我一生治学之经过与甘苦。也许是我在治学问题上所走的弯路，不足为训。但既属个人甘苦，仍然把它记下来。是非得失，多望评骘。

写于一九九五年六月初旬
时年八十有六

自述治学之经过[1]

记得太炎先生晚年，曾写下一篇《自述治学之经过》，对后学启迪良多，谫陋如我，何敢言此。但又记得，我在报考太炎先生主讲的"章氏国学讲习会"时，先生出的试题，也是《自述治学之经过》。严格地讲，我当时还不知"治学"为何事，颇感为难，后来还是硬着头皮写了一篇。现在回忆起来，才懂得此题"识大识小"，各言其事，并不受水平限制。今天我又以八十高龄来写这一题目，内容自与那时的答卷不同。但纵览生平，经历坎坷颇多，治学道路，也毫不例外。因此，本文所记内容，虽无经验可言，或有教训可取。哪怕是弯路、歧路、邪路，也只有如实记下，以供读者评骘。至于个人回顾过去，而于弯路、歧路、邪路的夹缝中，略有所得，也直抒胸臆，不以鄙陋为嫌，希读者谅之。

---

[1] 原载《中国文化》2016年秋季号。

（一）少年时代

我小学毕业之后，由于父亲是读老书的秀才，思想比较保守，在村中成立家塾，并聘满清拔贡张玉堂老先生为我们的塾师。老先生学问渊博，在远近极有声望。我们开始读的是"四书"、《诗经》、《书经》、《易经》及《古文观止》、《唐诗别裁集》之类；后来又读"三礼""三传"等。老先生对我们只有三条要求，即背诵、讲解、作诗文。当时我对老师讲书的内容，并不很懂，而对背诵则是很认真的。因老先生规定，每一本书必须从头到尾一次背完，才算完成任务；而且背诵时老师还要从中间任提一句，叫你接背下去。为了达到老师的严格要求，我总是灯下读书至深夜，由于怕打瞌睡，经常高高地坐在被盖卷上诵读，少有睡意，即会倒滚下来。因为身体很弱，父亲命我每晚练"八段锦"，但我则边练功，边背书。有一段时间，我每次练功，都要把一部《易经》背完，才算结束。前人所谓"读死书"，大概即指此而言。

我少年时的求知欲很强，虽家塾尽读旧书，但我见到物理、地质、地理以及父亲藏书中的《天演论》《饮冰室文集》等新书，也很感兴趣，并向我二哥学习英语等等。尤其我对老师所安排的"四书"、"五经"、《古文观止》、《唐诗别裁集》等感到很不满足，常常不经老师允许，不经父亲同意，就直接写信到上海邮购书籍。记得先后购置有《百子全书》《皇清经解》《二十四史》《汉魏六朝百三名家集》《金石粹编》《三希堂法帖》等等。因此，当时僻处穷壤的我，竟成了上海的扫叶山房、商务印书馆、中华书局、有正书局的老主顾。因为张玉堂老先生思想较开通，总是用"开卷有益"这句老话来教导我们，故回忆起来，我少年时代的将近十年间，确曾杂乱地读了不少书。但实际上，当时并没有什么心得，只不过是为满足自己的求知欲和炽烈的好奇心而已。

（二）北京求学时代

从一九二九年父亲去世之后，我的交往渐多，见闻渐广，对于学术界的情况，亦渐有所知，如聊城的藏书家杨以增、曲阜的经学家孔广森、栖霞的小学家郝懿行、潍县的金石家陈介祺等乡先贤，尤所钦慕。时邻村姜忠奎君，游学北京，为元史名家胶县柯劭忞的学生，参加过《清史稿》的编写工作，后任山东大学教授；又邻村许维遹君，时正就读于北京大学，在刘文典的指导下，专治《吕氏春秋》。他们的学术事业，都给我以极大的诱惑。如果说，这以前我读书的目的不过是求多好奇，那么，这以后竟不自量力，在乡邻前辈的启迪下，开始有了从事学术研究之志。

在"九一八"事变那年的暑假，我只身走北京，补习了一段时间的中学课程以后，考入了民国学院的新闻专修科。这时，学生界的抗日高潮蓬勃发展，新思想也以排山倒海之势流行于学生之间。我当时以装满了旧书的脑子，骤然接触了新思潮，究竟是走新路，还是走老路？在思想上确实发生了激烈斗争。因此，我在北京读书阶段，思想非常苦闷。我一方面手不释卷地钻研古书，一方面又阅读一些有关马列主义的新书，并曾为此吃过一次"闷头官司"——被关押了两天才得释放。我当时的癖性，最喜欢跟前辈的名流学者相往还。在我常常接触的人物中，旧学者有吴承仕、余嘉锡、马叙伦、孙人和等先生，甚至还跟张政烺君造访过清代宿儒王树枏老先生。新学者，除喜欢听取张友渔、萨空了等先生的课程外，还曾突破重重困难到中国大学听鲁迅先生的讲演。但总的倾向，我这时旧的学术思想是极浓的。我不仅瞻仰过不少旧学名流的风采，也领略了一些新派知名学者的治学之道，而当时钻研《杨子法言》的动机，正是欲将个人对治学的体会付诸实践，以增进学识、证验是非，并提高独立的科研能力。从方法上讲，仍是走的版本校勘、文字训诂的老路。

（三）游学苏州时代

"毕业即失业"，这是当时读书人的生活规律。

一九三五年我大学毕业之后，虽年已二十五岁，只得赋闲家居。一天读《大公报》，见到章太炎先生在苏州创办"章氏国学讲习会"的招生"启事"，我立即赴苏州报考该会的"研究班"。考题是"自述治学之经过"，我在文中曾简略地谈到在北京时校注《杨子法言》的情况，并对汪荣宝的《法言义疏》提出一些意见。不料这份试卷竟受太炎先生赞赏，其中补正汪说的部分，被刊载于当时先生主编的《制言》杂志上。但这时我已经体会到章先生的学术思想，已不同于乾嘉学派着重于单词孤义的疏释，而是更潜心于典章制度与历史规律的探索。我的那篇《古等呼说》，就是对此所作的初步尝试，先生亦颇首肯。自是，我与先生的关系日益亲密，而我对先生的态度日益恭谨，质疑问难接触频繁，先生诲我谆谆之至情，至今犹历历在目。先生经常教导我说："没有坚实证据，决不立说；没有独特见解，决不行文。"从这时起，先生的教导成了我终生谨守不渝的戒律。

先生的弟子，先后任教于南北高等学校者，多为一时著名学者；而先生自己则从未就任大学教席，只是以个人讲学的形式，招收门徒。从早年在日本到归国后居上海，就办了多次讲学会。而晚年移居苏州时，苏州的"章氏国学讲习会"就宣告成立。这时日寇内侵，人心不振，故先生讲学的宗旨，力主：以祖国的灿烂文化，激发人民的爱国热忱。谈到先生的爱国思想，不仅源远流长，而且是随着时代的发展而有所前进。它开始是起源于《春秋》的

"尊夏攘夷"，后来发展为辛亥革命时期的民主爱国主义；"九一八"以后，他的爱国主义已经汇入了全民抗战的洪流里去了。这时先生的许多爱国行动与言论，对我的影响教育是极其深刻的。我一生在行谊上或学术上的一点爱国主义倾向，所得于先生的言传身教者至巨。

先生讲学，纵横驰骋，妙解层出，评骘前人，尤中肯綮。讲《说文》，对一点一划的新解释，往往涉及中国文字发展的体系；讲《尚书》，对一字一句的新突破，往往改变着人们对古史演进的认识。世人喜称先生为乾嘉学派，其实，无论是学术思想，还是治学方法，先生都带有鲜明的时代特色，开时代的先风。在先生的及门弟子中，对先生的学术，或"得其一体"，或"具体而微"，要全面继承是不可能的。我在当时，是集中精力学习先生的文字、声韵、训诂之学，已感步趋维艰，力有不逮。这一时期，我已由北京时代新旧兼习，转而专攻中国古文化，尤其是小学。而在治学方法上，则深受章先生的影响。

一九三六年六月十四日，先生因病逝世。遵遗嘱，"章氏国学讲习会"由及门弟子长期办下去。其时被聘任教者，皆师门一时之彦。而我本人则以浅陋之资，滥竽"声韵学""文字学"讲席。我在课余之暇，仍潜心撰述。因《广韵》传本多误，撰写《广韵订补》四卷；又仿先生《新方言》完成《齐东野语》十卷；并取法陈兰甫《切韵考外篇》，撰《经典释文音切考》六卷；为便于课堂讲授，撰《说文疏义》

五卷；因董作宾纪杨雄年代多误，撰《杨子云年谱》三卷。单篇论文则有《释四》《〈法言〉版本源流考》等。这是我苏州时期在学术上的一些收获，也体现了当时我在治学方面，已逐渐放开眼界，并由文字声韵之学而注意到对学术源流的探讨，《杨子云年谱》是其标志。

（四）抗战时期

一九三七年暑假，我返山东故乡探亲，而"七七事变"爆发。在这段颠沛流离的困境中，我曾以极大的毅力，为了弄清外族入侵的历史教训，阅读了魏晋南北朝诸史料，起草了《五胡十六国纪年史》初稿十卷，及《史通校释》初稿一部；并对章先生的古韵学说下了一番苦功，写成了《中国古韵论证》三卷。章先生平生仰慕顾炎武之为人为学，对其经世致用之学，尤恪守不移。这与乾嘉学派为学术而学术的风气，迥然不同。我在抗日战乱中，对先生的经世思想与民族意识理解渐深，我的《五胡十六国纪年史》即由此而作。其次，我在苏州时对章先生的古韵学说仅知其梗概，而这时由于从事科学的语音原理的钻研，故对章先生古韵学的精髓之处，有更进一步的领悟，故撰《中国古韵学论证》。

到大后方，我曾任教中国著名墨学专家伍非百先生主办之"西山书院"。其时主讲席者，前有著名学者蒙文通、徐澄宇等，后有史学名流李源澄等。李乃章门好友，其先为廖氏季平学派，后就学于太炎先生之门。这时他已由经学入史学，勤于著述，尤多创见。而我亦因生活渐渐安定，一面讲学，一面重新攻读《说文》，并写有《〈说文〉歧读考源》，以纠正语言学界认为"文字一开始就是记录语言的"这一偏颇。至于我的主攻方向，则是突破"语源"问题，为此收集了大量资料，并撰《语言分系表说》作为著述的提纲。我深知这是世界性的难题，而竟乐此不倦。这种在学术上追根究柢的态度和倔强的学术个性，至今不衰。

（五）内战时期

一九四五年抗战胜利，我亦不欲久羁西山，乃应国立贵阳师范学院之聘，于一九四六年春，又作贵阳之行。由于八年抗战期间，贵阳乃大后方文化中心之一，这时学术空气，生活环境，仍比较理想。著名文学史家谢六逸去世之后，著名诸子学家王驾吾继任贵阳师范学院中文系主任，同门姚奠中也任教于贵师，相逢甚欢，颇有切磋之乐。次年，我又受国立贵州大学中文系之聘，仍兼课于贵师。贵州大学地处花溪，乃贵阳名胜之区，遨游其间，确有心旷神怡之感。加之学术界朋友亦多，其中黄门高足张汝舟君亦任教其间，他对文、史、哲皆有极深造诣，后来对中国古历法有独树一帜之见。我们经常以学术相砥砺，友情往来，甚相得。我这时奔走于两校之间，任课甚忙，计开有"文字学"、"声韵学"、《楚辞》、《史通》等，除写下各课讲义外，又撰有《说文声训要义》九卷，不同意刘熙《释名》以同音附会字义之说；《古韵学精义》三卷，着重从音理上解释阴、阳、入三声通转之因。此外，又写有学术论文《驳林语堂"古音已遗失的声母"》，反对林氏禅纽二等转喻纽三等之说；《语言起源之新商榷》，发凡起例，建立了语言起源的新体系；《古声纽合并问题的再探讨》对前人所谓"古有重唇无轻唇"等学说提出质疑；又撰《〈楚辞〉"些"字与苗民祝语之研究》，欲从民俗学角度解屈赋用"些"的千古之谜，此因身居贵阳，在对兄弟民族语言调查中，受到了启发。

但在这里必须特别提到的是：早在八年抗战的民族危机中，我对《楚辞》就已发生了浓烈的兴趣，在研读上下了不少功夫。这时除了为诸生讲《楚辞》课以外，并写有《楚辞新章句》初稿，对有关作品章节的分合问题，提出了自己的看法；还写有《〈楚辞〉"些"字与苗民祝语之研究》等论文。所以我这时的学术兴趣已孕育着新的转折，即由语言文字之学向由研究古典文学名著《楚辞》而成之学（"楚辞学"）发展；而我原来所致力的声韵、文字、训诂等等，又恰恰为《楚辞》研究开辟了道路，起着相辅相成的作用，使我在古典文学研究中能提出一些新的论点。

抗战胜利后不久,内战开始。此时,由于通货膨胀,民生困苦。尤其教育界"反饥饿"运动,澎湃发展。当时所谓"国立"大学,每月工资几十倍地增加,而生活水平却几百倍地降落,至于"私立"学校,则当时多以米代薪,反能勉强糊口。即在一九四九年夏,原"西山书院"院长伍非百君,正在筹建"川北文学院"。来函相招,聘我为该院中文系主任,这就是我由贵阳重返四川的经过。

(六)新中国成立以来

一九四九年冬,四川解放,我的新生活也开始了。作为在故纸堆里埋了大半生的我,面对陌生的现实,不得不有意识地加强学习,参加各种政治运动,并研讨新的文艺理论,乃至以种种复杂原因使我于讲授语言学之外并讲授现代文学等。但这一切,确实使我开拓了胸襟,扩大了视野,对我此后语言文字的研究、古典文学的探讨,都增加了新的活力,开辟了新的境界。当时有的友人误传我已"改行"。其实这对我的治学来讲,只能说是开拓和加深,而绝非"改行"。

至一九六二年前后,《高教六十条》颁布后,学术界空气略为活跃,我才开始写酝酿已久的有关《楚辞》的论文。

除了写定草于一九五三年世界和平理事会纪念屈原活动期间的《草"宪"发微》外，又在《文史》创刊号上发表了《〈屈原列传〉新探》，并在《江汉学报》上发表了《〈楚辞〉编纂者及其成书年代的探索》等。这些论文发表之后，曾在学术界引起很大反响。姜亮夫君，虽是同门，却从未谋面，而他读到《〈屈原列传〉新探》后，书札往还，竟成莫逆之交，传为学术界佳话。从此，我的治学历程又进入了《楚辞》研究时期。但不幸的"十年浩劫"突然降临，不仅斩断了我滚滚而来的学术思路，并陷我于备受折磨的生活困境。两次抄家，三度"劳改"，身家性命难保，遑问学术。

十一届三中全会扭转乾坤，万象复苏，科学的春天来到人间，而我以古稀多病之年，竟一气呵成地撰就了《屈赋新探》一书，并接着撰写了《楚辞类稿》一部。现在又把我五十多年来万劫之余的零星残稿，选其有关语言文字者加以结集而成《语言之起源》一书，由台湾贯雅文化公司刊印。《屈赋新探》《语言之起源》中的某些篇章，力图于小中见大，于果中求因，于现象中探规律。此种学术境界，我虽未必能达到，却愿为此而努力，并解决几个学术上的难题。还有历次讲课纪录、读书札记、序跋通信，以及回忆录式的散文，拟略事整理，以备保存。此外，还有一烂布口袋尘封蠹蚀的残稿剩片，只是一堆顽石，难称未琢之璞，是否值得整理，尚待考虑。

上述已出版的拙著，谬蒙学术界的肯定与鼓励。

一九八一年在武汉召开的"中国训诂学研究会"的成立大会上，被推为该会学术委员；一九八五年在江陵召开的"中国屈原学会"成立大会上，又当选该学会的会长。有的评价文章称我是当代楚辞学的"大师"或"大家"，自愧谫陋，何克当此。今后，只有以迟暮之年，勤勤恳恳地研究学术和培养后学，以期不负学术界对我的厚望和鼓励。

（七）综　述

我今年已八十三岁高龄，回顾一生的学术经历，是坎坷不平的。尤其在"八年抗战""十年浩劫"当中，损失更为惨重。前者把我精力充沛、奋发有为的黄金时代，白白送掉；后者又把温故知新、著书立说的大好时光，付诸流水。其中各种藏书，前后丧失殆尽；手稿笔记，只余几片残纸，搜集整理，百不存一。这确实是不能用任何代价来补偿的。所幸者，残年尚健，犹可略献余热，以补前阙。

我一生治学是多变的。这不仅表现在由博返约，由约而博，最后归结为约中见博；也表现在由旧而新，由新复旧，最后归结为旧中见新。而且在专业上又表现为由经史百家，到声韵文字；由声韵文字，到现代文艺；最后又回过头来致力于《楚辞》。有人会认为，这未免浪费精力。其实，我对每一个新领域的开拓，都加强了对旧知识的深化；

每一个旧课题的重提,又都在新观念中获得了鲜活的血液。我总觉得,自己的思考力始终比较活跃,没有僵化感。这也许正是我治学多变的结果。

我幼年读书,不求甚解,然自从就学章门,受教于太炎先生,又读先生所著书,无形中养成我"追根究柢"的治学态度。在学习中,并不只是接受前人的知识,而更重要的是思考问题的究竟;绝不满足于知其当然,而更要追求其所以然。尤其对那些前人难于解决的问题,我并不"知难而退",而是"深入虎穴"探虎子,直到得出自己的结论为止。这也许是我在学术上个性太强的恶习,但对这恶习,我却至今没有悔改之意。

我认为,做学问是一种创造性的劳动,没有创见,绝不动笔。我经常对学生强调说:"一个学者,要能在本学科中解决几个历史性的难题,才算是对学术的贡献;否则陈说连篇,即使留下几十本皇皇巨著,也是没有意义的。"而且对自己的创见,应当写成札记的,决不拉成论文;应当写成论文的,决不铺张成专著。这也许是我继承章氏学派最突出的优良传统。因为章先生曾说:

> 若学术无心得,惟侈博闻,文艺无特长,惟随他律,技巧无新法,惟率成规,虽尽天下之能事得尽有之,犹是他人所有,非吾所独有也。

这正是我一生治学的座右铭,并愿持此以赠后学。

现在有人称我是嫡系的章氏学派,也有人说我是偏离了章氏学派。其实,这两者并不矛盾。前者,正说明我确实继承了章先生治学的优良传统;后者,则说明随着时代的发展,我又在探索着自己前进的道路。在传统的基础上发展与前进,这本是学术史的规律,而章先生门下的弟子,则表现得更为突出。如"五四"时期,钱玄同、朱希祖等就是如此;三十年代前期,鲁迅、吴承仕等更是如此。但他们的尊师之忱,却至老不衰。或辛勤奔走,为老师编印《章氏丛书续编》;或书信往还,虚心请教学术问题;或带病撰文,痛斥攻击章先生的群小们为"蚍蜉撼大树,可笑不自量"。道理很简单,后学的点滴成就,正是在前辈学者的基础上取得的;人类的文化发展,也正是这样一步一步向前推进的。

我的学术个性是很强的,我的学派色彩也是很浓的,但我任"中国屈原学会"会长期间,在学术问题上,从不把个人的主张强加于人,而提倡宽松活泼,各显神通;在个人的学术结论上,坚持反对"定于一尊"而提倡百花齐放。对学会成员中不同的学术倾向,一贯采取兼容并蓄的态度。有人反映说:在"中国屈原学会"内部,似有"拉帮结派"的嫌疑。但我认为,学会成员之间,由于学风相似或性格相近,从而出现了"同声相应,同气相求"的现象,只要品德正派,各是其是,这又何妨?它总比把学会办成清一色整体，似乎要好得多。"百家争鸣"是繁荣学术的必由之路，这在一个学术团体内部，也应当是适用的。故我在第二辑《楚辞研究》的前言中，曾历举屈学界的种种不良学风，而未及"拉帮结派"问题。也正由于这个原因，我对任何同志的屈学论著，只要"持之有故，言之成理"，请我作序或题签，来者不拒。当然，由于精力不给或忙于俗务而未能遵嘱者，不在此例。

以上所言，或即我在治学问题上所走的弯路、歧路、邪路，但我仍然把它记下来，是经验，还是教训？一任读者品评。

1987年农历中秋节前一日完稿

1993年2月20日修改

第 二 辑

《东庐诗钞》序[①]

吴中山水清丽，灵秀所钟，代有传人。其间以文辞名世，而蔚然成家者，尤能为南北冠。然如吾友金君东雷，则寄迹吟哦，而别具怀抱者也。余之纳交于君也，岁在甲戌，时余游学燕都而君方主笔政于天津《大公报》社。偶于报端读君所为诗文，清雅峭奇，寄托遥深，心窃景慕，暇辄作诗投之，亦谬蒙激赏。由是函筒往来，互有唱和。乙亥秋，值余杭章师设教姑苏，时君亦因事南返，承介入国学讲习会，始得把酒论文，一舒曩昔之所欲言。回忆津门、故都，距离咫尺，乃竟艰于一面。今则风尘仆仆，相会于二千里外，岂人生聚散，胥有定缘耶？君年壮学勤，

[①] 此书系线装本，共六卷。一九三六年七月印行。本文系不佞于二〇〇六年八月在国家图书馆录入。原文无标点符号，妄添之后，呈姚奠中先生、戴明贤先生、力之先生审定。三位先生纠正了不佞的多处误植，特此鸣谢！——编选者注

研习甚博,相见辄作竟日谈。由政治而经济而文化而东西哲学,所言皆中肯綮入腠理。语次偶及时事,辄激昂慷慨,抵掌拍案,口滔滔悬河,目炯炯发光。大有国士之风,因知君之所作,其殆忧时忿俗、悲天悯人。不得已而藉山岳河海以畅其胸襟,美人香草以写其幽思耳。彼世之龋藻不实,玩物丧志者,视此宜有愧色矣。顷君自订诗集为六卷,都五百三十余首。持以谒正,且属为序。夫谫陋如余,何克当此。顾讽籀佳什,藉窥全豹,则固所愿也,于是篝灯读之,襟怀为之振奋。其悲壮也,如朔马之嘶风;其峭健也,如秋隼之攫月;其凄艳也,如啼鹃;其超逸也,如孤鹤。峰峦起伏,波涛汹涌,倏忽变幻,不可端倪。盖其蕴于中者,郁且久。故其发于外也,宏而肆。斯固抱负非凡,而不遇时者之所为也。余因是而有感焉!夫天之生人,既赋以异材,即当使其纵展弘猷,挽狂澜而拯胥溺。今乃桔其能、困其遇,使不用于斯世,徒托空文以自见,不幸孰甚焉!君居恒以亭林、梨洲自期,今闻余言,其将旧感重生,郁然以悲耶?抑亦乐得知音,而怿然以喜耶?民国二十五年仲春,荣成汤炳正序于姑苏。

附：

赠汤君景麟[①]

金 震

彬彬文质如子少，倾盖交期恨不早。
昔年作客寄怀勤，踽凉独走长安道。
赓和酬我咏梅诗，为言懒向人间笑。[1]
斯语乍闻感且歌，颍洞风云归来好。
讵知会合有前缘，馆娃宫畔生秋草。
南游赋作吴趋行，降心剸汉国之宝。
师门桃李早成阴，经史渊源入堂奥。
北杰南贤世所尊，子今突起持前纛。
愧我枯桐不称名，闻之欢颜笑相告。
道丧要子张吾军，菊残莫辞雪霜傲。

[1]金震原注：君咏梅诗中有"一生懒向人间笑"句。

---

① 见《东庐诗钞》卷二。

《古韵学管见》前言[①]

抗战初起，养疴故里，寻省旧业，荒芜良多，而浏览所及，亦复时有所获。间尝就音理以探语源，欲撰一专编，以达其旨。顾于前人所定诸古韵表，每苦于无所适从。盖古韵之学，虽经有清学者，锱铢较量，已造其极，然各有所得，亦各有所偏；分合之间，意见歧出；其言对转旁转者，尤多牵强附会之弊；且长于考证，短于析理，亦为诸家之通病。迩者春光旖旎，病体稍苏，乃尽数日之力，草成此篇，敝帚自珍，冀便于用。篇内立说，略明所本，不详各家之源流，防泛滥也。评骘诸家，摘其大端，而略其小节，虑破碎也。取证则以《诗》为据，勘及他籍，惧时代漫衍也。分部略有增加，得之章师口授，随文标举，示尊师也。对转尽本昔贤，而旁转则多更前辙，补旧说之未密也。音读

[①] 据文中"迩者春光旖旎，病体稍苏"语推测，此文写于一九四〇年三或四月。

一节，所定多与前人不同，几经筹度，方施标注，说理取证，稍加详悉，务矜慎也。总论一节，统释全表通转之理，多出臆说，无所依傍，孤诣自喜，亦纰缪是惧，然一得之愚，或亦有当于高明欤。

　　此册所言，乃六十多年前试以当代音理探讨古韵的初见，极不成熟，乃至有误。但毁之又有所惜。以之作为学术陈迹，亦有助于追忆往事也。一九九七年七月汤炳正记

"太炎先生遗照"跋

一九三六年六月十四日,先师太炎先生逝世于苏州。炳以及门后学,亲与含殓。丧事毕,先师母影观老人,赠以先师晚年遗照一帧以为纪念。四十余年来,兵乱频仍,所藏先师手札及法书,散失无余,而此遗照片纸,竟存于乱籍丛残之中,亦云幸矣!回忆先师在时,教诲备至,音容笑貌,宛然在目。因装潢遗照,并录遗言于左以自励云:"若学术无心得,惟侈博闻,文艺无特长,惟随他律,技巧无新法,惟率成规。虽尽天下之能事得尽有之,犹是他人所有,非吾所独有也。"壬戌初冬,山左汤炳正识于研斋。

《文字之初不本音说》跋

　　本文为拙著《语源研究》一书内《语音与文字》章中之一节，今夏友人索刊近作，写以应之。而人事苍黄，未暇修改，词言支曼，殊不自惬于心也。中央研究院张君苑峯①，以治小学名，闻余有此作，函索印本，并云："云南麽些人②之象形文字，纯以表意为主，无固定读法，或与卓见相近。"前写此文，所据者纸上残余之遗迹耳，恐蹈无征不信之讥，今得君言，可为余说张目，锡我百朋，未足喻其快慰也。惜稿已付印，不能将君说引入，以为佐证，谨识于此，以彰友好论学之盛意云。三十四年（一九四五）十一月六日，作者追识于南充西山之喜晴轩。

---

① 即张政烺。
② 今作纳西人。

《论章太炎》序[1]

先师太炎先生,在中国近代史上,不仅是民主革命的先驱战士,而且是继往开来的学术大师。我们应为祖国有此杰出人物而感到骄傲与自豪。

但是先生所处的革命时代,阶级斗争错综复杂。先生在学术上的成就,又融汇古今,博大精深。故先生去世虽已四十六年之久,而学术界能对先生作出公允、精确之评价者,尚不多见。炳早年曾受业于先生门下,但景仰之情深,研讨之功浅。每思有所撰述,辄恐学力不逮,有玷先哲,恒以此为遗憾!

四川大学李润苍、彭静中二同志,治学勤奋,对太炎先生的政治业绩与学术著作,钻研颇深。所撰论文,在资料上有钩沉之功,在观点上多独到之见。虽个别问题,或

---

[1] 《论章太炎》,一九八五年由四川人民出版社出版。

待商榷，而精审之什，堪称力作。现李润苍同志先将论文裒辑付梓，以就教于学术界。闻在本集出版之后，拟续撰《章太炎传》一书，对先生的革命业绩与学术成就进行全面论述，深望杀青有日，早睹其成！

一九八二年十月六日

"屈原问题学术讨论会"书怀并序

井研廖季平先生，今文经学家，富于想象，勇于怀疑。六十年前，曾在中国学术史上首先提出《离骚》乃秦始皇时博士所作之《仙真人诗》，并得出"屈原并没有这个人"之奇异结论。其后，胡适等少数人，复承其余绪，加以发挥。然往事陈迹，早已被人淡忘。而不意今日国际学术界，此说竟又甚嚣尘上。

曩者，我国学人对"屈原否定论"，间亦有所评骘。但其时不仅未能将问题全部展开，集中探讨，而且往往意气冲淡理论，揶揄代替事实，此一公案，并未真正解决。今日国际间"屈原否定论"之卷土重来，或与上述情况不无关系。因此，今将各国学人所共同关心之大事，通过学术交流，互相切磋，以求得问题之彻底澄清，不仅为科学研究之急务，抑亦国际学术界之盛举！

会议予我以启迪，故不揣谫陋，赋七绝一首，以抒己见，并就正于国内外学术界友人：

> 错把楚骚属强秦，儒林旧事早沉沦。
> 中华自有遗风在，不向廖生步后尘。

诗内第三句，略作解说如下：屈原作品自我国盛唐时期传入日本，即对日本文学发生深远影响。从十八世纪始，研究《楚辞》之风渐盛。降及近代，青木正儿、儿岛献吉郎先生等，皆不愧为《楚辞》研究之佼佼者，学风谨严，创获良多。故当代日本"楚辞学"之卓著成绩，并非偶然。今特在此向日本学术界及其前辈致以景慕之情！

一九八四年五月二十三日

《语言之起源》自序

这本集子,是从幸存的一堆旧稿中选出来的。虽写作时间的跨度很大,从三十年代直到八十年代;但文章内容却比较集中,都是探讨语言文字的。而对语音与语义的关系,乃至语言起源等问题,尤三致意焉。

中国的"音训"之学,汉魏之际,已渐入歧途;西方的"语源"之学,二十世纪,已陷入绝境。但是,前辈科学家的挫折,往往正是后辈研究者的起点。一切科学,都是在无数科学家的艰苦探索中曲折前进的。

在这本集子里,确实有不少离经叛道之论,这无疑会引起人们的非难。但是,在学术上任何新论点的提出,总不会是一帆风顺的,这几乎成了一部学术发展史的规律。因此,本集在编选过程中,始终是抱着接受批评的心情来进行的。是非得失,不敢自我论定。

本集所收文章,有早年发表于太炎先生主编的《制言》

杂志者，又有近年发表于香港中文大学的《中国语言研究》者，也有未经发表的稿本。这次整理时，词句之间，或加润色，结论方面，皆仍旧贯。其中个别观点，今虽已有改变或发展，然亦未予更动。因为既系旧作，则正可借此自纪治学嬗递之迹，不如过而存之。在必要时，或以"附记"形式，说明原委。

八年抗战，流离失所；十年"文革"，屡遭洗劫。检点箧笥，积稿所余无几，思之未免痛心！记得在第一次抄家之后，老伴潘芷云曾将剩稿，藏之隐僻，二次抄家，竟得无恙。故本集今日之得以面世，实不幸中之大幸。

本集的这个写本，乃出于庹国琼先生的手笔。庹先生好古文字学，又喜书法。曾任《汉语大字典》编审，并参与《汉语古文字字形表》《秦汉魏晋篆隶字形表》的纂辑工作。这次肯俯允所请，代缮拙稿，特此志谢！

一九八八年元月

《渊研楼酬唱集》序[①]

我与内子潘芷云皆不工诗，但很爱诗，平时常以读诗为享受。有时也有习作，脱稿后即投之青瓷罐中，戏称"诗罐"。罐满，则略加清理，以防散佚。数年间，积稿渐多，芷云欲编为集。今年长夏无事，与芷云纂成初稿，暂名《渊研楼酬唱集》。

芷云童年爱唱民歌，后曾辑有《湘西民歌集》，收民歌千余首。其佳者，饶有前人《竹枝词》风韵。她中年以后喜读诗，尤喜陆游。每读陆氏老年生活困顿之作，辄曰："此翁若在，我当供养终生。"其倾倒于陆氏者如此。我童年好唐诗，有时随景吟哦，今已无存者。既冠之后，遨游南北，专治朴学，渐不吟诗。偶有应事之作，亦系勉强成章，自感"才尽"。集中晚年诸作，多此类。纵观前代，以

[①] 原载《教育导报》一九九〇年三月九日。

朴学家而兼工诗词者并不多，这也许是个规律吧？因为科学思维与文学思维，是思想方法上两种不同的走向。

我与芷云，生活经历不一样，但诗歌见解颇一致。即皆以钟嵘主张"直寻"、不贵"用事"为卓见，反对"獭祭鱼"式的堆砌典故。太炎先生曾说："后人才不如古，乃以典故为文饰"，此言极是。其次，我与芷云虽皆尊唐诗为不祧之大宗，而对唐人徐彦伯辈之"涩体"，则避之唯恐不远。以故，我们的诗作，即偶有清新之致，而深厚典雅不足。旧体诗应如何发展，论者尚多歧说。上述主张，或系偏见，知我罪我，待世人论定可耳。

在感情倾向上，芷云语多悲怆，而我偏于乐观豁达。盖因芷云一生坎坷，创伤特深；我则生活道路虽不平坦，而学业事业，自得其乐，尤其晚年以来，渐入佳境。"此生自笑无长物，愧向天涯浪得名"，即晚年自我写照之语。

平时，芷云多在厨灶烟火中得句；而我则多在漫步山林时成诗。因我终日伏案工作，未免枯寂，故散步吟诗，竟成乐趣。此殆皆动静相济之妙用欤？我在漫游中，曾发现此间农家村舍，皆隐隐在万竹丛中，因得"有竹自成村"之句，以为颇能道出蜀中农村的独特风貌。但历年难得偶句。某日以告芷云，她应声曰：何不谓"养花皆绕舍，有竹自成村"？盖我们所住的狮子山，乃城郊著名的花果区。农舍前后左右遍植桃李花卉，四时芳菲交映，目不暇接。"养花皆绕舍"，确系写实之笔。后来芷云续成其诗曰："此地非仙境,风光尚可人。养花皆绕舍,有竹自成村。溪畔渔樵话,田家鸡犬闻。老身诗兴在,相与共论文。"如果说我们之间的晚年生活饶有诗趣,这也算是一例吧。

这本集子,并非我们的全部作品。建国以前的旧作,由于搜辑不易,几乎是空白。记得我的诗兴最浓,是二十多岁。那时正游学北京,面对黄瓦红墙、到处是历史遗迹的前朝故都,从旧社会脱胎而来的我,经常写诗,发思古之幽情,写个人的怀抱。如长篇七古《故宫行》《彩云曲》、七律《咏梅四首》等,都曾在当时的《大公报》上发表过。还记得《咏梅》中有一联是:"一生懒向人间笑,十月先从岭上开",曾被诗界誉为名句。现在看来,仍不过是在抒发旧文人孤芳自赏的傲气而已。当时我的思想境界,确实也正处于彷徨苦闷时期。

后来赴苏州就学于太炎先生。师母汤国梨夫人,是当代著名诗人,一有机会,她就把绚丽雅致的虎皮宣纸裁成整齐的篇页,发给诸生,出题征诗。太夫人八十大寿,在灵岩山寺设宴庆祝。其地俯瞰太湖,可纵览绕湖七十二峰之胜。当时我应征的贺诗是两首七绝,有句云:"捧将太湖作樽酒,七十二峰祝寿来",被师母誉为祝寿诗中难得的豪言壮语。又一次是师弟章导结婚征诗,我又凑了四首七绝。有句云:"明朝作羹添新妇,能得山堂一笑无?"时太炎先生心忧国事,笑口难开,故作此语以慰之,亦得师母的赞许。这些旧事,迄今思之,历历如在目前,但要追忆全诗，是困难的。

所有以上这些少年之作，本来不易收齐，而且也有些"自悔少作"之感，总觉得它太"嫩"，不值得保存。但是正如文学史上的常见现象，那就是少年所特有的俊逸之气，往往是晚年无法追踪蹑迹的。从这个意义上讲，将来尽可能把旧作收辑一下，补入此集。

建国以后，我是从一九七七年才开始写诗的，其间相距几三十年，形成了巨大的断裂层。这也许是因为"诗无达诂"，易于引起误解。中国历史上"乌台诗案"之类的往事，是应当引以为戒的。我想，为此而搁笔的旧体诗人，或者不止我一个人吧？因而，当前旧体诗词的大发展，连我这个向来不愿在诗上下功夫的人，竟也动起笔来，这不能不说是"二百"方针的巨大威力。可惜的是，集内所收的晚年诸作，生活圈子过窄，个人身边琐事而外，没有能触及伟大时代的脉搏。这本来是文学创作所常见的致命伤，也是本集不可弥补的缺陷。

我生平从无以诗名家之念，亦无刻意吟哦之作。偶然为之，乃兴之所至，不吐不快，工与拙，在所不计。我们的诗作，今虽结成小集，而铢两轻重，颇有自知之明；亦即决无"藏之名山，传之其人"的侈想。然而，敝帚自珍，难于割舍，则又似有尘缘未尽之嫌。人生心态，其矛盾可笑之处，往往类此。

其实细想起来，上述心态也不足为怪。譬如我过去是写日记的，数十年未间歇。而"十年动乱"中，竟被席卷而去，故就此搁笔。回忆我当年之写日记，并不像清代的某些名流，为了以日记传世，煞费苦心，甚至作伪。而我则只是为了偶然翻阅几页，颇有旧事重温、怡然自得之乐。我与芷云之写诗留稿，也有这样的心境。不是为了传世，又不会以示亲友，只是用以自娱。整理这个集子的根本目的，也不过如此而已。

一九八九年中秋节前二日

《湘西民歌集》序

内人潘芷云，湘西武冈人。提起湘西，人们总有些神秘感。但我从芷云口里所得到的印象，则那里也并不神秘，只不过其风土人情于纯朴中带点粗犷，颇残余一些古风而已。而且芷云谈起湘西又往往使人产生错觉，似乎天下之美，尽萃于此。如什么"宝庆狮子东安塔，武冈城墙盖天下"等谣谚，是时常挂在她口边上的。我如对此提出异议，她便会说："塘里的蛤蟆塘里好，井里的蛤蟆井里香。"我便无言可对，因为人情自来如此。

不过最使我心服的倒是湘西的山歌。它确实很出色。而芷云从小就是在这山歌世界里长大的，故每谈到湘西山歌，她便滔滔不绝，津津有味，似乎又沉醉在那歌声悠扬的童年时代，同时也把我带进那纯朴粗犷而又有点古风的社会氛围中去了。

在远古时代，文学艺术一类的东西，本来是跟人民的日常生活结合在一起的。湘西，尤其是那里的少数民族，山歌是生活中不可缺少的点缀。山歌与生活，浑然一体，结成了不解之缘。他们在田里劳动时，就有莳田插禾的歌；男女恋爱时，就有谈情说爱的歌；丧事就有悲怆沉痛的歌；婚事就有热闹欢快的歌。总之，在任何生活领域里，都充满了悠扬动听的歌声。而且，他们的创造力是惊人的。山歌对唱并不是陈陈相因的旧词，而是见景生情，即事起意，完全是眼前现实的临时写照。如：

大山大岭好唱歌，大田垄里好养鹅；
庄户人家出歌手，蚕子口里出绫罗。

在这些山歌的字里行间，充分体现出山歌在他们生活中的重要性和对山歌的审美心态。

当青年男女在山上隔着田垄劳动时，就会听到此起彼落的动人歌声。那边是：

唱个山歌把妹逗，看妹抬头不抬头；
牛不抬头吃青草，妹不抬头莫怕羞。

这边是：

杉木架桥桥脚高，你郎无心莫来撩；

> 你郎无心莫来惹,莫作空船水上漂。

在农闲时,住在一个小村或一个大院的男女老少,晚上坐在一起,对着朗净的月光,或搓麻索,或打草鞋,或编背篓。他们之间,并不是讲故事,摆家常,而像是一个山歌对唱会。歌词总是现身说法,跟自己手里的活路紧密相连。他们的目的并不是赛歌,而是觉得没有歌就会使生活单调乏味。但在对唱中,如果哪个接不上腔,就只得自认失败,并以"久不打渔忘记河,久不对唱忘掉歌……"来自我解嘲。如果哪个歌声不断,大家就得承认他是胜利者。在当地只要成了对歌的能手,那也是件值得自豪的事:

> 空中星子布满天,我的山歌有万千;
> 要走旱路挑不动,要走水路压翻船。

这歌声就充满了胜利者的荣耀感。

对歌是他们的情趣,独唱也是他们宣泄感情的重要方式。芷云有个伯伯娘,城步县人,是年轻寡妇,是封建婚姻制度的牺牲品。芷云小时伴她生活多年,在她的歌声感染下,深深同情她的不幸遭遇。据芷云说:她每当一个人坐在房里做针线活时,总是歌声不断。她最爱唱的歌当中,有如:

> 千错万错错在前,桃花错栽李花园;

  桃子有甜又有苦，妹妹有苦没有甜。

她调子压得很低，箫声似的呜呜咽咽地透过窗纱，如怨如慕，如泣如诉。她记的山歌很多，在漫长的岁月里，她总是以此来排遣内心世界的苦闷。但在旧礼教的钳制下，她的心境是足够矛盾和痛苦的。从她的口中，常常会听到这样的歌：

  石榴开花叶油青，一十八岁打单身；
  咬紧牙齿讲硬话，手板装油点得灯。

确实，在她们那个时代，要冲破封建礼教的禁锢，多么不易，只有"手板点灯"，自我熬煎而已。但"物不平则鸣"，也许她正是以这样的山歌鸣不平吧？

  早年，芷云的邻家有个看牛娃，名石和尚，虽仅十二三岁，却是歌迷，唱山歌成了他的第二生命。他每天骑着牛在山上游转，接触的人多，学到的山歌也多。芷云小时记得不少山歌，除了来自伯伯娘以外，大都是从石和尚那里听到的。古人有所谓"牧笛"，而石和尚却是以歌代笛。武冈是山清水秀之乡。就在这山峦蜿蜒、清溪激流之间，稚气十足的石和尚总是无拘无束，放开喉咙地唱，直唱得山鸣谷应，万籁齐声。他什么歌都唱，他还不懂得结合自己的身世，也没有什么爱的追求。但如：

> 楸木扁担细溜溜，一条大路通贵州；
> 家里贫寒去混口，硬着心肠把妹丢。

像这类歌，有恨也有爱，似乎跟石和尚的命运也有些相通之处吧？

在湘西的山歌里，情歌占多数，很有些精彩篇章：

> 青领褂子罩白衣，郎变鸢鹰妹变鸡；
> 郎变鸢鹰抓鸡崽，半天云里配夫妻。

> 月亮出来亮堂堂，对直照到妹的房；
> 扯朵乌云来遮月，乌云遮月妹遮郎。

> 天上星多月不明，塘里鱼多水不清；
> 朝廷官多坏了事，妹妹郎多乱了心。

> 妹说要做我的妻，哄郎上树抽楼梯；
> 茅草架桥哄郎过，壁上画马哄郎骑。

> 好个晴天起了云，好个清官离了城；
> 天子离了金宝殿，妹妹离了有情人。

《诗经》国风里的不少诗歌，都是属于这类的东西。古代的经学家总是赋予它以某种政治内容，说以微言大义，反使本意湮没。还是宋代朱熹确有卓见，他认为是"男女相悦"之词。这颇跟今天祖国偏远地域，如湘西一带迄今犹存的古风相合。在湘西武冈，凡是"书香人家"，往往禁止自己的子女唱山歌。这也许正是所谓"礼教"的余泽犹存吧。

其实，先秦的《诗经》，汉魏的《乐府》，南朝的《子夜歌》，唐以来的《竹枝词》，本来都是民歌，或从民歌脱胎而出。据说周代的制度，每年仲春之月，朝廷必派"輶轩使者"巡行全国，采录风谣，以备察民俗、体国情之用。如果真是这样，则后来这制度废而不举，不能不说是遗憾。

建国前，我跟芷云相识后，她在生活中，常常哼着山歌。我有时听得入神，故使她把自己所记得的山歌约千首，纂为《湘西民歌集》。她并非"輶轩使者"，而居然采集风谣。这在古代来讲，也许是僭越行为，因为她是庶民而行天子之事。

《湘西民歌集》纂成之后，曾请音乐家以五线谱记录下湘西歌调，以供读者按谱歌唱。据唐代刘禹锡《竹枝词》序中所言，唱《竹枝》，是歌、舞、音乐三者一体，自是较为原始的民歌形式。而湘西山歌则虽跟音乐舞蹈不相涉，却跟日常生活沾着在一起。这也应该是原始先民艺术生活中极可贵的残遗吧？因此，湘歌如果离开了生活气氛而单独唱出，就会使歌调减色。而如果把它还原到湘西山明水秀的生活环境中，则每当春夏之交，莳田插禾的男女们，山歌互答；车夫牧童们，前唱后和；床头窗前的姑娘们打着鞋底，此起彼落地哼出悠扬的小调，这该是怎样令人神往啊！只有在这样的气氛中，才能领略到湘西山歌的真实风味！

一九五二年春月写于蜀中

附记：

芷云的《湘西民歌集》，一九四九年前即着手搜辑，五十年代初期才完成，共收山歌一千多首。当时我曾给她写了一篇序文。这篇序文曾以《谈湘西民歌》为题，发表于《人民文学》一九五二年第七期。后来芷云将这部集子寄给北京"民间文学研究会"。该会答应接受出版，但因"文革"而搁浅。浩劫之后，托人到该会寻访，据谓书稿早已散佚，无法找到。这实在令人惋惜！今春清理旧书，见《人民文学》残本，序文宛然在内。因将原序略为改写如上，存之以作纪念。

一九九一年三月十五日记

《自在》序[1]

我跟昌灼同志是师生关系。自我从川师中文系调到中国古代文学研究所之后，彼此很少见面。偶然在路上相逢，他还是那么文雅，那样彬彬有礼，敬师之意不少衰。青年人的成长是很快的，古人说："士别三日，便当刮目相待"，就是这个意思。可是，多年来由于跟昌灼同志少于接触，对他的志趣和成就，我并不十分清楚。

记得是一九八九年的冬天，我的散文在北京《散文世界》和天津《散文》上发表之后，昌灼同志像听到空谷足音似的，急忙来到我的书房，畅谈许久，兴奋之情溢于言表，临走还送了我一本他刚出版的《散文创作论》。这时我才知道，他浸淫于文学的创作与研究，已近二十年的漫长时间，而且有不少亲切的体验与卓越的见地。这本《散文创

---

[1] 《自在》，天地出版社一九九八年出版。

作论》，就是证明。

最近，他又将自己长期创作的散文结成了集子，嘱我作序。这几年，请我为学术著作写序者接踵而至，而阅读书稿时，我总感到是一种压力；我曾怀疑，这是年龄不饶人、精力不济的征兆。但这次读到昌灼同志的散文稿子，却一反常态，心情是那样的轻松和愉悦。它使我触觉到了作者的生活、情趣、气质，乃至从字里行间流露出的艺术修养和审美境界，等等。这都比《散文创作论》所给予我的印象要丰富得多，也深得多。几十年来由于见面稀少而造成的隔膜和距离，至此一下子缩短了许多，甚至完全消失。

这几年，我也写了些回忆录式的散文，但如果以"茶"作比，它有些像红茶或苦丁茶，总觉得浓郁之中带些苦涩；而读了昌灼同志的散文，则有一股花茶的清香和绿茶的回甜。这也许是不同的年龄、不同的经历、不同的性格和气质，在笔墨之间的流露。但不管怎样，他的散文成就确实使我惊喜！

从前我游桂林时，对漓江两岸数不尽的奇峰异洞，曾苦于笔拙，难以描绘；这次读到作者写西昌的"土林"，那因物赋形的笔墨，将来有机会，无疑会使桂林的山水生色。蒲江的"朝阳湖"，虽号称"西蜀甲秀"，而在我接触的人中，却把它说得"不值一看"；这次读了作者的游记，那带有哲理的审美意识，不禁使我的游兴油然而生，觉得不游此湖，实为生平憾事。而且不知怎的，作者笔下那多年未见面的姐姐的形象，竟使我想起朱自清笔下的父亲的"背影"，那质朴而富有感情的笔触，颇耐人寻味。昌灼同志曾对我说：他的散文无论是写山水，写人写事，主要是求一个"真"字。但我觉得，作者对姐姐形象的勾画，已从"真"迈向了"深"。可见，作者的散文创作，正在沿着这个轨道、向着这个境界在前进。我愿与昌灼同志共勉之。

一九九一年五月十五日

《千家诗新编》序[①]

有人说:"中国是诗国。"从文学史的角度看,这话是有道理的;但是,如果从当前青少年对祖国诗歌的接触面来看,却跟"诗国"的传统极不相称。这对培育后代的爱善、爱美、爱祖国的高尚情操,很不利。

过去,在中国广大村塾和家塾的启蒙读物中,有《千家诗》一书。据说是在宋代刘克庄《唐宋千家诗》的基础上不断删补而成的。它虽曾"聊胜于无"地满足了旧社会童蒙的需求,而今天看来,缺点甚多:首先是历史性不强,仅收唐以后的作品,唐以前漫长而辉煌的诗歌发展史被抹掉了;其次是作家的代表性不够,很多诗歌大家竟未入选;再其次是诗歌的体裁不备,只取近体律绝,不见古体歌行;最后是偏重作品的通俗性而忽视艺术性,历来脍炙人口的

---

① 《千家诗新编》(杨乃乔编),中央编译出版社一九九五年出版。

名篇，多弃而不取。所有这些，对今天的青少年显然不是理想的读物。

杨乃乔同志最近以其所编选的《千家诗新编》的目录见示，并求正于我。我以年老体衰，精力不济，未能对选目精心推敲。但统观编选体例，确有新的突破。其量之扩大，质之提高，以及权威性与流传性，皆远远胜于前代的旧《千家诗》，是名副其实的"诗国"青少年的必读书。吾知此书一出，其必将取代流传数百年之久的旧《千家诗》，是无疑的。

回忆太炎先生当年曾经修补过《三字经》，我尝疑先生以学术泰斗，为何竟斤斤然留意于儿童启蒙读物？现在看来，前贤对祖国童蒙教育的用心之苦，于后辈有默契焉。故杨乃乔同志不惮耗精靡神编此幼年读物，又不远数千里驰书求序于我；而我亦欣然命笔，写出如上数语，以示鼓励，都不是偶然的。

一九九三年八月二十八日写于锦官城东之渊研楼

《渊研楼屈学存稿》自序[①]

我一生潜心于典籍者垂七十载,侧身于学林者且六十年,其间得失互见,冷暖自知,甘苦之言有不胜缕述者。而所有这些,又往往不可能见诸学术专著,反而时时流露于师生问答、零散序跋、朋辈信函之中。如果说这个集子还有些存在的价值,也许就在于这一点吧!

《学记》曾说过:"善问者如攻坚木,先其易者,后其节目。"又说:"善待问者如撞钟,叩之以小则小鸣,叩之以大则大鸣。"这些话都讲得很好,但在我的一生中,后生问学,来自各方,难易杂陈,自难强求其由易及难,循序渐进;而我的答问,又往往是兴之所至,小题大做,或大题小做,鸣叩之间,很难做到高低相应,铿然动听。集子里的《屈学答问》,就是这样杂凑来的一部散曲。

---

① 此书原题《渊研楼文录》,出版时被改为《渊研楼屈学存稿》(华龄出版社与中国社会科学出版社二〇〇四年出版)。

为别人的书写序，我是三十年代就开始了。但久而久之，渐知写序之难。为古书写序，可以任意发挥，瑕瑜并陈。而为今人写序，则不得不"成人之美"，始不负作者的雅望。后来我才发现了个折中办法，即书稿中如有不当之处，我虽不见诸序文，而必附见于信函，提供作者做修改时的参考。集子里所收的《序跋荟存》，有不少这样的文字。当然，其中本无疵累可指的书，还是有的。有人说："人之患在好为人序"，我却无此癖好。更多的是"有求不应"，得罪了人。故我在这方面所留下的"业绩"，也不过是这集子里所收的数十篇耳。

我在开国前的书信，早已难见踪影。开国后的二十多年，亲友老死不相往来，当然更无书信可言。但改革开放以后，亲朋好友给我的来信，有如开了闸门的水，一发而不可遏止。上至学界名流，下至商店学徒，我是来者不拒，有信必复。但大都是随手写来，没有底稿，雁去而不留踪。因为我总是认为以书信流传于世，乃名人之盛事，非吾辈所敢想象。不料，一九九五年秋，孙儿小波由黔来蓉，以四天的时间，为我清理书柜。在所残存的千多封来信中，竟发现来信的封面和笺背，竟偶有我复信时留下的底稿。虽很乱，但也辨认得清楚。我这时正整理文集，孙儿劝我别立书信一类，以作纪念。于是尽可能地抄录了百余通，作为《书信拾遗》。但其中也略有选择，即无关学术活动、不谈学术问题者，皆弃而不取。当然，也有不少重要信件，因没有存稿，只得付之阙如。

　　这个集子的文字校理、印刷出版，由李大明、李诚、熊良智同志多为代劳。特此志谢！而孙儿汤序波于百忙中精心校勘，其关注之情，我将永矢弗忘！

　　　　　　　　一九九六年二月二十七日，写于渊研楼，

　　　　　时年八十有七，执教六十周年也，即以此为纪念

题《刘伯骏先生绘画册》[①]

宣汉刘伯骏先生,早年师事国画大师潘天寿,工写意花鸟,兼习指画,而指画尤得潘之心传。先生英年蜚声艺坛,晚岁益臻妙境,造诣之深,饮誉当代。去年在北京中国美术馆办画展时,艺苑名宿常任侠教授称其:"继承传统精华而刻意求新","精、气、神融于一体而达于完美,此一境界之拓新,颇得画坛推许"。洵非虚言。

吾与先生相知,约在辛酉之际,即一九八一年前后。其时先生之佳婿萧德君同志,尝对余述先生之人品与画境,心窃慕之。不久,先生即以墨竹横幅见赐,见其老节挺拔而不乏潇洒之致,枝叶稀疏而不减朗秀之姿,深得刚柔相济之妙用、阴阳相得之至理。非特具功力者,实难有此佳境。赏玩历日,不忍释手。为答先生盛意,乃取郑板桥题

[①] 原载《散文》一九九五年第四期。

竹诗，点改二字，写成条幅相赠。诗云：

> 我是兰花君竹枝，隔山相望总相思。
> 世人只作红尘梦，那晓清风皓月时。

我喜伯骏之画，尤慕伯骏之为人。先生隐居巴山，以画自娱。晚年，亦以画自我写照；墨竹之风貌，殆即伯骏之风貌。故千里神交，无时忘怀。素闻先生爱竹，尝植竹院中，冬夏游息其下，朝夕俯仰其间，对竹之品性深有默契，故先生笔下墨竹，非摹其状，实写其神；乃至与作者之品性达到一而二、二而一之妙境。

后来，先生又曾以巨幅松鹰图见赐。鹰踞高松，顾盼自雄，有竦身欲飞之势。此或先生虽隐居半生而不忘乘风高举之壮志，无意中流露于缣素之间。此幅系先生指画。中国指画传统，经数百年至潘天寿大师而集其成。先生承其遗志，得其真传，故爪痕权桠而生姿，墨迹枯癯而有神，点染古拙而精气弥漫，堪称指画珍品。当时余曾写诗相赠云：

> 少陵曾赋画鹰诗，早岁吟哦入梦思。
> 今日巴山得相见，竦身侧目欲飞时。

此一九八六年夏日事也。不料，一九八九年冬，余八十诞辰之际，先生又有所赠，乃一巨幅古柏图。先生在龙干虬枝之水墨画面上略施绿彩，浓淡之间，妙造自然，大有古木逢春之意，并以古篆题"长青"二字以示画境。其祝寿之盛情，洋溢于笔墨之外。我的《八十自寿》诗曾有句云："错节盘根话大椿，身经斧凿未成痕"，系用《庄子》语意，与先生之画境可谓不谋而合。

余与先生神交十数年，对先生知之渐深。先生《抒怀》诗有云："镜里不嗟头已白，梦中偏欲笔生花。"余与先生有同感焉。故值先生画集出版之际，略书所感，以表相契之忱。自知"门外"谈画，难中肯綮，未之顾也。

一九九四年十月二十八日

旧校本《顾亭林诗文集》跋

一九七六年春，于万里桥畔旧货摊上购得《顾亭林诗文集》一部，乃清初通行版本。但诗集部分，有硃、墨两套校语，系前人据两个顾诗原稿本所校补。因清初文字狱极严，故顾诗刻本多所删改。而顾亭林的弟子潘次耕手抄原稿，仍存于世；而且后人转相传抄，不止一本。故此次所得之校补本，乃前人根据两个不同的原稿抄本所为。前书用墨校，后本用硃校，均极精审。墨校卷首有墨书小记云："据原钞稿本校补于抱石精舍中。壬申瑞阶记。"硃校卷末又有硃书小记云："壬申除夕，用戴子高藏潘次耕手钞原本复校，聊代守岁而已。瑞阶又记。"所据两本，内容略同。皆补诗数十首；校字或有异，而戴藏本多佳处。盖戴氏所藏"潘次耕手钞原本"，更接近原貌。戴子高即戴望，乃清代著名学者。他喜习斋、亭林之学。对清初禁书、只字残篇，珍若拱璧。尝欲著《续明史》，故对明末载籍尝掌故，所知甚详。他在所藏的《亭林诗集》原稿本上批注甚多；而我所得的校补本，亦皆一一迻于书眉。戴氏的批注，对顾诗所涉及明末人物的经历行状而为人所不易知者，皆历历如数家珍。此校补本之远胜于其他校补本者，主要在于戴望的批注；至于文字异同，多与他校相似。

如《千官二首》，徐嘉《笺注》本无此诗，原稿本有之。戴氏批注云："是年十二月，昆山令杨永言应南都诏，荐先生以兵部司务。"按此批注对解释诗中"千官白服皆臣子，孰似苏生北海边"，以及"御衣既有丹书字，不是当年嵇侍中"等句，极重要。先生当时的处境、意志、心情，以及对杨令举荐的态度，宛然可见。

《千里》一诗，戴氏批注云："是年春，先生应荐至京口；四月杪抵南都；甫旬日，南都亡。自此以上诗，皆五月以前作。"按此时举事者多散亡，故先生有"谁复似臧洪"之语，其寄望于诸臣者多矣。此批注极有助于解诗。

《延平使至》一诗，戴氏批注云："是年唐王密遣使召先生，不果往，但志感而已。"按徐嘉《笺注》对此诗述列时事极详，但却未对"延平使至"的本事作说明。此批注是补其缺。

《海上》一诗，戴氏批注云："是岁十一月，唐王走汀洲，被获。海上以下诸作，皆感触咏怀之什也。"按徐嘉《笺注》甚详，便未及"唐王走汀洲，被获"之事，故全诗情绪不易掌握。戴氏此批注，弥足珍视。

昔日黄季刚先生得顾氏《日知录》原本，以校清代通行之删改本，作《校记》一书，使后之读者，得见顾书初貌及顾氏之气节，士林传为佳话。今观顾诗原本，则清本删改触忌之原则，与《日知录》全同。或谓清修《四库全书》，是古籍之一幸，亦古籍之一劫，良有以也。然数千年来，古籍之被羼改删削，原因不止一端；而欲复古籍之原貌，使其近古，其任务之艰巨，亦可知矣。

一九九〇年九月十日

"匕首"和"针"①

—— 读回春同志《小品文的新危机》

在我看来,小品文(杂文)的前途并没有"危机"。它既没有"新的危机",更没有"灭亡的危机"。不过只是因为还存在着某些问题,使我们不能不提出来谈谈。

据回春同志说:小品文"它是不民主的时代的产物,现在已是社会主义民主的时代了,那么这类小品文是否还有存在的理由呢?这是根本性的问题。"但一切事物都要从发展上看,不要把它看得太死。在社会主义时代里,不但要重新估量小品文的作用,即小说、诗歌、戏剧等,又何尝不需要重新去估量它?如果不这样,它们也将要出现"新的危机",使我们担惊受怕!况且它们过去在某种情况下都曾为反动者所掌握过,还不像杂文那样是鲁迅先生所

---

① 原载四川《草地》一九五七年第七期。

独创的"专以致敌于死地"的武器。

鲁迅先生在不民主的时代里，是把杂文作为对付敌人的"匕首"来看待的。如同古人在行刺时，多是以"匕首"相见的。因为它"短小锋利"，便于操纵，又能击中敌人的要害。而今天呢，国内的阶级对立虽已基本上消除了，但国外敌人是存在着的。如果说"匕首"的作用只能是杀敌人的话，那么，小品文在这方面，仍要保持着它原有的作用。这一点，恐怕不会有人闭上眼睛把它否定得了吧！

不过从国内来讲，今天是社会主义的民主时代，那么，对待人民内部的矛盾是否仍然可以运用这"短小锋利"的东西呢？可以。不过它已经不是"匕首"，而是一根"短小锋利"的"针"。

说到"针"，就会使我们联想到"针砭"的"针"，也会联想到绣花的"针"，等等。

"针砭"是古人用以治病救人的。"砭"是石针，可能是石器时代流传下来的，后来才用金属针。不过这些都不必去管它。因为只要它"锋利"就可以，能治病就可以。可是能否治病，除了它"锋利"以外，主要还看掌握它的人是否能找到病根，是否能对准穴道。如果只是夸耀自己的针是"锋利"的，认为这样就万事大吉、无往不利，那就不但像回春同志所说"会有副作用"，而且还有致人于死命的危险。当然，如果只是看到针锋所及使人毛骨悚然，便认为是"副作用"，那又只有废除"针砭"而不用了。据针灸家说：这种神经上的刺激，正是针砭之所以发生效果的原因之一。因此，一个杂文家，能够寻找病根，对准穴道，一针见血，万病消除，才是真本领。"锋利"本身是不能起决定作用的。传说古代考试针灸家时，是把周身穴道交错的铜人涂上一层蜡皮，使报考者对症下针，中入穴道者录取，不中者便"名落孙山"。如果说小品文有"危机"的话，那找不到穴道的人，的确有"名落孙山"之忧，倒不是小品文本身的"危机"！

回春同志又以锋利的杂文"免不了触及具体人的皮肤"而担心。我认为既然是"针砭"，大抵是必须"触及""皮肤"的。讳疾忌医的人固然有，这正是侯命同志所说："现在最主要的仍然是害怕、反对杂文的社会心理和杂文创作的矛盾。"不过我认为这种现象的存在，"社会心理"固然应当负责，而把握一根锋利的针，找不到穴道，不管三七二十一地乱扎乱刺，使人只感到痛苦，而不感到痛快，只感到毛骨悚然，而不感到周身通畅的针灸家们，也应当反躬自省一下吧！解放后，针灸学校多了，针灸医院也多了，而要求针灸的人，确也门庭若市。其中有"小干部"，也有"大干部"。此无他，因为它确实是为了治病，而不是为了伤人。因此，忍痛求医的人，也就越来越多了。

但是问题又来了。回春同志认为有人要求小品文"严肃""谦逊"，是跟小品文的"活泼""甚至于带点儿嬉笑怒骂"的特性是有矛盾的，因为"严肃是一本正经，谦逊则是一味小心"。我认为"活泼"和"嬉笑怒骂",只是"锋利"的一种表现形式,而且只是"锋利"的表现形式之一,而不是"锋利"的唯一的表现形式。况且它跟"严肃""谦逊"的态度也并没有什么矛盾。我们很难想象一位针灸家,会因为他的态度"严肃""谦逊"而把自己的针尖磨秃些;病人也不应当这样来要求他。

最后,也有不少同志认为小品文的"特性"只能是讽刺而不能是歌颂,因而就"吁请各方面谅解小品文的苦衷"。我觉得这似乎有些片面,没有用发展的观点来看问题。以一根锋利的针来比拟小品文,则它不仅可以针砭痼疾,也可以刺龙绣凤。在鲁迅先生的杂文中,固然以讽刺为主,但歌颂革命、歌颂人民的篇章也不少;有时讽刺和歌颂糅杂于一篇。这就是我们的榜样。我们今天的新人新事这样多,难道一个杂文家就应当熟视无睹吗?催促这新事物的成长,不也是杂文的责任吗?况且讽刺旧的残余也就是为了新的事物的成长,难道在这中间非挖上一条人为的鸿沟不可吗?当然,杂文因为它短小,想同小说、戏剧那样绣出一大幅"龙凤呈祥",是有困难的;但绣出一鳞一爪、一花一鸟,毕竟是能胜任的。鲁迅先生的杂文曾经逼真地刻画出各色人等的形象。但鲁迅先生认为在他的每篇杂文中,只是画了某种形象的一毛一嘴,合起来看,才是完整的。我们用小品文歌颂新事物,也应当作如是观。

在小品文的创作上以及在人们对待小品文的态度上,

是存在一些问题的,这谁都不能否认。但随着我国民主生活的扩大以及对解决人民内部矛盾问题的得到正确认识,这些缺点和障碍,是会逐渐减少的。但这主要还是靠小品文的专家们在创作实践中不断地提高认识、端正态度来解决它。不能用"针砭"来对待敌人,也不要用"匕首"来乱刺自己! 并且小品文可以是"讽刺"的,也可以是"歌颂"的。

"五一"节写于狮子山

《〈成均图〉与太炎先生对音学理论的建树》结语[①]

先师太炎先生,是中国近代史上的革命元老、学术泰斗。先生的学术成就,博大精深。他在史学、哲学、文学及语言文字学等方面所留下的丰富的学术遗产,启迪后学,至今不衰。他的学术思想,上承千载传统,下开一代新风,在中国学术史上写下了极其光辉的篇章。

近几年来,在党的双百方针指引下,学术界研究太炎先生的政治、学术思想之风大开,而国际学术界也在这方面取得了显著的成就。但总的看来,评价先生的政治业绩者居多,而评价先生的学术成就者次之;尤其在评价学术成就的论著中,深入发掘先生对音学的贡献者,更不多见。甚至前辈学者注释先生的《国故论衡》时,对上卷(小学部分)竟不能置一词[②];其中的音学代表作《成均图》,也往往被

---

① 收《语言之起源》,贯雅文化事业有限公司一九九〇年出版。
② 二〇〇八年中华书局才出版了庞俊、郭诚永"疏证"的《国故论衡》足本。

视为"天书"。这固然由于中国声韵学本身之艰深复杂，而先生在音理上的独创见解及其深邃的命题，也确实会使望者生畏，行者却步。

在纪念先生逝世五十周年之际，为了发扬前修的学术思想，光大先哲的学术业绩，仅就重读《成均图》时的一些体会，不揣谫陋，略加阐述。如能谈言微中，先生或当含笑于九泉耶！

……①

我总觉得，一个伟大的科学家，如果说他所取得的新的科学结论，其价值是促使后学在此基础上继续前进，那么他所表现的那种勇于探索的科学精神，其作用则是鼓舞后学永不停息地向科学高峰攀登。作为前辈科学家所留下的遗产，这两者都是极其珍贵的。但是，科学的结论往往因时代的进化，有所继承，也有所淘汰；而作为科学家的探索精神，则在任何时代都会给人以巨大力量而推动着人类不断地前进。我认为对太炎先生在古音研究上的巨大贡献，也应当作如是观。

记得一九三五年初秋的一天，太炎先生第一次召见我时，是在客厅中间一张小圆桌边对面而坐。先生跟我谈的第一个问题，就是他晚年主张冬、侵二部当合并为一部。先生怕我听不懂他的浙语，呼人取纸笔，边写边讲，将近

---

① 此部分文字与本题无关，故略去。——编选者注

一个小时，兴犹未尽。他除列举《诗》《易》为例，并谓：从冬得声之"疼"，今读dén，犹与侵部近（此例，先生在《音学余论》中未提出）。我当时才二十五岁，浅识寡闻，对音学所知尤少，而先生不以我为谫陋，循循善诱，平易近人，声音笑貌，至今宛然在目！此后，我又常常以一得之见，求教于先生，而先生亦不以我为狂妄，略有可取，多蒙赞许，其奖掖后进之至情，迄今思之，犹令人肃然起敬！

又记得先生在讲《小学略说》时，曾强调说：

> 古人用韵，并非各部绝不相通，于相通处可悟其衔接。吾人若细以口齿辨之，识其衔接之故，则可悟阴阳对转之理，弇侈旁通之法矣。

先生又说：

> 前之顾氏，后之段氏，皆长于韵学，短于音理。江氏颇知音理，戴氏最深，孔氏继之。……居今日而欲明音韵之学，已入门者，宜求音理；未入门者，先讲韵学。韵学之道，一从《诗经》入手，一从《广韵》入手，多识古韵，自能明其分合之故；至于求音理，则非下痛切功夫不可。

上述这两段话，不啻先生自述其治音学之历程，总结其治音学之经验。从我学习《成均图》的体会看，确实体现了先生既长于"韵学"，又精于"音理"的巨大成就。而先生却又毫无保留地以此谆谆教导后学，使我一生受用不尽。

但是，先生离开我们已半个世纪了，对继承先生遗产、发展祖国文化，我究竟做出了什么贡献呢？在纪念先生之际，扪心自问，惭愧无地！

至于对先生一生的评价，今天学术界的观点并不一致。但我觉得，任何一个伟大的科学家，都不是也不可能是真理的结束者、终极者，而主要在于他能承前启后，开风气之先，把对真理的探索推向当时历史条件下的最高水平，为科学的不断前进，做出应有的贡献。而太炎先生，正是处在中国新旧学术交替时期的这样一位伟大学者，一代宗师。

社会在不断地发展，学术在不断地进步，但先生的业绩，作为中国学术史上的一座巍峨的丰碑，是永垂不朽的。我们不但要纪念他，而且还要继承他丰硕的学术成果，发扬他勇于探索的科学精神！

一九八六年四月二十一日脱稿

第 三 辑

致李恭（三通）

一

行之同门兄鉴：

奉读四月十八日手示，得悉年来治学情况，欣羡之至！《斯文异诂举隅》，前人及之者少，纂为一编，亦创举也。杜林之说，除许书外，扬氏《方言》中，引据当亦不少。因子云之学，受杜氏之影响极大（详拙著《子云年谱》中），惜其不曾标举姓氏，无从考索耳。弟年来迫于兵火，困于沉疴，旧业荒芜，近拟稍事董理，而无从着手，尚希时锡教言，以匡不逮。豫战起后，云飞即无消息，甚为悬悬！孙君鹰若寄来近作两册，嘱转致一册，查收是盼！

敬请撰祺！

弟炳正拜上

（一九四四年）五月廿九日

弟之不得赴兰，实因机会使然，绝与待遇无关，前函已略叙及，来日方长，后会当有期也。炳又及

二

行之吾兄道席：

奉读手示，知大著已在北平发表，则弟处所存副本，虽不必刊布，亦当珍袭之，以备参考也。弟年来以忙于课程，所辑"语原"材料甚多，竟无暇整理，殊为憾事！顷此间编印学报，索稿于弟，乃就不平于时人者，略加评骘，作"驳林"一文，以抒所见，奉寄一册，幸垂教焉！匆匆敬请教安！

弟汤炳正再拜
（一九四七年）十月一日

云飞处一年来无信息，未悉何故！姚奠中兄顷应云南大学之聘，李源澄、傅平骧二兄亦去云大，其书院以经济拮据而停办矣！炳又及

三

行之学兄：

得十一月廿七日手示，喜出望外！同门中时通音问者甚少，章师母前年有讯，后又中断。回忆姑苏往事，不能不令人发思旧之幽情也。

兄所联系之"江南诸友"，尚有何人？能示以地址，则幸甚也。姚奠中兄，现任山西大学古典文学教研组组长；郑云飞兄，现任教于贵阳师范学院中文系。去年有来信，年来忙于工作，又缺联系。弟当以兄之行之相告也。

近读朱仲玉的《章太炎》小册子，亦有章师屈膝项城之说，然谓此系先师在未识破袁某阴谋之前，识破后，则只有不妥协之斗争。但朱氏又说，先师自订《年谱》，始终称袁为"袁公"，弟以未见过《年谱》，未知其审。

附寄拙作抽印本一册，谬误之处，希赐正！今年又在《江汉学报》10月号发表了一篇《〈楚辞〉纂辑者及成书年代的探索》，此刊物易得，故未寄也。

解放后，只忙于教学，犹感精力不给，科学研究，未能展开。以上两文，皆在暑假写定，平时没有时间。但在党的二百方针的鼓舞下，科研的兴趣甚浓，此后，尚努力为之，希对旧日存稿作一番整理也。

兰州市僻处西北，但近年来听说建设很快，面貌一新，生活亦与内地无异。倘有机会，希能示知一二也。

此颂

近祺！

汤炳正

（一九六三年）十二月九日

致汤国梨（四通）

一

师母大人赐鉴：

忽得手示，曷胜欣忭！暌违尊颜二十余年，仰慕之情，无时或已，沧桑之感，一言难罄，想处境正同耳。

附寄大作《高阳台》《水龙吟》，抒写为先师扫墓情景，俯仰今古，凄怆难胜。但与张公苍水相比，虽"英雄一例终黄土"，而先师正当宣付史馆，照耀"汗青"，不只"野老村翁，闲话遗闻"而已。

同门诸友，战时星散，炳所知者，惟姚奠中兄（豫泰）在山西大学任教，余无所闻。

耑此敬颂

吟安！

后学汤炳正拜上
（一九六〇年）十月廿日

附汤国梨先生词如下：

往者外子章君，因反抗帝制，被禁燕都三载。既南归，乡人迎于上海，返杭州作湖上之游，乃谒张苍水墓，并为撰文，此四十余年前事也。外子既没于苏州，为谋归骨故乡，得会稽诸申父先生代为觅得南屏山地，与苍水墓比邻，岂意料之所及耶？外子与张公，萧条异代，道合志同，而今共此湖山风月，非偶然也。重来凭吊，景物依然，回首前尘，宛如昨日，凄怆兴怀，爰谱此词，调倚高阳台：

春到钱塘，人归歇浦，陈陈梦影前尘。油壁青骢，相将湖上嬉春。十年迁客曾经地，喜湖山荡尽尘氛。尽多情怀古，苍凉展拜忠魂。　　英雄一例终黄土，痛萧条遗梓，来与为邻。杯酒倾怀（苍水公墓，每年祭扫，必为外子安一席），兴亡把臂重论。丰碑五字亲题署（外子墓碑，仅"章太炎之墓"五字，为其幽禁北京时手写刻石，时并不加以生卒安葬等年月日），为人间鸿雪留痕。倘他年野老村翁，闲话遗闻。

丙申仲春，携展女南屏山扫外子墓，并吊苍水公墓，苍凉万感，赋此寄怀，调倚水龙吟：

江山此日登临，当年虏骑纵横地。神京残破，生灵涂炭，国仇如沸。誓扫胡尘，枕戈浴血，壮怀难已。奈天心沉醉，江水无情，奇零草，孤臣泪。　　多少兴亡旧事，算从今休还重记。汉家旧物，金瓯无缺，已酬素志。青史传名，青山埋骨，长留正气。看佳城郁郁，南屏山好（公由萧寺赴市，望见南屏，曰：好山色），荔枝峰翠（公墓在荔枝峰下）。

景麟同志指正

　　　　　　　　　　　　汤国梨初稿
　　　　　　　　　　写于苏州时年七十又八岁

二

师母大人台鉴：

　　手示敬悉，客岁大寿九十进一，奉寄寿屏，知已收到。此乃晚学略表微忱，以尽弟子之礼。来示屡表谢意，反令下怀不安矣。

　　所寄答诗四首，殊佳。惟奖许之语，难副雅望，甚为惭悚！所谓"朴学薪传"，施之他人则可，若炳则颇愿以此自勉耳。

　　耑此敬颂

吟安！

后学汤炳正拜上

（一九七四年）五月六日

附汤国梨先生诗四首：

（一）

卅年桑海几侵寻，朴学薪传喜有人。
慰我老怀惟一事，天涯桃李尽成阴。

（二）

漫说崎岖蜀道难，鱼书时得报平安。
锦屏好句殷勤寄，无那琼瑶欲报难。

（三）

蟠桃枝上白头翁，画意诗情别样工。
莫道针神能织锦，也应慕此竹屏风。

（四）

谁与萧斋共岁寒，海萍云鸟思无端。
哲人老去闲身在，得共湘灵结古欢。

此致

炳正大弟郢正

影观老人未是稿

时年九十二岁

三

师母大人尊鉴：

手示奉悉。酷夏中暑，最怕缠绵日久。深望多自珍摄，早占勿药，是盼是祷！

闻先师遗书，乱离后所余无几，甚为痛惜！尤其手稿多被窃往香港出售，更为祖国文化之巨大损失。整理先师遗著，谬蒙属意于炳辈，特恐困难不少，有负尊望耳。组织上为遗稿出版事，既尝派人相商，应积极配合，玉成其事。未知尊意以为然否？

耑此顺颂

教安！

后学汤炳正拜上

（一九七四年）十月廿四日

四

师母大人尊鉴：

几度专函奉候，不得复音，疑虑之情，时萦于怀！

炳年已七旬，惮于远行，得侍左右之宿愿，恐难偿矣。适此间邹君有苏沪之行，故特委伊登门拜谒，如有教诲，可嘱转达。虽不得亲睹尊颜，亦可聊慰景仰之忱矣。

吴则虞君已于去年逝世，同人凋谢，思之怆然！姚奠中、金德建二兄，时有信来，景况皆佳。惟姚过忙碌，无暇读书，金有眼疾，又读书不便耳。炳心脏病已少愈，正赶写《屈赋新探》，待有成书，当奉呈请教也。

顷在《书法》杂志上得见师母法书一幅，殊感快慰！笔力遒劲，有俊逸之气，寿征也。

耑此敬颂

教安！

后学汤炳正拜上
（一九七八年）十一月廿二日

致姚奠中（四通）

一

奠中兄：

　　来函悉。我对治印是外行，所寄玉章既非一般刻刀所能为，即不为勉强，待以后再说。

　　师母"逝世"之说，乃系讹传，她现仍健在。至于师母给周总理写信，建议组织人力整理先师遗著，并提出包括你我在内的编者名单，此事我毫无所闻。但既系参加全国出版会议的同志传出的，当非谣言。

　　寄来先师评传提纲，颇得要领。评价先师"护法"前与"九一八"后，皆较容易，难在这中间的一段。我想只有如实写，如实评。本着"吾爱吾师，吾尤爱真理"的精神处理，关键在于掌握分寸。如有人不作具体分析，只说"顽固反动"，未必恰当；而鲁迅的"不过白玉之玷，并非晚节不终"，则很有分寸。我以为"资产阶级革命的软弱性",不是个人的是非,而是历史的必然。这样提比较恰当。

为了正确地评价先师的一生,我同意你的意见,必须先整理出一部详细的年谱。我过去曾打算写一部《章康合谱》,通过两人在政治与学术上针锋相对的斗争,以显示先师的功绩。现在看来,此愿很难实现。

北方虽寒而家家有暖气,四川严寒不减于北方,而全无暖气设备。每日僵坐读书,确不好过。

书不言尽,顺颂

文绥!

汤炳正

(一九七三年)二月廿日

二

奠中兄:

得七月卅一日来函,一切均悉。忙于搞运动,各校皆然。我以病故,未能参与。但耳有所闻,略知一二。我与兄不常通信,殆所谓"多病故人疏"耶?为先师写传,多引原文,是必要的;为了照顾读者水平,于原文之下,并列译文,似可试行。但恐亦多困难耳。

先师是朴学大师,但却并非为考证而考证。他的考证,更多是与微言大义融而为一的。这跟清代朴学前辈中的顾炎武、戴东原等有些相似。故写先师的哲学思想与革命活动，似与写朴学成就不相矛盾。二者可以兼顾，也应当兼顾。

我的病较前好些。现除坚持散步，并学按摩。身体条件与工作愿望，是主要矛盾，很苦闷。现在搞点屈赋研究，借以遣日。我近发现，屈原虽有法家思想，但很复杂，不名一家。即以法家而论，他又有黄老思想，与韩非相近，而与商鞅相远。现证以马王堆出土佚书，益明，郭老曾否定《远游》是屈子之作，值得考虑。因《远游》正体现了屈子黄老思想的某一消极面。

匆匆不尽所言，即颂
文绥！

汤炳正

（一九七五年）八月十日

三

奠中尊兄：

大函及所写横幅，早已收到，谢谢！所盼写之巨字立轴，暇时仍望为之；但兴到方能得手，不敢限以时日。

先师《学谱》之作，极为重要。盖先师与一般政治家不同，政绩之外，尤在学术之卓绝千古！董君之《学术年谱》已成，可喜！它可为《学谱》之作奠定基础。推荐出版，义不容辞，代拟"推荐书"，定能得体，不烦寄示底稿。

能评析先师诗篇者，当代实无其人。兄之大作，堪补此缺。审时势，探典实，深得先师爱国忧民之博大胸怀。此外，先师的文章，高古典雅，但读之匪易，赏之者少，吾兄能为先师写此文论乎？企予望之！

兄之门下，毓庆之外，又有国炎，后继有人，令人欣羡！得毓庆来函，较前益谦恭好学，理应多事奖掖。相见望代致意。

冯俊杰君为屈学年会而奔走，又为出版年会文集而筹划，甚为感谢！但自去秋即断绝音信，出版文集事，当又出现波折。故弟不便再事敦促，强人所难。兄如知情，能告知一二否？

匆匆顺颂

文祺！并祝

树兰嫂安吉！

汤炳正

（一九九四年）十一月廿三日

四

奠中兄：

　　十一月十二日来示悉；《年谱》近亦收到，勿念！写"年谱"而侧重"学术"，这在先师的一生来讲，很有必要；即使重在学术，而面面俱到，亦自不易。大著对此，采撷甚广，而取舍之间，亦见功力，佳作也。在历史上，晚出之原始资料，往往反足纠当时报章之误传。如先师《遗嘱》问题，其一例耳。

　　弟已八十有七矣！近年来，主要有点心脏病，近亦好转。思维力如前，但记忆力大退。初期白内障，尚不影响阅读。不敢写大文，常以整理札记以遣日。彰灼常有肠胃病，但体力特好，步履矫健，我所不及。去年我与彰灼同到北戴河开会，实旅游耳。在登临之际，我曾几次疲惫不支。今后，我已无勇气外出。北上相聚之约，恐难实现。

　　《诗文辑存》问世，望见寄。弟近亦辑《文录》一本，内容太杂，出版单位尚未落实。与青年合写《楚辞今注》，上海古籍出版社明春见书。届时当奉寄请教。言不尽意，余俟后叙。

　　遥祝
新年康乐，
阖家幸福！

汤炳正
（一九九六年）十二月七日

弟三十年代小照，竟无存者；今得《年谱》附影，弥足珍贵。四十年代，我与兄陪同罗季林君在花溪桥上留影，背有兄题小令，至今仍保存一帧，时一展视，恍如梦境。

致王焕镳（一通）

驾吾尊兄有道：

得来书，知正治墨子。但墨子难治，墨经尤难。高血压病，还须将息休养，不必操之过急。

伍非百《中国古名家言》，弟有其书，乃其私人石印线装本，伍君赠弟以为纪念者。现特包扎投邮，寄奉参考，不日当可收到矣。

弟治《楚辞》，亦只病中遣日耳。尊庋既有周氏《离骚草木史》，并得允赐阅，何幸如之！

所嘱调养冠心病所应注意之事，自当谨守不渝。但正如尊函所谓："吾辈能在天地间为此不急之务，天之与我者厚矣，敢不黾勉。"此语正中鄙怀。所谓"欲罢不能"者，殆古今同之也。

耑此顺颂

撰祺！

汤炳正

（一九七五年）五月廿日

致汤浩正（二通）

一

三哥：你好！

二十多年没有见面，但心里总是在想念着你，也有时在说到你。这次世洪来成都，才对你的情况有较详细的了解。你的儿女都大了，生活也很好，身体也健康，这使我很欣慰！

我从一九七三年四月起，患了心脏病，一直在家休养到现在。病总算好了一些，但仍然不能工作。我曾争取退休，领导上没有批准，据说是教授不能退休。病情如果好了，能做多少工作就做多少。我现在已能看些书报，但不能持久，用了脑，就感到心跳头晕，四肢无力。去年春节，病曾大犯了一次，送医院抢救，才脱了险，但这种现象已有一年没有出现，请你不要挂念！

上次世洪来，你还带了一些东西给我，使我很过意不去。我托世洪带了点东西给你，也只表示一点敬意，因为这里的供应虽比贵阳好些，但肉类仍然缺乏。听说"五一"节那天，你找了一个石山要寄给我，我心里很受感动。但石山的质量如何，恐你不易鉴别。如果质量不理想，则千里相寄，得不偿失。希望暂时放在世洪处，等我有机会到贵阳，看了再说。你以为何如？

你在贵阳，有世洪跟你往来，互相照顾，他乡遇亲人，也是一种乐趣。听说小波也长大了。我这里仍然保存有他的一张相片，我每次看到相片就想念他。他奶奶也想念他，因为奶奶带了他几年，对他是有感情的。不晓得小波还记得那年离别的情形否？

我在这里，有世源夫妇在身边，对照顾我们的生活是很得力的。丽玉夫妇，每隔一周就来看望一次，过年过节就团聚在一起，也有晚年的乐趣。俊玉虽然在会东，少远一点，但也常寄些药来为我治病。因公来成都，也可以常见面。这一切，都请你放心！听说你的儿女，个个都很能干，这也是你晚年的幸福！

听说你修了几间房子，很理想。但我到现在还没有个理想的住处。因为年纪老了，学校离市区也很远，住在学校，生活很不方便。上个月打算在丽玉争取到房子以后，就搬到丽玉处一起住，后来房子没有争取到，成了空想；最近世源夫妇在他们单位上争取房子，现在也落了空。总之，没有个理想的住处，很是问题。

前几天，世洪寄了几张他画的国画，作为业余的爱好来讲，成绩总算不错。但也有些缺点。请你转告他，等我精神好些，再写信跟他细谈。红玉作为一个妇女，做重活路是不相宜的，是否该另外调换一下工作。你有机会，也可对世洪谈谈。

我的通信处，是"成都市，解放中路1663号"，希望你常写信来。即祝
身体健康！ 并问
三嫂安好！
侄儿侄女们平安！

汤炳正

(一九七五年) 六月卅日

二

浩正三哥如晤：

你六月三日的信，早接到了；住了五天，又接到你寄来的东西，如数查收，勿念！你寄来这样多的东西，质量又是高级的，真使我万分感动！家里大小也都非常喜欢！

本来我应及早写信给你，只因为我从五月底就开始患肠胃炎，每日泻肚数次，到接读你的来信时，我的病正达到高峰，半夜送医院抢救，输液一天一夜，总算脱险，但

未断根，回家后翻了病，又输了一次液。此后时好时坏，一直拖到现在，每顿饭只能吃半碗流汁东西，肢体瘦得不像样，四肢软弱无力。今天精神比往天好些，因此执笔给你写信。看来泻肚基本止住了，此后只是如何休养的问题。人老了，我今年上半年，杂病特别多，而且有了病就久久不好。这次的肠胃炎一直害了二十多天还不好，就是年老体弱的原因。至于我的心脏病，已患三年多，今年总算好了些，但此病不易断根，时常犯，我这次的肠胃病，可以说是病上加病。本来今年为学校担任科研工作，当前只得停工养病，病好些再搞科研。我一生花费人民的血汗，学了不少东西，总觉得要为人民多做点事，于心才安，所以一直没有申请退休。至于将来是否申请，等到暑假再考虑。退休以后，大约每月有壹佰多元的生活费，成都生活高，我的应酬又多，但生活是够了的，请你不要担忧，我会量力而行的。

我现在体会到，年老了的人，健康就是一切。你的身体无病，精神旺盛，我是很羡慕的。我们兄弟五人，现在只剩下三人了，深望你好好注意身体。根据现在医药科学的结论，老年人不要多吃动物脂肪，如猪油等；最好吃植物油，如菜油等；尤其不能吃鸡蛋黄等。总之，老年人要吃清淡一点的东西，免得血管硬化，多生病。当然必要的营养是不可缺少的，不要走极端。棣正哥的身体好，据来信讲，精神很畅快，我心里就放心了。这也证明老年人适当做些体力劳动,对身体是有好处的。我一生的工作是脑力劳动,没有体力劳动,因此,年老了,百病丛生。我现在仍然是脑力劳动,但每天要到河边散步活动两三次。作其他运动,暂时还吃不消。总之,望你多加保重,我也以此自勉。至于二哥处,我除解放初跟他通过一次信后,再没有通信。一九七〇年左右,女儿丽玉回老家,我嘱她去看望过一次。你这次是托红玉带的信给二哥,二哥也是托红玉带了信给你。我不知道用邮寄信给他,他有顾虑没有?希望你便中告诉我为盼!并示通信地址。

我在家时,汤新聚才六七岁,现在当了干部了,他到成都也没有来找我,我很失望。这也难怪,因为他不知我的地点。但到四川师范学院总可以打听得到的。真是遗憾得很!他现在兄弟姐妹那样多,而且都干了工作,二哥的生活总算有了依靠,我很欢喜!

小波上次给我一封信,并寄有世洪画的一棵松树。祝我长寿!又寄有小波春节在你处一起照的相片,算是见到了你的面,见到小波及侄儿等的面,心里很愉快。小波这孩子很懂事,小时在我这里住了好几年,我们很喜欢他。他写信的水平也不错。我这次因为生病,写信困难,所以至今还没有回信。你见到他,希望把我没有能回信的情况告诉他,免得使他失望。等我病好了,我一定写封长信给他,并送他一张我老年的相片。我的精神支持不住,就写到这里吧，以后再谈。

　　此祝

健康！并问

三嫂及诸侄儿侄女安好！

弟汤炳正

（一九七六年）六月廿四日

致姜亮夫(二通)

一

亮夫尊兄有道：

奉读手示，无任欣慰！过蒙奖许，深感惭悚！阁下研治屈赋，海内知名，关于《屈传》之拙作，贻笑大方，希予指正，庶免纰谬。

《大百科全书》体大思精，恐非末学所能胜任。但既蒙相委，自当勉为其难。特未知完成期限之长短。如有可能，则拙稿《屈赋新探》完成后，或可动笔。年来多病，少年锐气，消磨殆尽，一事当前，诸多顾虑，想当见谅于台端也。

年来各种学会，风起云涌，惟成立"楚辞学会"无人提及。近屈赋研究之风，方兴未艾，则以文会友，互相切磋，成立学会，很有必要，台端以为然乎？

顺颂

撰祺！

汤炳正
（一九七九年）年十月十二日

二

亮夫尊兄有道：

奉读三月十八日华翰，敬悉一切，贵体违和，还望珍摄，至盼！

蒙赐大著，如获拱璧，循诵之余，无任钦佩，诚屈学津梁也。

关于成立"中国屈原学会"，两湖基本一致，问题不大。惟主其事者，非台端实难胜任。望能出面负责，弟当辅翼其事也。

成都会议，蒙大力支持，并撰文颂之，实为感激！惟颂文手稿，已被黄君取去，此间只有大会《简报》所载印本，寄奉一份，请查收。

弟与两湖有联系，明年屈学会成立会议是否能参加，视健康情况决定。余俟再叙。

　　顺颂

撰祺！

汤炳正
（一九八四年）九月十日

致金德建(一通)

德建尊兄大鉴：

十月十八日手书敬悉。大著《经今古文字考》有问世希望，闻之不胜欣羡！

上海辞书出版社不断寄来《汉语大词典》书稿，约我审阅。但弟正在"病休"，实难接受。如不限期，自当量力而行，勉为其难，尊意极是。北京《文史》，弟无熟人。上半年弟寄去《释"温蠖"》一稿，回信拟在《文史》第九辑发表。现只见预告，尚未见书。蒙兄问及投稿情况，关切之情，溢于言表，实为难得！

弟以为，有些独创性的论文或专著，时间性极强，出版落后一步，往往形同抄袭。大著《经今古文字考》一拖再拖，不得付印，令人焦急！此中滋味，只有吾辈才能体会得到。愿出版界也能与作者有同样的心情。

最近我校建了新楼，邀我迁住校内。以后通信处如有改变，当即函告。

　　严寒逼人，诸希珍摄，匆此即颂

撰安！

　　　　　　　　　　　　　　　汤炳正

　　　　　　　　　（一九七九年）十二月十五日

致饶宗颐（一通）

宗颐先生鉴：

　　武汉与阁下合影，顷已收到，谢谢！

　　关于太炎先生手稿散落香港一事，多蒙关注，至为铭感！炳现正参与《章太炎全集》整理出版工作，对《检论》之有"续编"问题，尤感重要。回忆一九七四年九月间得章师母手书，曾称先师手稿在离乱间不免多所损失，有人甚至盗往香港高价出售。阁下所言是否与此有关，值得留意。但《检论》之有"续编"，炳前无所闻，询之同门，亦无知者。一九三五年炳曾参加清抄先师手稿工作，亦未曾发现此事。以理推之，不外二端：（一）如手稿确有"续编"，或先师整理时早已掺入正编之中，并非佚稿；（二）或持此手稿者高价待沽，故为此言，以牟厚利。但此皆臆测而已。此事阁下如续有所闻，望能见示，此间当可设法购回；如已被私人购藏，则可通过有效手续，复印副本，以便收入

《全集》。未审阁下意见如何?

　　大著《楚辞书录》此间极不容易得;何处出售,望能见示,至盼!

　　耑此顺颂

撰绥!

汤炳正

(一九八一年)五月廿六日

致郭在贻（二通）

一

在贻大弟雅鉴：

得来函，不胜欣慰！所述治学经过，步子稳，根柢牢，成果累累，名师之门，固当出此俊士也。《说文》《楚辞》，治之者多，非下苦功（或发现新资料），难于有所突破；唐宋俗语，疆域初辟，易收事半功倍之效。深望努力，好自为之！报刊发表诸大作，涉及《楚辞》者，多已拜读，余则少所涉猎。如有副本，希示一二是盼！

炳抗战时，因抒发爱国情怀，为诸生说《楚辞》于上庠，积稿盈尺矣。而八年抗战，十年浩劫，片纸只字，所余无几。现年老体弱，精力有限，只给研究生讲点屈赋；行有余力，写点心得，假以时日，欲以《屈赋新探》之名问世。炳所注意者，乃对屈赋研究中向称老、大、难问题，提出些新看法。至于能否为屈赋研究领域增添点新东西，则毫无把握也。

炳与亮夫先生，并未谋面，只以学术上互相倾慕，渐成神交。此次百科全书《楚辞》条委炳撰写，猥以浅才，深恐有负雅望也。

在武汉时，谈及《天问》"穆王巧梅"问题，未能尽意。拙作已无副本，寻得旧页，奉寄请教，希谅！

武汉相逢，以会务繁忙，未能畅谈，美中不足！今后希多通信，以收切磋之益！匆此，即颂

撰祺！

汤炳正

(一九八一年) 五月卅日

二

在贻同志大鉴：

久疏音问，悬念殊深！今年端阳炳到秭归参加屈原学术讨论会，深望借此会晤，以抒积愫，不料事与愿违，殊为怅怅！

新发表尊著《楚辞训诂》，精辟之处，为之心折，台端历年论文，应亟纂辑出版，以飨后学。拙作《屈赋新探》近已交出版社。但何日能出书，尚不可知。因近年出版工

作，呈迟滞状态。大著宜急图之!

炳今夏卧病两月，近已好转，但精力仍极差，看书不能持久。八年抗战，十年浩劫，历年积稿，散失殆尽，所余点滴，于精力恢复后，当加以整理，作为个人学术里程中之雪泥鸿爪耳，别无他意!

寄上拙文一篇，完稿之际，已感不满；现在看来，益觉惭悚! 希赐斧正是盼! 严寒希珍摄! 匆此，即颂
新年乐康!

汤炳正

(一九八三年)十二月廿日

致郑文（一通）

郑老：

　　武汉之行，已于五月中旬返蓉。因疲劳，休息数日。来函迟复为歉！大著极精，佩甚！

　　此次会议，晤及不少旧友，甚为欢慰！应特别提及者，会上遇到国内几位喜欢研究屈赋的朋友，及湖南、湖北的学术界人士，倡议筹备"屈原研究学会"（全国性的），邀弟作发起人之一。争取明年端阳节开成立大会及第一次学术讨论会（或在长沙，或在武汉，未定）。经费方面，由湖南同志筹划，据谓颇有把握，不致流产。

　　会上嘱弟联系一下西北方面的和西南方面的屈赋研究者。以吾兄乃楚辞专家，对此盛举，定能热情赞助并积极响应、参加。届时当有一番盛况也！

　　陕西方面如有契友，而且研究屈赋，有成绩，希代致意！当时会上意见，摊子暂不铺得太大，故邀请代表，持慎重态度。筹备情况如何，容续函相告。

　　匆此即颂

撰祺！

汤炳正

（一九八一年）六月九日

致汤棣正（三通）

一

景华二哥如晤：

俊玉回川，知兄身体康健，生活愉快清闲，不胜欣慰！尤其看到你寄来的竹兰条幅，吾兄之精神面貌，全在其中，真是见画如见人，"相看两不厌"！

回忆兄少年时代即喜绘画，老年再加点功夫，可成名家。依弟鄙见，这两幅竹兰，用笔略嫌拘束，如能泼辣豪放一点就好了。我有几幅影印的清代大画家石涛的墨竹，准备寄兄作个样板。学有师承，是重要的。

弟近来，年老多病，但仍需就力所能及做点工作，如给研究生讲点课，还要搞科研。弟之科研，主要写《屈赋新探》，争取及早出版；现只发表一些单篇。总之，虽不忙，但无空闲！

暑热困人，希多保重！匆祝

健康！并祝

全家幸福！

弟景麟手书

（一九八一年）七月十四日

二

景华二哥如晤：你好！

世宁、庆玉这次来蜀参加交易会，幸得相见。但他们工作很紧张，会后又急于回家，未能久住，很是遗憾！

这几天，从亲人口里，得知你及二嫂身体很好，侄儿们也很平安，甚为欣慰！尤其听说二哥年已八旬有余，而身体仍强健如青年，使我非常羡慕。我今年已七十七岁，身体反比前几年好些，病也不生了。虽工作仍很繁忙，而我在劳佚之际，颇能调剂得当。除了做点科研，再就是指导研究生。每年要出省开一次学术讨论会。会多了，我就选个重要的会参加。但因为我被推选为"中国屈原学会"的会长，每次开会，不得不到。所以这几年，去过武汉、西安、秭归、江陵、杭州等地。今年屈会在岳阳召开，看来我不能不去。二哥，你还记得我们小时候读过的唐诗里有"气蒸云梦泽，波撼岳阳城"之句吗？今秋我颇想去领略一下这些景色呢！当然，范仲淹的《岳阳楼记》，更不能不使我心向往之。

听说我们家乡，变化很大。我记忆中的什么东炮台、发浪石、黄石板、牧云菴、大鱼岛、马王庙、姜家河、沙帽顶、车脚河，历历如在目中。尤其经常垂钓的东海滩，经常攀登的西山和东墩等，更使我不能忘怀。但据说，这些地方，都已不是旧样子了，高楼大厦，遍地都是。这本是好事，是进化，是发展。但人总是要怀念幼年的事，感到样样都有趣，这也许是落后意识在作怪吧！

谈到童年的伙伴，我这次也问过世宁和庆玉，但死的死，变的变，零落殆尽。古诗云"访旧半如鬼"，一点也不错。现在有河东王家一个外甥，名叫来庭，你可能还记得。他现在流落在东北，他的儿子来四川，总要来看看我，这也很难得了！

我对海味，确实有特殊感情，这次世宁、庆玉带来很多。我在感激之下，写了一首诗，录在下面：

一别家乡四十春，海滨风味倍相亲。
可怜兄弟分离后，数遍天涯剩几人？

诗写得不好，请你指正！

我这几年出版了一本书，名《屈赋新探》，在海内外颇有影响。我手头原有几本，都被朋友拿走了。现在设法要了一本带给你，也许见书如见人，我这几年来的学海生涯，可以从中略知一二吧？

纸短情长，说到这，告一段落吧。详情可由世宁、庆玉口述，不赘。

匆匆敬祝

健康！

二嫂并此问好！

诸侄并此致意！

弟景麟手书
（一九八六年）三月

三

景华胞兄：你好！

得大函及书画一卷，甚为欣慰！不仅信中所叙，使弟得知起居佳胜，而从书画中更知吾兄恬淡的精神世界与高深的艺术修养。

记得兄少年书法学欧，造诣极深；这次寄来的单屏，似又转而学颜；但从今年写的对联上看，却又自成风格，大气磅礴，一脱古人窠臼。值得钦佩的是这种自强不息的精神！

所画梅竹俱佳，在此基础上，用笔略为活泼一些，做到挥洒自如，不难达到名家的境界。弟既不善书，又不能画，只是喜欢欣赏品评，可能说的是外行话。亲在手足，当不会见怪吧？

拙作《屈赋新探》，谬蒙夸奖，不胜惭愧！此书出版后，不少大刊物发表了评价文章，多所赞许。即在一九八五年在湖北召开的"中国屈原学会"成立大会上，弟被选举为学会的会长。今后自当努力学习，庶不负全国学术界对弟的无限希望。今秋弟的第二部拙著《楚辞类稿》即出版，届时当奉寄请教！

吾兄的诗作极佳，尤其是写给我的那首七绝，我读到"尽道同胞人似雁，缘何不作一行飞"之句，不禁为之泪下。我想，在社会大变革的时代，手足相守，终老田园，是不易办到的。中秋节就到了，我只求像东坡所说"但愿人长久，千里共婵娟"，也就心满意足了。

写诗，确实是人到老年最好的嗜好。但弟因工作繁忙，很少执笔抒情。今后，在吾兄的影响下，定当努力学习。

景之兄在贵阳，现已八十高龄，身体尚健，知注并及。秋凉，多加珍重！余情后叙，敬祝吟安！并祝
全家平安！

弟景麟手启

（一九八六年）八月廿四日

致章念驰（二通）

一

念驰师侄：

顷由四川大学李润苍君转来大函，欣喜之情，难以言喻！先师谢世后，门人弟子，凋零殆尽，而芝兰毓秀，后继有人，先师有知，当含笑于九泉矣。

编先师"演讲录"，师母在世时，炳曾提过几次，终以离乱频仍，未能实现。不料门人弟子所未能尽其责者，竟由师侄毕其役。所喜之余，益增惭悚！

先师生平书信，历史价值既高，数量亦复惊人，如能登报征集，汇录成书，实学术界盛举。师侄其有意乎？

炳所藏先师手泽以及遗书，抗战烽火中，已荡然无存。《〈尚书〉讲义》，过去有所存录，现已不复见矣。汪震其人，不知来历。只知在苏州时，先师门下有金震者，字东雷，当非一人之讹传？

代为复制先师演讲录四篇,甚为感激!沪上汤志钧君,专研先师生平事迹,虚心交往,当有裨益也。

炳晚年体衰,除培养研究生外,正整理《屈赋新探》。现出版社催稿,颇感力不从心。幸有研究生代为抄写,年底可以完稿,勿念!

先师母逝世时,炳曾写小诗四首,以抒悲悼之情,另纸附去,希赐正!

耑此顺颂

文祺!

汤炳正

(一九八二年)七月廿日

二

念驰师侄鉴:

去年九月十九日来函及大著,早已收悉,勿念!

今年一月十二日在杭州召开先师诞辰125周年学术讨论会,并成立"章太炎研究会"。如果主其事者确想为祖国文化事业办点事实,此不失为盛举。故炳接到邀请后,本欲前往参加,以尽后学尊师之谊,并为发扬章氏学派的优良学术传统而略尽绵薄。不料时值严冬,偶感风寒,未能前往，深以为愧！

来函谈到祖国的文化现状，担心将会发现"在繁华的都市里生活着一群文化侏儒"，此言实具远见，我有同感！

你以身受的体会，认为知识分子"路狭心狭"，互不相容，自古已然，于今为甚。炳对此已司空见惯，不以为怪。最重要的是从奋斗中求自立，以成果决胜负。寄来大作，已极见功力，望好自为之！

匆匆即颂

文祺！

汤炳正

（一九九四年）二月一日

致赵逵夫（二通）

一

逵夫同志：

前日寄来大作，阅后极为钦佩，已托郑老代达鄙意。因其时身体不好，故未作复，希谅！

大作以《楚世家》熊渠长子伯康即为《离骚》之"伯庸"，发前人所未发，确为精辟之论。以此为突破点，加以发挥，为屈赋研究，立了一功。闻郑老言，你留系后仍研《楚辞》，希努力之！

兹寄去拙作《屈赋语言的旋律美》，希指正。此文亦皆"老生常谈"，没有什么意思。其中有三个论点，似为前人所未及者：（一）《九歌》"兮"字的特殊用法，从理论上应当怎样解释？（二）屈赋如《离骚》，上句用"於"下句用"乎"，此已发现多年，但原因何在？（三）《离骚》用韵，古音学家皆以四句为一节，一节为一韵例，但从文学语言旋律来讲，这样划分未必合理。对上述三个问题，略抒己见，以就正于学术界。意在通过现象，寻找原因，并提高到理论认识，是否有当，未敢自信！

顷接东北方面来函，知于本年七、八月间在大连召开屈原研究学术会议，邀我参加。但路远体迈，未必能如愿前往。未知郑老跟你接到通知没有？

此间春寒料峭，毫无暖意。西北如何，诸希珍重！

匆此即祝

春祺！

汤炳正

（一九八三年）三月一日

二

逵夫同志：

汨罗之会，未能相见，甚以为憾。汨罗归来，得手书，始知其故。刘瑞明同志，亦来信说明：该校因控制经费，未能与会。此外，郑文老亦未与会，是未接到请柬？还是别有他故？希于便中侧面了解一下。此类事，最易得罪朋友也。你交大会的论文，我已读过，探赜索隐，不失为一大发现。来函似对大作有不足之感。此等谦虚态度与不断探索的精神，实为可贵。鄙意：此文是否可以另外选择一个"突破口"？即不以"有人"问题（原文一节）为"突破口"，而以"昭过"问题（原文四节）为"突破口"，提到全文之首。这样做，有下列好处：

（一）"昭睢为屈原的同一政见者"的结论，几乎成了屈学界的成说。对此事能进行澄清，这本身即具有巨大的学术意义。

（二）昭过即是昭滑，而非昭睢，在异文上、字形上、人物的政治态度上，都有铁证，可成定论。这样就可对《楚世家》所记昭睢与屈原同调之误，予以纠正。

（三）在此基础上，再把"有人"章的昭滑作为屈原的同政见者提出来，则"有人"之为屈原，就顺理成章更有说服力。

（四）当然，上述的处理可能会使人感到辨滑、过、睢成了论文的主题，而辨"有人"之为屈原，成了论文的副主题。但即使如此，论文却可以立于不败之地（上述四条意见，并不成熟，是否可行，仅供参考）。

评价《楚辞研究》，很重要。这除了对"屈学会"扩大影响外，对青年新秀的脱颖而出，也有好处。香港方面报导甚好，大陆亦深望有推荐文章，你以为然否？

关于《著名学者谈读书》，有暇当应命执笔。近来溽暑困人，只有拖延一阵再写。

匆匆即颂

撰祺！

汤炳正
（一九八八年）八月九日

拙著《楚辞类稿》已由巴蜀书社出版，两月前已见书。待买到后，当奉寄请指正！ 又及

致黄中模（二通）

一

中模同志：

前日来函及大著，均收到。大著实为《屈原诗话》之姊妹篇，皆以文艺界斗争为中心，别具一格。将来你对有关屈原问题斗争史的撰写，一定会做出更为出色的成绩，企予望之！

关于召开屈原问题讨论会（评"屈原否定论"），我当仁不让，早与此间研究所商洽。他们以为有关经费问题，仍需院方批准。对举行此类有重大意义的学术活动，院方批准当无问题。如这一设想实现，由我们研究所做东道主，则你与谭优学君即不必为此事而风尘仆仆于成渝之间矣。

关于屈原的生年月日问题，至今仍坚持我个人的意见。去年拙著《屈赋新探》定稿时，我又加进了一些极有意义的新证据。对陈久金君的文章，当时是《社会科学战线》

编辑部请我代为审稿，我临时写了几条审查意见。不料该编辑部竟来函要求将"审查意见"公开发表。这是一种破例的要求，但我答应了。我对学术上的老大难问题，一向抱着发动群众、共同攻关的态度，从不想一个人说了算。只要言之成理，我鼓励新颖意见尽量发表。因此，我对陈君的敢于创新、勇于破旧的精神，予以充分肯定。但对他的结论，我却在"审查书"的后半极其委婉地提出了意见。总的来说，就是陈君的论据单薄；尤其是"楚用周历"之说，与屈赋有关时令的描写，矛盾极大，不可信从。对此，"审查书"已举的例证之外，还有不少例证，皆从略。

至于最近郭元兴君之说，生年与敝说不谋而合，这恐怕不是偶然现象。因为他所据资料与所用方法皆与我不同，而竟得出共同的结论，则这样结论或更接近客观事实，所以我赞同。但郭说以为"楚用秦历"，以夏正十月建亥之月为正月，亦即以十月为岁首。这个论点，我不同意，因为：（一）《尔雅》记夏历十二个月的名称与次序，跟长沙子弹库出土的楚帛书是完全一致的，与《离骚》也一致。则楚用夏历，不容否定。（二）如果楚以"秦历"为岁首，则较之用"周历"为岁首，又提前了一个月，即与楚之夏历，相差三个月。因而跟屈赋中有关时令的描写，就发生了更大的矛盾。屈赋是有力的内证，不能置之不问。（三）郭君的新论据，是云梦发现的《秦楚月名对照表》。此表乃秦取郢都为南郡的初期，楚人以原用之夏历与秦之颛顼历的对照表，目的是便于对照使用。犹辛亥革命后的日历，亦阴历阳历对列，公元之外，附以旧日之农历。如以此证明屈原以前楚国已用秦历，不见得符合历史事实。

以上就是我的看法，简述如上，以答所问。

耑此顺颂

文祺！

汤炳正

（一九八三年）十月

二

中模同志：你好！

寄来大作及学报二册，已收到，勿念！近来因杂务忙，未能及时作复，希谅！

我院新领导班子已组成并公布，那位管文科的副院长，也被批准了。昨天我向所领导了解有关我们开学术讨论会的问题，所领导说：他已将此事向院领导汇报并商量。院方没有表示不赞同，只说新班子刚成立，百废待举，稍晚几天，再作决定。据我的推测，那位管文科的副院长，不仅是学术内行，也勇于推动学校的革新活动，对我们的提议，是会被批准的。但前几年的形势，万事是"慢"字当头。

这种现象如果不改，就会把我们拖老。真叫人徒唤奈何？不过此事只要决定，我会马上告知你，以便准备。

两湖的动态如何？上次你说的湖南有准备之势，细情如何？希能见示！我的初步考虑，如果全国性的"屈原学会"，明年成立无望，则我们在成都开的学术讨论会，即使拖到端午节举行还是可以的。如果全国性的会在端阳节举行，则我们非在春季举行不可。总之，要看各方面形势的发展如何而定。我现在确实体会到，有很多事是不能以我们的意志为转移的，哪怕是芝麻大的事，也是如此。想你也有同感吧？不过有一事，我们自己做得主，即勤奋读书，埋头科研，写出有质量的论文。在这一点上，我愿与你共勉之！

你寄来的大作，写得很好。你善于综合前人的成果而又能有所发展，这是你的文章最大的优点。我已将文章转介给我院学报编辑部，下文如何，容后告知。大作有两处，我擅自改动了一下：（一）关于跟《尔雅》十二月名相符合的帛书，乃解放前在长沙子弹库战国楚墓出土的，不是马王堆出土的。（二）《哀郢》的"方仲春而东迁"，如果理解为襄王廿一年郢都沦陷时的情况，而且又把屈原之死也列于此年，则跟下文的"至今九年而不复"的句子相矛盾。因为据《哀郢》的全文来看，则"东迁"之后，起码又住了九年才写下《哀郢》。王夫之说，在这一点上是说不通的。故这部分删去未用，而只保留了死于襄王廿一年的论点。大作的最后部分，对驳斥三泽说是很中肯的，很重要的。只是在发挥方面写得长了一点。我跟学报打了个招呼，如果全文太长而版面有限，这一部分可略加精简，或分两期发表。现尚未知结果如何。

贵学报来函向我索稿，我现无稿，希你向编辑部同志说明情况，并示歉意！至盼！

前函说：湖南争取在湖南开成立大会，会址设在湖南。这也很好。我认为关键问题是省委点头并拨款，至于北京(中国)社科院的批复，不过是备个形式。你可鼓励他们作积极准备。关于分题催促写文问题，你可先在个人通讯中打个招呼，作好准备。将来无论川师的会或湖南的会，都要用。有备无患嘛！即祝
新年快乐！

汤炳正

(一九八三年) 十二月二十二日

致朱季海(一通)

季海学兄惠鉴：

得四月十二日手书，知愿应邀来此间参加屈原问题讨论会，不胜欣喜。睽违将近半个世纪，借此夜话巴山，乐何如之！论文题目定为《〈远游〉略说》，附评廖(季平)胡(小石)二家说，极佳。因时人多知胡适之谬，而忽视小石之非也。印资困难，可先将原稿寄来，大会设法出资付印。

此间会期，五月廿二日报到，阁下黄山之会，可提前一天退席，当不致延误。我与敝校领导商量，已允破例解决食宿交通等费。如为争取时间，可乘飞机前来。尊意如何？请赐佳音。余不赘缕。

即颂

撰祺！

汤炳正

(一九八四年)四月廿日

致汤序波（五通）

一

小波：

你八月十六日深夜写来的信，我早已收到了。我跟你奶奶的打算，等"骨友灵"收到，立即复信。不料直等到今天，仍然没有收到这药。因此，也就久未回信，实在遗憾得很。

你主动寄钱买药，我跟你奶都很受感动！药虽然未到，你的情意我是领受到了，这使我永远也忘不掉！我的颈骨仍在痛，但对头昏的影响却逐渐在消失。不过骨质增生的根不去脱，头昏也难保证不复发。你见信后，马上写封信给东北的药厂，请他们查明原因，是否把款子遗失？

我被全国屈学界推选为"中国屈原学会"的会长，责任也重大了，事情也多了。既光荣又艰巨，确实如此。今年是在湖北开会，当然不会路过贵阳；后年的年会，已决定在湖南开，那时必路过贵阳。我一定去看望你三爷，你爸妈，你们兄妹，及三爷家侄儿女们，想来是会很热闹的。

你爸爸的腿，我们一直惦念着。只知好多了，但具体情况还是不清楚。你以后来信，希望详细谈谈。

在学习中走了弯路，甚至勤奋而不出天才，这样的事也许有，但我认为这是不带规律性的例外。因为弯路也会在勤奋中变成康庄大道的。当然，求名师指点，希望少走弯路，这也是应该的。你是希望成为散文家的。对此，我主张先向一个（不是多数）第一流的名家学习（要学得像）。待基本成熟以后，再博览诸名家，集各家之所长，形成一家的独特风格。你现在是否可以专读鲁迅的作品。他的《朝花夕拾》，达到抒情叙事的高峰；他的《野草》，达到哲理文的高峰（暂且不懂者，也可略寻参考书）；他的诸多杂文集，达到说明文的高峰。首先学他观察问题的深刻性；其次是表现形式的多样性；再其次是语言运用上的精炼透辟，色彩鲜明。总之，学写散文，第一步的要求是观察事物，有独到的（深刻的）看法；其次再考虑用什么形式和什么样的语言来表达。没有对事物的独到的（深刻的）看法，光从语言上打主意，是永远也不会成功的！这都不过是我个人的体会，提供你参考。匆匆即祝

不断进步、攀登高峰！

汤炳正

（一九八五年）十月十日下午

听说贵阳发现了溶岩龙宫，景色绝佳，我跟你奶早已心向往之。不知你去看过没有？将来我一定找个机会去看看。

即祝

全家平安！

炳正又及

十日晚

二

小波：

《自纪》早已收到；八月十九日、九月十二日的两封信，也收到了。你读党校，是你生活的转折点，也是新起点。可喜可贺！

"文革"耽误了你的学习，这是遗憾，但这个遗憾也许是你的动力。宋代文豪苏洵，二十七岁才开始发愤读书，不仅自己成名，并两个儿子苏轼、苏辙也流芳千古！因此，起步太晚并不可怕，可怕是停步不前。望你好自为之！

学习有了目的，还要讲求方法。你这些年主攻散文，总算有了目的。将来撰写"散文史"也好，搞"散文理论"

也好，探讨"散文的写作技巧"也好（也可做散文写作家），攻治的方向不必变动。至于方法，首先是"博"与"约"的结合。一方面是博览群书，一方面是专攻散文。而在博览群书之时，一刻也不要忘记为专攻散文服务这一最终目的。否则，"博览"就会变成泛滥无归，"专攻"就会导致目光短浅。两者都会使你成为终生读书，一无所成的失败者。

在博览方面，你对传统文化是有缺陷的。因此，对党校的任何文化课，你都不能马虎。而且要围绕课程，请老师开列必读的专书，或参考专书，并请教于老师。这里所说的"专书"，是指原著，而非选本、译本之类。适应这些要求，学点古汉语是有好处的。

章太炎先生的儿子，章导学土木工程，章奇学原子物理，都没有能继承太炎先生的学术传统。不料他的孙儿章念驰，竟能传祖业，学文化，整理先生遗著，为先生建纪念馆，等等，这确实是难能可贵的！余再叙，即祝

全家安好！

爷爷　汤炳正

（一九八八年）九月廿日

（党校的详细地址，希告知）

三

小波：

你的来信及《散记》一篇，早就收到了。我因杂事烦扰，一直到今天才松了一口气，并执笔回信。未免使你盼望太久，但也当谅解我的苦衷。当然，年纪大了，精力不足，也是原因之一。

你来信说，平时看书，不善于提出问题。这确实是个重要问题。我认为能否提出问题，关键在于能否独立思考。如果一个人具有较强的独立思考能力，则在看书或看问题时，并不是被动地接受知识，而是主动地分辨是非。如他人的论点"是"，当然应当接受；如他人的论点"非"，则你不仅不接受，而且能提出自己的独特见解。这"不能接受"，就是"提出了问题"；而又有自己的"独特见解"，这就是"解决了问题"——无论是自然科学，还是社会科学，都是在这样不断地提出问题、不断地解决问题的过程中，不断向前发展的。

你寄来的《散记》写得不错；而你想为我立传、为我留名的迫切心情，尤其使我和你奶奶为之感动。确实，有这样一个孙儿，是颇堪自慰的！

《散记》本准备修改之后寄回。但不仅我的精力不给，而且对你的帮助不大。不如提出一些原则，由你自己考虑，自己修改。修改的过程，就是提高的过程。我生平从未在散文上下功夫，可以说是个门外汉。但为"名人"写记，是否应当考虑：(1)用什么形式？如"评传""传略""散记""访问记"等等。顾名思义，"散记"似乎不必从幼到老地写下去，而应当采取其某些生活片段，因小见大，显示其治学成就或精神等；至于"访问记"或"印象记"，则应当是借眼前所见到的点滴情景，不拘一格地写出其某些成就或精神面貌（当然也要有笔者个人的分析与看法，或者评论）。(2)取什么角度？如学生写老师、朋友写朋友、子孙写长辈以及新闻记者写名人等等。由于立足点不同，角度就不同，因而在取材或措词上亦各有不同（当然子孙也可以从客观角度写）。(3)掌握分寸。即给名人写传记，当然是从好处写。但在颂扬之中，语言要恰到好处，不要使人有"吹捧"之感。即使都是实有其事，并非捏造，措词造句，也要掌握分寸；即有实事求是之心，无哗众取宠之意。……

就写到这里吧！有话以后再谈。《散记》原稿寄回。以后如有机会见面，则"印象记"等，或更容易写些。即祝
进步！

爷　汤炳正
（一九八八年）十一月九日

四

小波：

五月八日信及小文，皆收到，因忙未能及时作复。天气渐热，亦原因之一也。屈原的生年月日，是学术上的"老大难"问题，多有些人参加讨论是有益的。张汝舟君的论点，我老早知道。

《量守庐学记》不知是谁写的？黄君生前收弟子极严，而弟子尊师之情亦浓。他的学生有成就者不少，故影响亦大。此书你看了是有益的。

何新是个眼光敏锐、思想活跃的后起之秀，可惜基础差，尤其文字训诂方面尤欠功夫；而他的《诸神的起源》，又恰恰是以文字训诂为武器的，故暴露的错误不少，为人们所不满。从这里可以得到教训，即一个年轻人要想在某一方面成家，必须在基本功上付出一定的代价，否则是不行的。

你寄来的小文，虽然内容单薄，但还清新。本来，写散文并没有一定的格式，根据不同的情况，往往可打破常规，出奇制胜（鲁迅的杂文，千百篇中很少同样的结构），像你这篇小文，一开始先从事实入手，后面才慢慢交代中心思想，当前这种写法很多。而我改时，却加了一个帽子，总摄全文，未免是老套子；也正因此，又改了题目。这样一来，可能投到教育理论之类的刊物，更适宜了。

贵阳的某些学术界前辈，如果有所接触，应以晚辈的态度，向他们学习请教。千万不要为我的事，麻烦人家帮忙。有时人家表面不好推辞，事实上是强人所难。希注意！

我那篇《试论先秦文化思想的"内向"特征》一文，已在《江汉论坛》本年五月号发表。可惜其中两条关键论据，给排脱了（即荀子反对"知天"）。他们只寄我两本，你可在图书馆读。

匆匆即祝

学业进步！

汤炳正

（一九八九年）六月四日

五

小波：

元月十一日的信，我收到了。

为香港《名家翰墨》写的"名家题字"，国内外共有六十多人，我不过其中之一。意义不大，将来有机会，把我的题字拍照给你，你看如何？

我的《语言文字论集》的出版问题，正在进行中，准备用以纪念八十寿辰；另外出集问题，已作罢，主要是没有钱。

《散文世界》寄来了一本，印得很漂亮。在几百字的"编前小语"中，居然提到我的文章，那一段的内容是：

> 有味的是老学者汤炳正先生所撰《无名书屋话沧桑》一文，其甘苦难分的沧桑感，正是岁月沉积的结果；通过作者的睿智与豁达的滤炼，更别具光彩。

此外，我的那篇《治学曝言》，据各方的消息看，反应也很强烈。今天又收到《文史知识》编辑的来信，除对拙文誉为"治学之至理"，还约我为他们写一篇有关屈原的稿子。我现在因各方的约稿、写书序、审著述，压力很大；年纪不饶人，精力衰退，深有力不从心之感。八十岁了，我不久准备排除一切干扰，在健康允许下，根据力所能及，写点自己要写的东西，你以为如何？即祝你：学业进步，鹏程万里！

汤炳正
（一九九〇年）二月十六日

我的寿辰录像，已在四川电视台播映了，效果很好。

致毕庶春(一通)

庶春同志:

六月廿日寄来的大作《辞赋浅论》,及最近寄来的《丹东师专学报》,均先后收到,勿念!

对拙著《楚辞类稿》的评价,实不敢当。当时因书社催稿,粗糙之处,至今犹觉内咎。你为此事,经过许多周折,实在感激之至!

你的《辞赋浅论》,除立论多有创新、并甚精辟之外,文章的形式,也引人入胜。即不作一般大开大合之势,而是把极其丰富深刻之论点,浓缩于概括力极强的短语之中。这无疑是祖国传统的诗话、文评等的创造性继承。读之,恍如《艺概》之再现,颇令人欣慰!你对这种形式的运用,还可继续努力,加以发展。只是对整篇论文中心议题的控制,略加注意可耳。

我年来生活,碌碌如故。除写约定书稿以外,回复青年同志的信，为青年同志审稿改稿乃至写书序，等等，简直应接不暇，压力极大。这些事如果置之不理，又怕挫伤同志们的上进心，找助手代办，我不习惯，也浪费了他们的时间，于心不安。奈何！

　　匆匆即颂
撰祺！

汤炳正
（一九八九年）九月廿九日

致崔富章(二通)

一

富章同志：

久疏音问，时萦于怀。承赐《古文献研究》，诵习之余，获益匪浅。姜老诸作，固极精湛，而大著《四库提要补正》，尤见功力。阁下既掌文澜宝库，得天独厚；更博学多文，好深湛之思，成绩卓著，固非偶然。余氏之《辨证》，不能专美于前矣。炳尝思之，在中国文化史上，应建立"四库学"一科，未知阁下以为然否？

姜老健康情况如何？时在念中，但又不欲以书札琐事劳其神，故未便修书询候。望能代我向姜老问好，并祝健康长寿！炳近尚顽健，亦希转告姜老，以慰悬注。至盼！

书不尽意，顺颂

撰祺！

汤炳正

（一九九〇年）十一月五日

二

富章同志：你好！

久疏音问，时萦于怀。姜先生正值晚年颐养之期，不敢轻易打扰，请代我向他问好，并祝他健康长寿！

近与台湾出版界合作，由我主编《楚辞文献丛书》，共选汉至清末有代表性的楚辞专著三十多种，加以校点，影印出版。亦加强两岸文化交流之意。每种专著由校点者署名，全书由我总其成。

据悉，黄文焕的《楚辞听直》、汪瑗的《楚辞集解》二书，浙江图书馆藏有明刊本；刘梦鹏的《屈子章句》一书，姜先生藏有清刊本。未知阁下能否就近代为复印上述三书，作为《丛书》底本（印费多少？由我付款）。阁下如有余力，能选其中一至二种，进行校点，更为感激不尽！如蒙俯允，校点细则另寄。

阁下的大著《楚辞书目五种续补》现已出版没有？此书极有价值，深望早睹为快！

匆匆即颂

文祺！

林昌同志不另

汤炳正
（一九九二年）六月六日

致杨乃乔（一通）

乃乔同志：

最近的来信及论文，已收到。读论文，知你在神话学领域里，又有新的见解。我不禁为学术界后起有人而欣慰！为了使你的论文更加完美，提出几点意见以供参考：

论文的中心议题，是提出了三种神话界分的理论，从而解决了希腊神话与华夏神话互相歧异的原因和华夏神话半人半兽的历史根源。这个见解的提出，论文分量已足够了，因而论文第一部分所谓"初民逃避死亡追求永恒"的议题，就成了全文的赘疣；而且这一部分也谈得不深不透，水准不够，故建议删去此部分，使论文中心突出，浑然一体。

其次，微观方面，对"神""鬼"的区别等见解，讲得很好。尤其从"神"的解释来考查先民的宇宙本体意识，更有意义。只是关于"七十二化"的"化",虽对袁珂驳得有理,而你自己的解释却提得不够鲜明确切。又如昆仑即泰山之说,乃今人的新解,证据不足,未为学界认可,本此以立说,根基欠稳,这是接受或继承前人论点时,必须首先考虑的问题。而且西方昆仑,贫瘠似过于齐鲁,跟你的主题也并不矛盾,是否必采新说,请斟酌。

再次,关于处理资料上的矛盾现象,应当是"解决"矛盾,不应当"排除"矛盾,或"回避"矛盾,因为在解决矛盾的过程中,往往会使论文进一步深化。例如"盘古"的形象跟你的结论有矛盾,那就应当探索:这是华夏荒古"神界Ⅲ"的遗存,还是经过后世演绎编造的结果,作出明确的答案。又如你说《九歌》中的《国殇》等是"鬼"非"神",这自然说得通。但《九歌》其余诸篇,则又分明是"神",而且纯人格化了,应属"神界Ⅰ",这又与华夏神话属"神界Ⅰ"相矛盾,应当如何解决?要追下去。

最后,关于文风问题,我喜欢明白清朗的文风和民族化的语言。理由很简单,文所以达意,把文章的思路表达得越清楚越好,尤其是理论文章,更当如此。你的论文有不少生硬的句式,生造的词汇,生僻的术语,可能是受某些翻译文章的影响。我不仅希望你改变文风,而且希望你能以身作则,扭转当前理论文章在语言上的不健康倾向。

你的论文,总的说来是有质量的。浅见所见,或未免要求过高，但"教学相长"，你当能心领其意。

  顺祝

文祺！

汤炳正
（一九九〇年）十二月三日

致竹治贞夫（三通）

一

竹治贞夫先生台鉴：

七月八日大函敬悉。寄来照片数张，甚为感谢！在岳阳旅次讨论学术的合影，前已由李诚奉寄，想已照收不误。岳阳楼前石阶并坐合影未见，亦憾事也。

寄来诗篇，甚佳！深情厚谊，溢于言表。过去已知先生大名，由于远隔重洋，未曾交往，故今日颇有相见恨晚之感！现依原韵和诗一首：

> 自古三人有我师，扶桑宿学早闻知。
> 会当瀛海重相见，莫遣离愁上客眉。

诗写得不好，请指正！

先生的学术论文《关于〈楚辞释文〉的作者问题》，以为《楚辞释文》当出于陆善经之手，考证详尽，结论可信。先生发前人所未发，实《楚辞》学史之功臣。此文我已请人（赵晓兰）译成中文，准备在大学学报上发表，未知先生意见如何？

先生在论文提纲中认为：《楚辞释文》最大学术价值之一，在于它的篇目次第与今本不同。此言与鄙见不谋而合。对此，我在一九六三年所撰《〈楚辞〉成书之探索》（见《屈赋新探》）即依《释文》的目次为据，加以考证。请先生指正！拙作与先生的论文，实相辅相成，亦中日学术界佳话也。

耑此顺颂

撰祺！

汤炳正

（一九九一年）八月六日

附记：此信前日派人交邮时，邮局认为信封不合格，拆开重新处理，以致遗失。现特补寄一封。请原谅！ 炳又及

二

竹治贞夫先生大鉴：

奉读十月廿四日尊函，并收到《文选集注》残卷复印

本，不胜感谢！

复印本纸地洁白，字迹清晰，开本大方，爽朗悦目，堪称上乘。《楚辞文献丛书》得此作底本，乃大幸事；而阁下相助之情，也永难忘怀。喜吟小诗一首以资纪念：

漫道岳阳"新相知"，酒痕洒落故人衣。
逸经宝卷来中土，胜似琼瑶报我时。

记得在岳阳临别宴席上，先生写下"悲莫悲兮生别离，乐莫乐兮新相知"之句以相示，深情感人，至今难忘！吾二人虽系"新相知"，但却"一见如故"，大有"相见恨晚"之感！所谓"酒痕洒落故人衣"者，实指此耳。蒙以《文选集注》复印本相赠，实堪铭感。但《诗经》云："投我以木桃，报之以琼瑶。"我无"木桃"之赠，而先生有"琼瑶"之报，殊惭愧也。

秋寒袭人，诸希珍摄。翘首云海，言不尽意。

耑此顺颂

撰祺！

汤炳正

（一九九一年）十一月九日

三

竹治贞夫教授大鉴：

去年十二月十五日大函，敬悉。寄来《丽泽杂咏集》又蒙和祝寿诗，非常感谢！因几月甚忙，迟复为歉！

贺诗极佳。拙作原韵"薪"字句，本不称意，因贵国《楚辞》学，实赖阁下传授而得广泛流传，故借用庄子"火尽薪传"之意以寄怀。其实，中国古人的和诗，亦未必皆步原韵。因强步原韵，易束缚作者思路，不得自由驰骋，亦一弊也。阁下此句贺诗，改"薪"为"新"，未尝不可。此用"九江被公"故事，亦非常贴切，实系佳句。炳窃思之，如果能将"被公"改为"朱买臣"，则可与"薪"字相联系。据《汉书·朱买臣传》云：买臣"好读书，不治产业，常艾（刈）薪樵，以给食"。后来汉帝召见，因善"说春秋，言《楚辞》"，为帝重用，曾官会稽太守，位列九卿。买臣少勤苦自励，至采薪樵以自给，但后来却以《楚辞》闻名于世。此亦堪与阁下相比美。未知阁下意见如何？微末之见，未必恰当，只供参考而已。

阁下在《东方》上所介绍拙作关于包山楚简与《离骚》的关系，此间有人欲将大作译成中文，在中国杂志上发表，未知先生是否许可？此事涉及"知识产权"，不敢冒昧，故特专函征求意见,敬候复音。至盼!

  专此顺颂

撰祺!

            汤炳正

          (一九九六年)三月十日

致敏泽(一通)

敏泽阁下赐鉴:

九月十二日大函奉悉。顷又接云南大学寄来请柬,邀我参加由《文学评论》与云南大学联合主办的"中国古典文学研究的回顾与展望"学术讨论会。本拟整装前往,接受教益,并一览滇池风光。无奈气候突然降温,深恐以衰朽之躯,难禁风霜之苦,只得弃此良机,以图后会。特此遥望南天,祝大会圆满成功!

我对这些年来的古典文学研究,所知无几。仅凭感性认识,则似乎学风之外,还有个文风问题。当然近年来不少研究论文,在这方面堪称典范,但文风的不良倾向是存在的。例如,作为古典文学研究,我总认为理论要高要深,而文字则要浅要近。对此,"深入浅出"四字,还是有意义的。而且不妨说,理论越是深,文字越要浅,以免对接受高深理论造成人为的障碍。至于像古人所讥讽的那样"以艰深文浅陋",那就更要不得。因为理论并不高明而故意以艰深的文字吓唬人，这似乎已超出我们所讨论的范围。这不是文风，而是作风。

文风的民族化，应当是个方向。某些文章因受翻译作品的影响，而出现一些"剪不断，理还乱"的长长句型，以及非中非西、似通不通的生硬词汇，这些似乎都应有所改变。当然，我所谓评论文字的语言民族化，既非提倡《文心雕龙》式的骈偶连篇，也不赞成诗话词话式的零散错落。作为理论文章，我们应当要求在现实语言的基础上提炼成一种生动晓畅而又富有逻辑力量的文风。

当然，谈到古典文学评论，也并不排斥使用一些传统的又是有生命力的词汇，但这仍然有个理解、融会、消化问题。记得本年第四期《文学评论》有一篇论文，题目是《公允的肯綮的》。我们知道，"肯綮"出自《庄子》，古今训诂或有小异，但皆作名词，无异议。因此，这里与形容词"公允的"并列使用，似不妥，亦不词。作者在论文内还有下列一段话："第一次为人们提供了一部系统的、材料丰富的、评理公允而分析肯綮的《周作人评传》。"同样是因为作者对"肯綮"一词的理解不够，故在使用上造成不应有的错误。

以上乃临时想起的一点意见，作为向大会的献词。信手拈来，未必恰当，谬误之处，望赐裁夺！

匆匆顺颂

撰祺！

汤炳正

（一九九一年）十一月廿六日

致汤序波、孟骞（五通）

一

小波、小骞：

我从春节以后，即患重感冒，发高烧，两个多月以来，不断反复，一直拖到近来，高烧才控制住了，不料血压又突然增高。医生提出警告，要我注意休息，否则会出危险。我吃降压药之后，血压有所降低，但仍未平复。我编纂的《丛书》工作，只得暂时搁下。一切朋友的来信，积成堆堆，也无法执笔作复；你前后来了几封信，我没有答复，就是这个原因。研究工作现在谈不上，但从今天起，我准备每天写信一封，把这笔欠债还清。现在给你的这封信，是病后写的第一封信。昨天接到你最近一封信，知道三爷已去世，不禁潸然泪下。作为手足之情，我只能写下一封吊唁的信，寄了一点薄礼。古人有句话，"秀才人情一张纸"，一点不错。好像自古以来，知识分子理应受穷。现在所谓"尊重知识""尊重知识分子",不过是一句空话而已。

从你寄来的几篇文章看,你的水平大有提高。我的著作,不仅深邃,也很枯燥,而你不仅能读得懂,且深有体会,这是出我意料以外的。我以有你这样的孙儿,感到万分高兴!

你的文章,都写得好,没有什么大问题。我现在也无力作细致的修改。你要寄出去,是可以的。只有《承继绝学唯一有望之人》那篇,因很长,暂无精力细看。待我看后,再寄给你。其余,随函附寄,希查收。

我认为,你的努力方向是学写"散文",而不是学写"学术论文"。当然,对我的学术著作要首先"吃透",才不至于讲外行话。但另一方面,作为"散文",更应当注意我的治学方法,学术性格,以及文化生活情趣和日常生活细节等等,因小见大,跟学术活动融和为一体,才能写出好的"散文"。不仅要反映出我的学术成就、作出了什么独创性的学术结论而已,即不仅写出我在做什么,而且要写出我在怎样做。这样才能把我写活。

你既有写我的传记的大志,我很欣慰。不必写什么评传,因二者的要求是不一致的。前者只要写出我的经历和生活个性即可,而后者则是对我学术成就的评价。

我的《回忆录》,已集了二十多篇,因无时间去搞,放在那里,没有抄清,也未投稿。这个回忆录如能出版,对你写我的传记是会有帮助的。

我的那篇《忆太炎先生》，去年投《中国文化》杂志，这是一个大陆（内地）、港、台同时出版的第一流刊物。当时主编立即回信，说准备第五期发表。现在五期已出，未见此文。推迟发表，这是编辑处理稿件的常事，当无其他问题。

匆匆即祝

健康！

汤炳正手书

（一九九二年）四月十四日

二

序波、小骞：

几次来信，皆收到。其中《年谱》《前言》及《游学京城》都已浏览（待我慢慢看了再寄回）。写得不错，足见你下了不少功夫。古人说："不积小流，无以成江海"，"锲而不舍，金石可镂"。像你这样专心致志，由不成熟到成熟，是必然的，望你努力为之，万勿退却。

由于种种原因，你的文化基础是不雄厚的，在工作中，肯定是有困难的。因此，你在写我传记时，心中要有一个概念：为我写传记，这本身就是一个很好的提高写作能力、丰富文化知识的绝好机会。如果把传记写成功了，你的文化水平，不会下于一个硕士研究生。

一部好的传记，要能写出传主的个性，即不仅写出他做了些什么，而且能写出他怎样在做。例如为一个学者写传记，不仅要写出他有什么创造发明，独创的结论，而且要写出他是怎样做出这些发明，也就是表现出他的学术个性。我的学术个性：(1)专攻学术上的疑难问题；(2)追本溯源，一问到底；(3)不仅谈问题的当然，而且谈其所以然；(4)善于以微观问题为突破口，进而作宏观的理论概括(例如近来《文学遗产》上的那篇文章等)；(5)善于运用新出土文物，破千古难解之谜；等等。分析我的学术结论时，要善于从这些方面注意。最好你能自己提出你的独到之见，我上面不过是举例而已。例如我到北京学新闻系，我自己认为是"逆反心理"造成，但你却另有分析。这就是独到之见。

其次，我的为人处事及生活习惯上，也有自己的个性。传记作者，必须注意。例如我性格内向，生活上进取精神不够，但学术上却勇于奋进与探索；我处事谦和，但对学术问题则当仁不让，不逊权威；如此等等。我的生活个性你要摸透，传记才写得活，写得有情趣。所以很希望你把工休假积累起来，到我身边住上两三个月，对我作仔细观察。

以上所言，无非是希望你对传记的写作，能在"深"字上狠下功夫，光写"通"了是不够的。写我的传记，有一个难处，即除沉寂的学术活动外，在政治上没有轰轰烈烈的动人事迹。你可以多读一些学术人物传记，尤其是像我一个类型的学人传记。或者可有些取法之处。

叙事要有轻重之分。如《游学京城》一章，当以学术活动为重点，摆在前面；写《彩云曲》的活动，放在后面，而且要简略些——有的可放到诗词创作的章节之内。

我对现代文学的研究与写作，有些资料不易收齐，我将尽力为你寻找。如果内容少，是否可以并入散文、诗词、书法为一章，以免单薄。将来看情况处理。

寄来《汤老的一件小事》（需要时，我寄回），还写得可以，这不一定以报刊登载与否评定其水平。因为他们刊载一篇东西，是从多方面考虑的。这件小事，如果放在传记里，可以证明我学术民主的宽容学风。在这一点上，我往往是律己严而对人宽。例如萧兵是个多产的学者，也有不小影响。但在我们"中国屈原学会"的同人眼中，却视为怪物，是"野狐禅"，不走正路。所以我几次在学会中提出选他为"常务理事"，都不得通过。不过我个人对他还是抱肯定态度。这次剪寄一份《淮阴师专学报》的报导，可以看出我在学术上"兼容并蓄"的学风。我觉得，我是屈原学会的领导人，没有这种气度，是不好的。我的那段对萧兵的评语，是推荐他参加评奖时写的。

我这一年来，身体大大不如以前，有时写信都成了负担。现在也很少出去散步，偶然出去走走，也很吃力，很疲倦。《楚辞今注》基本完成，我略修改，即寄出。今后，除整理一下回忆录外，不想再做硬工作，以休养为主，以工作为寄托。如此而已。晚年有你为我写传记，是一大安慰，预祝你成功！书不尽言，顺祝全家平安；并祝小晨晨健康成长！

汤炳正

（一九九四年）九月廿一日

三

小波、小骞：

五月廿一日来函收到，一切均悉。得知你们全家平安，甚为欣慰，小晨晨情况如何？已长得很大了吧？时在念中！

《"劳改犯"的自白》这类伤痕作品，我不想发表。去年，上海方面欲出"文革"专集，约我写稿，我谢绝了。这次是为了你的需要，才略记所未曾忘却之事，以补"传记"中的空白，意义不大。

你打算传记写好之后，十月底来成都面谈，此意很好。不过我在今年腊月初三，是满八十五岁生日。届时，你大姑二姑等可能回来看我。我认为你待这时回成都，也可凑个热闹。即使她们不能回来,你回来也很有意义。那时对传记交换一下意见,也是比较从容的。你的意见如何?以后,凡修改不大的传记,即存我处,不寄回。

你对传记的章节结构,原打算把有关语言文字的研究,分述在苏州时期与南充"西山书院"时期的两章当中,这也很好。但事实上在贵州也有重要文章,如"语源"问题是也。如何安排,请你考虑。总之,语言文字的成果,都在建国以前(虽如"古声纽的归并""十二支字的来源""《成均图》的理论问题"等,成文皆在建国以后,但资料之积累、论点之形成,则皆在开国以前)。故开国以后,只写"楚辞"研究即可。

在叙述我的语言文字研究时,也不必面面俱到,主要抓住我在重大理论问题上的新观点,例如:(1)语言起源问题;(2)文字不是语言的符号问题;(3)古声纽归并问题;(4)十二支的来源问题。这些都可多加发挥。附带告诉你,前月你寄来那本《东方文化》上,有一篇《汉字与中华文化》,使我的"文字不是语言符号"的观点,无形中得到了支持。可见过去学术界的浅薄盲从,实在可笑。不过我对索绪尔"两个体系"的论点,仍不能盲从。

对我的"楚辞学",涉及重大历史问题与重大理论问题的,例如:(1)对《屈原列传》的考证;(2)对左徒、登徒的辨析;(3)《九章》的写作时地;(4)《楚辞》成书之探索;(5)屈贾合传的原因;(6)神话的演化多以语言因素为媒介；(7) 屈赋语言旋律的诸多观点，等等，这些都是历史性的论断，可多分析。

我的回忆录散文已整理完毕，共二十篇，约十万字。连同"语录""序跋""书信"，集合为一书，总名为《渊研楼论学集》，大约今冬以前可整理成功。对这编法，你有何建议，可来信谈谈。遥祝
全家平安！

汤炳正

（一九九五年）六月十七日

四

小波、小骞：

前后三封信，及《传记》十二章（下）、《文史天地》、《追忆蹇老》等，皆早收到，勿念！

我这一个多月中，一下子衰老了十年，杂病不断，狼狈不堪！事情的起因是这样的：在一个多月以前，我到成都"文物市场"去逛，由于兴趣很浓，一口气逛了三个小时，中间没有休息，回家后疲倦不支，一连几个昼夜，周身难过，睡不成眠。从此，心脏病、高血压、湿热病、感冒、咳嗽……更迭而至，体力精力一落千丈。我所谓"一

下子衰老了十年"（饭量减少了三分之二），即指此言。至目前，一直在休息。

《追忆蹇老》写得极好！素材的取舍、语言的分寸、感情的表达等等，都处理得当。文章达到了"炉火纯青"的境界，我为此感到非常高兴！

你对《论学集》的清样阅读精细，所提的误处，自当改正（你对学术问题如此严肃认真，将来定会有可喜的成就）。此事一直由李诚等同志处理，打字员的水平又低，许多已经校正的字句，打字员竟视而不见。《论学集》分为两卷的建议，极好！不过，我很想分为上、中、下三卷：《屈学答问》为上卷，《序跋与书信》为中卷，《剑南忆旧》为下卷。由于他们只赠了一个书号，只有如此处理。但三册分装，是否又会增加印刷费（据社方说：《出版法》：一个书号装成两册以上，虽非"犯法"，但却"犯规"）。关于由学校补助印刷费问题，至今未落实，令人焦急！现在出书之难，难于上青天。

《传记》第十二章，总的说，写得不错。有些板滞，并非本质问题，而是"事出有因"。我说孔某的《钱传》写得"活"，固然是优点，但偏写学术生活，而不写或很少写科学上的发明或创见（似乎写了三小点，也很平平），这对于一个学者的传记来讲，应该说是致命伤。而你在这方面的成就，确实超越了孔书。至于对学术成就的概括、分析，当然又是一步功力，要不断磨炼。

我对《传记》十二章的某些章节，作了一些修改，主要是从传记着眼，其次是概括与提炼。至于分章分节之间的结构与安排，本来准备动手调整一下，但由于近来精力大衰，力不从心，故另外列了个章节目录及其调整的构想，供你修改时参考，随信附寄。

你父亲的电视剧本，我一直在注意为它寻找个去处，但无论哪一家，离开钱，就一切免谈。现在学术著作的处境，正是如此。我真为中国的文化建设前途担忧！小晨晨想已长得很大了，更活泼可爱了。冬天贵阳寒冷，要注意晨晨的健康！

匆匆即祝

新年快乐！

汤炳正
（一九九六年）十二月廿三日

五

小波、小骞：

我的病情，现可用一"稳"字括之。即并没有坏的发展，而且某些方面还有好的苗头。现正吃深圳的药，待吃一个疗程再看。总之，对这个慢性病，我既有耐心，也有信心,希望你们也不要过度担心!

你说下月欲来成都看我,世洪也有此打算。我很高兴。但从下月起,成都是酷热天,人来了受罪;我建议,你们都待秋凉再来。大概阳历十月份的样子,如何?那时可为传记"统稿",一举两得。

世洪寄来三个药单,我保存着,待必要时再用。现遵医嘱,不要吃药太"乱",以免对肝脏增加负担。

《今注》续买的书,至今未寄到,未知何故?书到手后,我不会忘记寄你朋友三本,请放心!

小波:你是我家的嫡孙,而且是很出色的嫡孙。你不仅能看懂我的学术著作,而且能较全面地总结我的学术成就。这真使我喜出望外。

就来信所附传记补充材料,我有下述意见:

(一)来信所言"传记的最后一章"(晚年的心得),未知内容如何?如内容丰富多彩,自然可自成章;否则,没有必要。其内容皆可附入前面有关章节之内,就行了。

(二)寄来《三题》与《九歌》条,似皆可附入以前有关章节之内。

(三)关于语言文字一条,其中"阴入分合"问题,要简要一些;"阴声有无辅声韵尾"问题,又没有交待清楚。这些当加工才行。

(四)我有个不成熟的意见,即以前"语言文字"那个专章,在结尾是否可增加一节,主要谈我对章师的"绝学":

(一)有科学的评价与深入的阐释。(二)有开拓性的发展。(1)评价与阐释,例如关于"阴入分合"问题(给刘信芳的信);关于"阴声是否附有辅声韵尾"问题(《成均图》的理论建树,《语言之起源》384页5行至386页13行)等。(2)开拓性的发展,例如"语源"问题(《语言之起源》28页13行至29页7行"推进了一小步");关于"古声纽的归并"问题(《语言之起源》106页4行至114页2行,实即纠正章先生结论);关于"歧读"问题(《语言之起源》118页14行,先生认为是"逾律",我认为是"规律")。所有以上这些,只是总结性地提一下就行了,不必发挥。

这封信,我每天上午写一点,共写了四天。可见我精力之差。

特此顺祝
全家平安!

汤炳正　手书
(一九九七年)七月一日

《剑南忆旧》增加了两篇新作,现寄你作参考。

致陈怡良（二通）

一

怡良教授赐鉴：

尊函及大著，已先后收到。炳以谫陋，过蒙推崇，感且愧！

阁下以雪林教授之高足，又能扬鞭奋进，振兴屈学，不胜钦佩！大著斟古酌今，断以己见，而对屈子之人品、文品，尤多发明与激扬。字里行间，充满对祖国优秀文化遗产之热爱，实为难能可贵。拙著疵累甚多，请不吝赐。愿两岸学术交流，前途广阔！

近已收到阁下的研究生李温良寄来的感谢信。他虽虚怀若谷，我却对他帮助不大。甚为歉仄！他在阁下指导下，必能学有所成，请他好自为之。

雪林教授去年赠我大著四本。惟系误寄武汉，久未转到炳处。炳当时曾专函致谢，委贵校中文系转交，未知收到没有？见面时，望能再一次代达谢忱！昨天该大著已由武汉转来，望雪林教授勿以为念！

翘首云海，言不尽意。

耑此顺颂

新年康乐！

汤炳正
（一九九四年）一月二日

二

怡良教授道席：

十月七日大函敬悉。寄奉张氏《九歌》之作，重在交流，并表友谊之忱，些些小事，望勿介怀！黄碧琏同志大作如出版，希能见赠，以资借鉴。

"中国屈原学会"七届年会，时地尚未落实。届时深望台方同仁光临指导。惟旅费问题，确是难题。大陆学者亦正存在同样困难也。

现有一事，未悉阁下能否予以协助？即：大陆出版社正组织屈学界集体编纂一部大型的《楚辞学文库》，共有五个分卷。其中《楚辞评论集览》是一个分卷，内容乃选载或摘录有代表性的楚辞研究论文。它由我所副所长李诚同志担任主编。但搜罗大陆屈学论文，困难不大，而涉及香港、澳门、台湾三地的论文，则颇感棘手。他欲在台湾觅请同仁助一臂之力。前年阁下的毕业研究生李温良，未知现在何处工作，望阁下能征求他的意见，看他能否相助？当然，阁下现正培养中的研究生，如有愿意协助者亦可。这部分的内容，只限定十五万至二十万字即可。酬劳由出版社付给。至于具体编写体例等琐事，必要时，阁下可与李诚同志直接联系。

李诚原系我的学生，他著有《楚辞文心管窥》，一九九五年九月由台湾文津出版社印行。他亦大陆屈学界骨干也。

恭候佳音，顺颂
文绥！

汤炳正

（一九九六年）十一月廿四日

致力之（二通）

一

汉忠同志：

前后寄赠《学报》两期，皆已收到，关照之情，不胜感谢！

得见大作《读〈全汉赋〉》《〈容斋随笔〉刊误》二文，甚为欣慰！非功底深厚、思维缜密者，难于达此境地。尤其对《全汉赋》之评骘，更为深刻中肯。此文置之第一流刊物中，绝无愧色。以后有新作，可根据论文性质，向国内刊物投稿，青年人当有此"闯"劲，望好自为之！

匆匆即颂

文祺！

汤炳正

（一九九六年）七月十三日

二

汉忠同志：

你十月十六日寄出的《〈招魂〉考辨》，迟至近日始收到。邮递为何如此迟滞，令人费解！

读大作之后，深佩资料丰富，思维缜密，考辨有力。这是屈学中的老、大、难问题，竟能写出如此有质量的论文，确实不易！

此外，人们常说"不破不立"，或说"有破有立"。通读大作，似乎"破"的成分多，而"立"的成分少了些。对这个问题，毋宁说"立"更为重要。

主屈说的原始证据，只是《史记·屈传》；主宋说的原始证据，也只是王逸《章句》。此外双方皆无更多的东西。当然，平心而论，《史记》并未明言《招魂》为屈作，而《章句》却确指《招魂》为宋作。在这一点上，宋作之说确实占了上风。如果在此基础上，能再拿出几条，哪怕是一条"原始证据"，则"立"的成分就会大为增强。

我对敏泽先生的道德文章，向极崇拜。数年前曾来成都相聚。此后虽偶有书信往还，难慰思念之情也。

因急于作复，以免渴望，匆促之际，语焉不详。希谅！

耑此并祝
新年康乐,
全家幸福!

汤炳正

(一九九六年)十二月十九日

致张中一（一通）

中一同志：

去年十一月七日大函奉悉，因事迟复为歉！前些年寄来的大著《屈原新考》等，虽未能代为销售，却代为奉送友好。凡日本、台湾的屈学爱好者，皆人寄一册，欲借此扩大你的影响，想阁下不会以此见怪吧？

据来信，你深为尊著"不被学术界重视，心中苦闷得很"。我对此，有两点看法：

（一）凡科学上新结论的出现，往往会遭到守旧者的抵制。古今中外，没有二致。对待这种客观现实，应静待历史的考验。如果新结论确实是科学真理，最终总会被历史所认可。古今中外，也无二致。否则就会被历史所淘汰，对此要有耐心，不必苦闷。

（二）一种学说的建立，不在于结论是否新奇，而在于论据是否扎实。如果读者"不愿接受"你的新结论，即应当审视自己取得新结论的事实根据是什么（只凭主观的推理与设想，那是不行的）。故一个严谨的学者，绝不是只在结论的新奇上费心思，而主要是在论据的坚实上做功夫。

我阅读你的新著提纲，对"屈赋是屈原南征反秦复郢斗争史诗"这一新结论，是否可称"重大的突破"，我还不敢表态。在我的意识中，屈原死后，楚人"复江旁十五邑"的史实是有的。但怎样能得出屈原"反秦复郢"的结论，就要看你的论据，尤其是原始性的论据。有了可靠的论据，结论自然成立；如只凭"一厢情愿"的设想，就不能成立。

我们做学问的人，要想提出几个新奇惊人、异想天开的论点，并不难，而难处在于能拥有可靠的论据。而且论点与论据之间的必然关系，更是学术研究的命脉，放松这一环，一切都会落空。

你评定姜亮夫先生与我的研屈著述，颇有中肯之语，足资参考，甚为感谢！

一门学科由发生到成熟，往往要经过多少个世纪，想由几个人来完成，那是不可能的，深望后学之不断努力！

当前学术著作出版难，乃人所共知。为大著的问世，自当尽力而为，惟恐凶多吉少耳。

匆匆即颂
文祺！

汤炳正
（一九九七年）一月廿四日

编后记

先祖父景麟先生（1910—1998）是现当代著名学者，曾被太炎先生嘉许为"承继绝学惟一有望之人"；然他亦是一位词章家，散文尤其出色。他晚年在我们的鼓动下，写了十余篇"回忆录式的散文"，"内容涉及生平学术活动、学术交往、学术经验以及生活琐事"。最初的几篇也是经我们之手投出去的，在《散文》《散文世界》等杂志刊出后反响还好。如《散文世界》1989年第11期的"编前小语"有云：

> 有味的是老学者汤炳正先生所撰《无名书屋话沧桑》一文，其甘苦难分的沧桑感，正是岁月沉积的结果；通过作者的睿智与豁达的滤炼，更别具光彩。

先祖父作文重文采，标题的制作亦别具匠心。如他写自己在北京求学的经历，题为《我写〈彩云曲〉前后》；回忆自己在四川师范大学教书与治学的岁月，题为《狮子山的最初一瞥》。文章结集为《剑南忆旧》,出版后甚获好评,先后印了两版。戴明贤先生说:"汤老的《剑南忆旧》一书,我屡读不倦。大学者以余力作随笔小品,多有见解精湛、理性清明、信息丰富、文字简练的优势,读来最为惬意。"并谓《忆太炎先生》一篇,"情景宛然,似读《世说新语》中的文字"。力之先生亦说:"先生之文,得五柳之自然,有归震川之深至,而略带书卷气,别具高格。"

旧年我选了其中《狮子山的最初一瞥》《万里桥畔养疴记》两篇给"行脚成都"公众号,推送后阅读量竟达到这家公众号的最高。我在回主编朱晓剑兄的微信中说:"两篇文章的反响,颇出我意料。原因或有二:一是万里桥、狮子山许多人有兴趣;二是先祖父文笔还传神。"现选几条留言放在这里:"再次感受汤老师优雅温润淡然而内蕴深意的行文";"我现在的家就在万里桥至薛涛墓之间,且常去薛涛墓周围赏竹。汤老先生文中'竹林之深之高。真是万竿琳琅，千重翡翠。日行天而不知，风拂面而生爽'，引起了我的共鸣。我常常身处这些竹林中，思古品幽，心情激动，不能自已。汤老先生在楚辞研究上学术地位很高，今首读其散文，如饮甘醇香茗，使人思绪良久"；"汤老先生描述得相当贴切，望江楼的竹子确实带有傲气与豪情，虽然现在是在城中，但进入院内却又别有一番天地"；"汤先生学问做得好，散文也写得好。《万里桥畔养疴记》收入汤先生的散文集《剑南忆旧》，此书有汤先生对童年生活的回忆，对故乡的眷恋，也有在人生困厄之际的斗争与思索；有对恩师、益友的追忆，其中对其师章太炎先生从'有革命业绩的学问家'之角度进行了缅怀与追思；收录的序跋文章，可见其学术道路上的探索与追求"；"读罢汤炳正先生三十年前旧作的唯一感受是，他不仅精通楚辞屈赋，散文记叙文也写得上乘。文中几处成都地名考也说得头头是道，令人信服"；"读先生的文章，更觉成都的诗情画意确实是深入到人们的骨子里了。无论乌云笼罩，还是晴空万里，生活在成都的俗人或高人皆能获得一个安静而随和的心态。当年的杜甫境遇那般不堪，仍能与浣花顽童追逐嬉笑洒洒洋洋留下千篇著名诗文。锦江锦城锦绣文，劫后余生忆黄簧。万里桥身今安在？空留诗文无处寻"；"汤老师的此文实写成都南河锦江地名风物，从万里桥说到上游草堂，百花潭，碧鸡坊，薛涛井，还说药市玉局观，最后说下游东南的今薛涛井等。实则是考证地名由来变迁，很有嚼头，很好的一篇锦江风物"。类似的留言尚多，余不赘焉。

著名出版人常振国先生看到这两篇散文后，发微信给我说："汤先生功底深厚，为学严谨，一字一句都令人回味。"即向人民文学出版社臧永清社长推荐，臧社长看后说："汤先生的文字非常好，请序波先生和我联系。"并安排编辑部主任付如初编审为责编，付先生曾获"中国出版集团十大优秀编辑"。她在给我的微信中说："全书拜读完毕。

深感尊祖父汤先生治学之精研质实，为人之宽厚雅美。""我把这本书看成汤先生从学术小圈子走进较多读书人大视野的关键的一本书。"接手后付先生尽责尽职，积极开展工作，总是推着我们往前走。凡此种种，我们真是感谢莫名。

本书所收文章时间跨度越60年，最早一篇写于1936年2月，最晚一篇即1997年7月给笔者夫妇的信函，其间每个年代均有作品入选。这次主要新增了书信一辑，因为书信是最真诚的散文。

我们幼年即读人民文学出版社的出版物，它们是伴随着我们成长的优质精神食粮。今次先祖父的散文作品能在这家享誉盛名的出版社出版，我们后人感到无上荣耀，相信先祖父这些作品也会因之传之更远。

汤序波　孟骞
匆匆写于2020年父亲节前夜

听罢溪声数落梅